여름의 빌라

여 름 의   빌 라

백수린 소설

문학동네

차례

시간의 궤적　007

여름의 빌라　041

고요한 사건　073

폭설　107

아직 집에는 가지 않을래요　139

흑설탕 캔디　169

아주 잠깐 동안에　205

아카시아 숲, 첫 입맞춤　235

해설 | 황예인(문학평론가)

나의 작은 세계에서 벗어나서　267

작가의 말　288

시간의 궤적

언니가 내게 말을 걸어온 것은 부활절 방학이 시작되기 전의 어느 수요일이었다. 언니와 나는 어학원에서 몇 달째 수업을 같이 듣고 있었다. 열다섯 명의 외국인 틈에서 우리 둘만 한국인이라는 사실을 알고 있었지만 그때까지 단 한 번도 서로 말을 섞어본 적은 없었다. 언니는 언제나 강의실의 오른쪽 둘째 줄에, 나는 왼쪽 맨 뒷줄에 앉으니 그럴 기회가 없기도 했지만 사실 꼭 그 이유 때문만은 아니었다. 당시 나는 한국 사람들하고만 어울릴 거면 서른 살의 나이에 직장까지 그만두고 파리에 올 필요는 없었다는 생각으로 한국인들을 피하고 있었다.

언니가 나에게 말을 건 날에는 비가 흩뿌렸다. 그날을 떠올리면 비 때문에 어둑어둑해진 강의실에서 〈비 오는 날Le jour où la pluie viendra〉이라는 노래를 들었던 기억이 난다. 바싹 깎은 짧은 머리에 푸른색의 커다란 원석 귀걸이를 차고 있던 젊은 강사는 화이트보드에 마커로 "Le jour où la pluie viendra/ Nous serons, toi et moi/ Les plus riches du monde"라고 가사를 적었다. 비 오는 날, 그대와 나, 우리는 이 세상에서 가장 풍요로운 사람이 될 거예요. 우리는 화이트보드에 적힌, 미래시제를 연습하기에 적당한 가사의 내용을 한 줄 한 줄 배운 후 노래를 들었다. 강사는 나보다도 어려 보였는데, 고전적이게도 시디플레이어를 들고 다녔다. 재생 버튼을 누르자, 시디플레이어를 타고 흘러나온 남자의 목소리가 향기로운 빵처럼 부풀어올라 강의실을 가득 채웠다. 몇몇의 학생은 노래를 따라 부르다가 웃었다. 나와 언니, 그리고 몇몇 아시아인을 제외하면 수업을 듣는 대부분은 이탈리아나 스페인 혹은 독일에서 온 십대 후반의 학생들이었는데, 그들은 별것도 아닌 일에 쉽게 웃었고, 해맑았다.

사실 대단한 노래는 아니었다. 그냥 오래된 샹송이었고 강사의 아버지가 어렸을 때 라디오에서 자주 흘러나오곤 했다는 노래일 뿐이었다. 하지만 배경음악처럼 깔리던 빗소리 때문이었을까? 그 노래를 듣는 순간 어쩐지 그리운 이들로부터 너무 오래, 너무 멀리 떨어져 와 있는 것 같다는 생각이 들었다. 아마 그 탓이었을 것이다. 가방을 챙겨서 강의실을 빠져나오는 나에게 복도에 서 있던 언니가 "한국인이죠? 바쁘지 않으면 술이라도 같이 한잔할래요?"

라고 물었을 때, 평소답지 않게 "좋아요"라고 한 것은. 언니도 나와 비슷한 감정에서 나에게 말을 걸었던 걸까? 나는 그것을 미처 묻지 못했다.

언니와 나는 그날 수업이 끝나고 우산을 각자 쓴 채 나란히 걸었다. 가랑비는 그칠 듯 말 듯 계속 내렸고, 밤이 내린 도시는 온통 습기로 가득했다. 어학원 건물에서 멀지 않은 팡테옹 앞에는 비옷 차림의 관광객들이 서 있었다. 관광객들을 피해 골목 안쪽으로 들어가 찾은 카페 겸 술집은 한산했고, 우리는 구석에 자리를 잡고 앉았다. 우리를 가려줄 우산이나 정신을 쏟아가며 찾아야 할 목적지가 사라지자 낯선 사람과 단둘이 마주보고 앉아 있는 일이 새삼 어색하게 느껴졌다. 서먹한 분위기 속에서 포도주가 나왔고, 우리는 이런저런 질문들을 주고받았다. 언니는 삼십대 후반이었고, 뜻밖에도, 대기업의 주재원으로 파견 나와 있다고 했다.

"주재원이요?"

나는 놀라서 되물었다. 그때까지 프랑스에서 반년 가까이 살면서 내가 알게 된 젊은 한국 여자들은 유학생이거나 유학 준비생 또는 여행객이었고, 그게 아니면 유학생이나 주재원 혹은 프랑스인의 아내였다. 주재원이라는 말을 듣자 나는 그때까지 별 관심 없었던 언니에게 흥미가 생겼다. 그렇게 포도주를 마시며 우리는 두 시간 동안 많은 이야기를 나눴다. 우리는 각자 프랑스에 오기 전에 어떤 도시에 살았고, 무엇을 공부했으며, 언제 프랑스에 오게 됐는지를 말했다. 우리가 급속도로 가까워진 것은 단지 언니가 직장인이고 나 역시도 프랑스에 오기 전까지는 직장인이었다는 공통점 때문만은 아니었다. 우리 둘 다 에리크 로메르의 〈녹색 광선〉과 프랑수아즈 사강의 소설들을 좋아하고, 비슷한 정치 성향을 가졌다는 사실, 그리고 무엇보다도, 두 사람 모두 삼십대 초중반의 나이에 새로운 삶을 꿈꾸며 프랑스에 건너와 살고 있다는 사실이 우리 사이를 어색하게 가로막고 있던 벽을 허물었다. 외꺼풀의 커다란 눈과 짙은 눈썹을 지닌 언니는 화려한 미인은 아니었지만 묘한 분위기의 매력을 풍겼고, 목소리의 톤이 높지만 성량은 작아 말을 하면 속삭이는 것처럼 들렸다. 언니는 재미있는 이야기가 나오면 웃으면서 박수를 치다가 입을 가렸고, 그럴 때는 수줍어 보였다. 하지만 호기심이 많은 고양이처럼 눈을 반짝이며 내 말을 들을 때면 수줍음과 거리가 먼 사람처럼 보이기도 했다. 그날 언니와 나눈 대화는 오랜 시간 잊고 지냈던 사실을 나에게 일깨워주었다. 그러니까, 어떤 이와 주고받는 말들은 아름다운 음악처럼 사람의 감정을 건드리고, 대화를 나누는 존재들을 한 번도 가보지 못한 낯선 세계로 인도한다는 사실을 말이다.

우리가 대화를 마치고 카페 밖으로 나왔을 때 거리에는 더이상 비가 내리지 않았다. "가끔 이렇게 만나서 놀까요?" 언니가 지하철역 앞에서 헤어지기 전에 물었다. 외국에 사는 날이 쌓일수록 한국인 지인을 만드는 것이 외국인 지인을 만드는 것보다 쉽지만, 취향과 마음이 맞는 한국인 친구를 만나는 것은 취향과 마음이 맞는 외국인 친구를 만나는 일만큼이나 어렵다는 것을 깨달아가던 차였으므로 나는 기쁜 마음으로 답했다. "전 좋아요." 언니가 웃으면서 손을 흔들고는 지하철역 안으로 들어갔다. 나는 버스를 타기 위해 길을 건넜다.

그후로 몇 주 동안 언니와 나는 많은 시간을 함께 보냈다. 어학원 수업이 끝나면 지하철역까지 같이 걸어가다가 옆길로 새어 맥주를 마시기도 했고, 주말에는 영화를 보러 가거나 번화가에서 아이쇼핑을 하기도 했다. 어느 날 오후 우리는 퐁피두센터에서 비상설 전시회를 같이 보았다. 카키색 샤스커트에 겨자색 카디건을 걸치고 나온 언니는 나이에 비해 어려 보였다. 함께 전시를 본 뒤에는 걸어서 튈르리공원까지 갔다. 파리의 봄답지 않게 모처럼 햇살이 좋은 날이었고, 산들바람이 불어와 우리의 머리카락을 자꾸 흐트러뜨려 우리는 철제 의자에 앉아 웃었다. 그러고도 헤어지는 게 아쉬워서 다시 조금 더 걸어 교자와 라멘을 먹으러 일식당에 갔고, 그후엔 식당 근처의 작은 술집에서 맥주를 마셨다. 그 술집의 이름도 풍경도 잘 기억이 나지 않지만, 그곳에서 언니가 나에게 "프랑스에 와 지낸 지 이 년이 되었지만 이렇게 마음이 맞는 친구를 만난 것은 정말 처음이야"라고 말했을 때의 표정과 말투만큼은 지나칠 정도로 선명하게 기억이 난다. 그리고 그날 언니는 내게 싱글인 여성 주재원으로 사는 일의 고충에 대해서 많은 말을 했다. 주재원들끼리 모임도 있고 회식도 있지만, 대부분 남자이다보니 언니는 어울리는 것도 어울리지 않는 것도 불편할 때가 많다거나, 그런 모임에 부부동반으로 참석하는 사람들이 있으면 주재원의 아내들과 주로 말을 섞게 된다는 그런 이야기들이었다.

"아니, 나는 주재원의 아내가 아니라 주재원인데, 왜 매번 그런 식이 되어버리느냐고."

언니가 술기운에 붉어진 얼굴을 쓸어내리며 말했다. 언니의 말을 듣는 동안만큼은 답답한 마음이 나에게로 고스란히 전해지는 것 같아 나는 언니를 따라 속상해하거나 같이 분개했다. 대화를 나누다가 가끔씩 말이 끊길 때면 나는 의자에 등을 기댔다. 그렇게 대화에서 한발 물러나는 순간 갑자기 프랑스어가 사방에서 들려왔고, 그제야 나는 그곳이 서울이 아니라 파리의 한복판이라는 것을 다시 깨달았다. 우리가 흘러간 사랑에 대한 이야기를 꺼내기 시작한 것은 취기가 조금 더 올랐을 때였다.

"바보 같은 이야기 해줄까?"

그날 언니는 주재원으로서의 고충을 이야기하던 끝에, 아주 좋은 남자였고 좋은 남편과 아빠가 될 것이 분명했지만, 삼십대 중반에 주재원 자리에 지원해보고 싶어한 언니의 마음만큼은 끝내 이해하지 못했던 옛 애인에 대해서 처음으로 나에게 말했다. 어느 가을밤 언니에게 "넌 왜 그렇게 독하고 이기적이니?"라고 말하고는 언니를 한강 둔치에 두고 혼자 성큼성큼 가버렸다는 그 남자와, 택시 안에서 너무 많이 울어서, 어디 아프냐고, 응급실에 데려다줬으면 좋겠냐고 택시 기사가 언니에게 물었다던 그 밤에 대해서. 그리고 언니는 여전히 외로운 밤마다 이미 다른 여자의 남편이 되어버린 그 남자에게 전화를 걸어 짧은 통화를 하고 나서는 혼자 운다는 이야기를 내게 비밀을 털어놓듯이 말했다.

"바보 같지?"

언니의 어조는 장난스러웠으나 표정은 쓸쓸했다. 나는 언니가 유부남이 되어버린 옛 애인에게 여전히 연락을 한다는 말에 깜짝 놀랐지만, 고백하자면 나는 그 순간 언니가 더 좋아졌다. 언니에게도 그런 바보스러운 면이, 인간적인 면이 있다는 사실이 나를 덜 외롭게 만들었다. 그래서 나는 아무 거리낌 없이 언니에게 새내기 시절부터 사귄 첫사랑에 대한 이야기를 할 수 있었다. 그는 대학의 같은 과 선배로 나의 첫사랑이자 스무 살부터 스물여덟 살까지 사귄 유일한 연애 상대였다.

"정신을 차리고 보니 전공부터 직장을 정하는 일까지 전부 다 나는 그 사람이랑 상의를 했더라고요."

애인이 내 후배와 바람을 피웠다는 사실을 알게 된 뒤, 그에게 헤어지자고 말하고 내가 가장 먼저 한 일은 서울 시내의 프랑스어 학원에 등록하는 것이었다. 주위의 시선을 의식해 선택했던 직장을 서른이 되면 그만두고 예전에 꿈꿨던 것처럼 프랑스에서 미술사를 공부해보자고 결심했기 때문인데, 그것은 내가 태어나서 처음으로 홀로 선택한 일이었다.

"그렇게 마음먹은 날, 커플링을 빼서 버리고 이 반지를 사서 꼈어요."

나는 약지에 끼워진 반지를 보았다. 아무런 장식도 없는 실 금 반지였다.

"예쁘네."

이제 와 돌이켜보면, 그 순간이 우리가 서로에게 가장 내밀한 마음을 보여줬던 때였다. 언니는 최초의 사람, 그러니까 내가 다니던 회사를 그만두고 늦은 나이에, 거창한 계획이나 목표도 없이 학창시절부터 꿈꿨던 대로 미술사를 공부해보고 싶다는 막연한 생각만으로 프랑스에 왔다는 사실을 털어놓았을 때, 나를 한심하게 생각하거나 모두가 안정을 찾아가는 시기에 그렇게 인생을 낭비하다가는 결국 낙오자가 될 거라고 말하지 않은 최초의 한국 사람이었고, 나는 그런 언니가 좋았다.

시간이 흐를수록 언니와 나는 더 가까워졌다. 6월이 되자 우리는 언니가 살고 있던 몽파르나스 근처에서 영화를 봤고, 새로 생긴 한국 식당에 같이 갔으며, 기차를 타고 비아리츠에 여행을 다녀오기도 했다. 6월의 파리는 초록으로 가득했고, 골목마다 음악이 흘렀고, 센강을 오고가는 유람선 위에서는 관광객들이 행복한 함성을 질렀다. 그사이에 언니는 여러 경로로 만난 몇 명의 외국인 남자와 데이트를 했다. 하지만 외국인과의 연애가 오래 지속되지는 못했는데, 나는 언니가 사실은 한국어로 소통할 수 있는 남자를 원하고 있다는 것을 금세 알아챘다. 그렇지만 주변에 있는 한국 남자들은 죄다 유부남이었고, 그래서 언니는 자신의 직장을 버리고 파리까지 따라올 만큼은 언니를 사랑하지 않았던 그 유부남에게로 자꾸만 되돌아갔다. "괜찮아요, 언니. 사람에겐 어쩔 수 없는 일도 있으니까요." 어떤 기억들이 난폭한 침입자처럼 찾아와 '나'의 외벽을 부술 듯 두드릴 때마다. 이러다가는 내가 한순간 와르르 무너져버리는 것은 아닐까 두려우면서도 어쩌지 못하는 마음을 나는 경험으로 잘 알고 있었다. 언니는 결혼에 더이상 관심이 없지만 사랑을 하지 않고 살 수는 없다고 말했다. "남자가 필요해!" 언니가 어느 날 밤 나와 강변을 걷다가 하늘을 보며 양팔을 벌린 채 외쳤다. "남자를 구하러 클럽에라도 가볼까요?" 그래서 우리는 술을 진탕 마시고 샹젤리제의 클럽에 갔다. 언니나 나나 사랑 없는 '원나잇'은 안 되는 사람이란 걸 확인하는 계기가 됐을 뿐이었지만.

그 무렵, 나는 서울에 있을 때의 나를 종종 떠올렸다. 그저 외톨이가 되지 않기 위해서 몸을 사리던 나. 회식 자리에서 모두와 잘 지내기 위해 관심도 없는 가십을 주고받고 재미있지도 않은 농담에 크게 웃다가도 심야 버스를 타고 한강 다리를 건널 때면 마음을 박탈당한 사람처럼 공허해지던 나. 하지만 나는 파리에 왔고, 더이상 그렇게 살지 않을 작정이었다. 나는 서울에서 해보지 않은 모든 것을 경험해볼 생각이었고, 더이상은 후회로 인생을 허비하고 싶지 않았다. 그런 내 눈에 언니는 주저함이 없고, 용감하고, 언제나 반짝이는 사람처럼 보였다. "나는 용감한 게 아니야. 단지 그런 척하는 거지. 척을 하다보면 그래지기도 하니까." 언니의 마음, 견고하지만 연약하고, 부드럽지만 단호하며, 누구에게도 속박되고 싶지 않지만 그런 자신을 이해해줄 누군가를 갈망하던 언니의 마음속 모순들은 빛과 어둠처럼 일렁이며 언니를 특별하게 만들었고, 나는 그것을 아는 사람이 나뿐이라고 생각했다. 안주를 지향하지만 탈주를 동경하고, 고독을 좋아하지만 타인과의 결합을 원하는 나의 모든 면을 언니가 알고 있듯이. 언니는 다른 주재원들과 달리 딸린 식구가 없었으므로 경제적으로 풍요로웠고 유학생들은 엄두도 내지 못할 고급 술집과 식당으로 나를 데리고 갔다. 언니와 밤새 술을 마신 후 걷던 밤의 거리들. 오랜 시간이 흐른 후, 우리의 밤을 기억하면 내게 가장 먼저 떠오르는 것은 습기였다. 세 달 남짓한 여름밤을 제외하면 거의 언제나 곧이라도 빗방울을 떨어뜨릴 것만 같은 대기가 얇고 부드러운 껍질처럼 우리를 감쌌고, 나는 그 안에서 우리가 안전하다고 느꼈다. 골목들은 가로등의 따뜻한 불빛에 덮여 있었고, 도시의 오래된 건물들은 나에게 영원을 떠올리게 했다. 물론, 취해서 목적 없이 걷던 우리를 향해 니하오, 라거나 나 재랑 자고 싶어, 라고 외치던 남자들도 간혹 있었다. 우리가 대꾸하지 않으면 프랑스어를 못 알아듣는 줄 알고 굳이 형편없는 발음의 영어로 바꿔 I want to fuck her, 라고 소리지르던 술에 취한 남자들. 그런 남자들은 백인인 경우도 있었지만 유색인종일 때도 많았다. "언니는 무섭지 않아요?" 한번은 언니에게 물은 적이 있었다. "무서워." 그렇지만 언니는 잠시 후 이렇게도 말했다. "저들은 불행한 거야. 불행한 인간들 때문에 우리가 이렇게 아름다운 밤을 포기할 수는 없잖아." 나는 그후로 더이상 그들이 두렵지 않았다. 새벽이 되면 파리는 희붐한 빛으로 가득 차올랐다. 나는 언니와 헤어져 집으로 돌아올 때마다, 나를 낯선 곳, 한 번도 가보지 못한 근사한 세계로 데려갈 무언가를 곧 만나게 될 것만 같은 예감에 가슴이 뛰었다.

그해 가을 나는 원했던 대로 대학원에 입학했다. 브리스를 만난 것은 수업이 끝나면 노트를 보여달라 말 붙일 새도 없이 우르르 강의실을 빠져나가버리는 어린 학생들 틈에서 어떻게든 교수의 말을 놓치지 않으려고 애를 쓰던 11월이었다. 브리스는 싱가포르인 친구의 결혼식에 참석한 몇 안 되는 프랑스인이었고, 피로연 명목으로 마련된 식사 자리에서 우연히도 내 옆자리에 앉아 있었다. 브리스가 간혹 나에게 말을 걸었지만 식당 안이 다소 시끄러웠기 때문에 나는 그의 말을 잘 알아들을 수 없었다. 알아들을 수는 없었지만, 그가 내게 하는 말들을 칠십 퍼센트 정도 이해할 뿐이었지만, 나는 그의 가지런한 치아와 자장가 부르듯 낮은 목소리, 그리고 내 프랑스어가 보잘것없다는 사실을 알아챈 이후에도 나를 방치하지 않고 내게 느린 어조와 또박또박한 발음으로 계속 말을 걸어주던 다정함에 단박 마음을 빼앗겼다. 브리스의 투명하리만큼 창백한 피부, 푸르스름하게 수염 자국이 있던 턱선, 조금은 유약해 보이던 연갈색의 눈동자. 나는 브리스에게서 눈길을 뗄 수 없었고, 그가 내게 관심을 가져주면 좋겠다는 마음에 조바심이 났고, 호의 이상의 관심이 없는 것 같아 금세 풀이 죽었다. 그러던 내가 피로연이 끝나기 전, 태어나 처음으로 용기를 내어 그에게 데이트 신청을 한 것은 후회하지 않는 인생을 살자던 스스로와의 약속 때문이었다. "결혼한 거 아녔어요?" 그는 나의 약지에 끼워진 반지를 가리키며 물었다. "아니요." 나는 반지를 빼서 다른 손가락으로 옮겼고 아무것도 아니라는 듯 손을 흔들어 보였다. "나는 행운아네요." 환하게 미소 지으며 그렇게 말하던 브리스의 목소리를 나는 지금도 기억한다.

브리스는 한국에서도 꽤 알려진 프랑스 자동차 회사에서 정규직으로 일하고 있었고, 프랑스와 독일의 접경지인 작은 마을에서 나고 자랐으며 출장차 한국을 방문해본 적이 있다고 말했다. 나는 이 모든 사실을 첫번째 데이트 때 알게 되었는데, 나는 그가 나처럼 지방 출신이라는 점이, 한국이 어떻게 생긴 나라인지 조금이라도 알고 있다는 점이, 그렇지만 그때까지 나에게 데이트를 신청했던 몇몇의 프랑스 남자처럼 동아시아 여자에 대한 특별한 애호를 갖고 있지는 않다는 점이 마음에 들었다. 우리는 처음 몇 주 동안 드문드문 만나며 연락을 주고받다가 거의 매일매일 보게 되었다. 이듬해 초여름부터 나는 그의 아파트에서 살다시피 했는데, 그곳에서의 밤은 열기 때문에 열어놓은 창문을 타고 흘러들어오는 나무 냄새로 가득 차올랐다. 우리가 함께 침대에 있을 때, 그의 몸은 한국의 장마철 비 오기 직전처럼 축축했지만 뜨거웠고, 또 나만을 위한 트로피처럼 매끄럽고 단단했다. 내가 살던 집을 정리하고 그의 집에서 같이 살게 된 것은 석사 이 년 차 과정에 진학한 그해 10월이었다. 파리에 살게 된 이후, 알음알음 교류가 생긴 주재원의 자녀들에게 수학 과외를 해주는 것 이외엔 별다른 수입이 없던 나로서는 브리스와 월세를 나눠 내는 편이 훨씬 이득이었지만, 그와 함께 살기 시작한 이유가 경제적인 계산 때문만은 물론 아니었다. 내가 그의 집으로 얼마 되지 않는 짐을 들고 이사했을 때, 브리스는 찬장 속에 숨겨두었던 튤립 다발을 꺼내어 내게 선물로 주며 "우리집에 온 걸 환영해!"라고 말했다.

언니와 브리스는 처음부터 사이가 좋았다. 언니와 내가 놀고 있으면 가끔씩 브리스가 합류할 때도 있었는데, 브리스가 있더라도 우리는 주로 한국어로 이야기를 하고 어쩌다 통역을 해주었을 뿐이지만 브리스는 셋이 어울리는 것을 싫어하지 않았다. 같이 살기로 할 즈음부터 브리스는 나의 친구들을 만나고 싶어했고, 자신의 가족을 나에게 소개해주길 원했다. 내가 대학원에 입학한 이후에는 나도 바쁘고 언니도 출장이 잦아져서 볼 시간이 줄었지만, 그래도 우리는 정기적으로 만나서 함께 밥을 먹었다. 브리스와 내가 사는 집에 언니를 초대해 한국 음식을 해 먹기도 했다. 내가 석사 이 년 차가 되자 언니는 갈수록 빈번해지던 회식 자리에서 술에 취하면 언니를 끌어안고 노래를 부르는 상사 때문에 스트레스를 받기 시작했고, 나는 미래에 대한 고민으로 괴로워졌다. 수태고지 도상들의 변천 과정을 시대별로 비교하는 일은 매력적이었지만 논문을 써나가면서 연구가 적성에 맞지 않는다는 사실을 깨달았기 때문에 나는 석사과정을 마치는 대로 귀국할 예정이었다. 하지만 관계가 깊어질수록 브리스와 떨어져 지낼 자신은 점점 없어져갔다. 석사논문 심사가 끝나고 체류증 만료가 가까워지자 브리스도 나도 마음이 심란해져서 별것도 아닌 이유로 다투는 일이 잦아졌다. 7월로 접어들고 나서도 브리스와 나는 아무 일이 없는 것처럼 토요일마다 집 앞에서 열리는 장에 나가 신선한 빵과 염소 치즈, 그리고 연어나 도미 같은 것들을 사와서 음식을 만들어 먹었고, 늦은 밤에는 소파 위에 나란히 앉아 케이블에서 하는 영화를 보다가 키스를 나누었으며, 설거지할 때마다 틀어놓는 라디오에서 좋아하는 시엠송이 나오면 둘이 같이 머리를 흔들며 춤을 췄다. 하지만 나는 브리스가 체류증을 연장받기 위해 내 쪽에서 어떤 조치를 취하길 바란다는 것을 알고 있었고, 그런 브리스의 바람을 엿볼 때마다 서운했다. 나는 이십대 초중반도 아니고, 유예의 시간이 영원히 지속될 수 없으며, 지속되어서도 안 된다는 것을 알고 있었다. 하지만 내가 가진 학위로는 프랑스에서 구직에 성공할 가능성이 없었고, 그렇다고 박사과정에 등록하고 싶은 마음이 있는 것도 아니었다. "체류증이 만료되면 한국에 돌아갈까 해." 내가 그렇게 말하면 브리스는 장거리 연애를 믿지 못한다며, 내가 한국에 돌아가면 관계가 끝나버릴 것이라고 언제나 확신에 찬 표정으로 말했다.

돌이켜보면 브리스와 내가 결혼하는 데 결정적인 역할을 한 사람은 언니였던 것 같다. 서른이 넘은 나이에 아직도 미래를 걱정하며 이러지도 저러지도 못하는 자신을 한심해하고 있던 내게 어느 날 언니가 "우리는 전부를 걸고 낯선 나라에서 인생을 새로 시작할 만큼 용기를 내본 적 있는 사람들이니까, 걱정 마. 넌 네가 생각하는 것보다 스스로 원하는 걸 찾을 줄 아는 사람이야"라고 말해주지 않았다면, 어느 저녁 어스름이 내리고 어디선가 베트남 국수 냄새가 풍기던 골목에서 다른 것은 잘 몰라도 브리스와 헤어지고 싶지 않다는 내 마음만큼은 확실하다는 사실을 깨닫지 못했을 테니까. 그것을 위해서라면 결혼하는 방법도 나쁘지만은 않은 것 같았는데 그렇게 생각하자 복잡했던 모든 일이 간단해졌다. 그리고 그날 밤, 나는 설거지를 하고 있던 브리스에게 결혼하지 않겠느냐고 물었고, 그는 거품기 있는 손으로 나를 끌어안으며 청혼을 받아들였다. 그후로 모든 것은 순식간에 진행됐다. 행정적인 절차를 위해 시청에서 결혼식을 올렸을 때 나의 증인 역할은 언니가 해주었다. 증인을 서달라고 부탁하기 위해 우리가 즐겨 가던 5구의 카페에서 언니를 만났던 날, 내가 브리스와 결혼하기로 했다는 소식을 전하자 언니는 놀란 표정으로 축하한다고 말했다. "후회하지 않겠니?" 언니는 나를 걱정해서 물었을 테지만 그 순간 나는 기분이 조금 상했다. 언니의 걱정이 애정에서 비롯된 것임을 알면서도 그때 그 말이 걸렸던 것은 어쩌면 나 역시 나의 충동적인 결정과 그에 따라 갑작스럽게 변해버릴 나의 인생에 대해서 무의식적으로 걱정하고 있었기 때문이 아니었을까? 지금 생각해보면 어쩌면 그때 이미 나는 나의 선택이 단순히 한 남자와 그의 가족을 받아들이는 것이 아니라 그의 문화와 나라의 역사까지 받아들이는 것이며, 그것을 감당하기엔 나의 각오가 불충분하다는 것을 어렴풋이나마 예감하고 있었는지도 모른다. 하지만 적어도 결혼을 결정하던 당시의 나는 예감의 실체를 알지 못했거나, 혹은 모른 척하고 싶었다. 내가 그 모든 것을 실감하기 시작한 것은 몇 달 후의 일이었다.

이미 브리스와 함께 살고 있었기 때문에 결혼을 하고서도 처음엔 크게 달라진 것이 없었다. 체류증 만료가 임박해오면서 브리스와 나 사이에 존재했던 묘한 긴장과 불만이 해소되었고 처음으로 우리가 공통의 미래에 대해서 이야기하기 시작했다는 것이 변화라면 변화였다. 나중에 돈을 모으면 파리 외곽에 정원 딸린 집을 사서 샐러드거리와 감자, 호박 같은 것들을 키우자고 브리스가 말하면 배추나 열무도 그 옆에 같이 심자고 내가 말하는 식의 대화를 나눌 때마다 나는 내 미래가 어떻게 흘러갈지 몰라 불안했던 시기와 달리 충만한 기쁨에 사로잡혔다.

하지만 시간이 흐르고 해가 바뀌자 기쁨은 조금씩 사그라졌고, 나는 내가 말도 제대로 통하지 않는 낯선 나라에서 평생 살아야 한다는 사실을 서서히 자각하게 됐다. 언니를 만나도 예전처럼 재미있지 않았고 대화가 자꾸 미끄러졌는데, 언니는 프랑스에 한시적으로 머물다 돌아갈 사람이고 나는 여기에 남을 사람이라는 사실이 우리 사이에 보이지 않는 금을 그어놓은 듯했다. 언니는 여행에 대해서 자주 말했고, 어떻게 하면 얼마 남지 않은 프랑스 체류 기간을 알차게 보낼 수 있을지 고민하고 있었다. 하지만 나에게 그런 것들은 더이상 중요하지 않았고, 내게는 이곳에 뿌리를 내릴 수 있는 방법에 대한 조언들이 필요했다. 내가 프랑스에 사는 한인 주부들을 대상으로 하는 요리 강좌에 나가기 시작한 것은 그런 이유였다. 한국문화원에서 주최하는 모임으로, 정착한 지 오래된 한국 이민자 여성들이 주재원의 아내들이나 프랑스 남자와 갓 결혼한 여성들을 대상으로 일주일에 한 번씩 요리를 가르쳐주고 일상생활에 필요한 정보를 제공해주는 곳이었다. 키슈나 크로크무슈 같은 간단한 프랑스 음식의 조리법을 가르쳐주던 그곳에서 나는 프랑스에서 한국식 김치맛을 내기 위해서는 어떤 상표의 굵은소금을 사야 하는지, 프랑스와 한국의 출산과 육아 문화가 어떻게 다르고, 파리 외곽의 어느 도시가 교육환경이 좋은지 같은 것들을 배웠다. 그런 정보들은 꽤 유용했지만, 나는 갓 결혼한 여성들이 정착에서 오는 어려움을 토로할 때마다 아이를 낳으면 해결될 거라고 반복적으로 조언하고, 음식을 나누어 먹으면서 한국 드라마 이야기를 하다가 결국엔 그들이 알고 있는 프랑스 거주 한국인들의 흉을 보며 끝나는 그 모임에 마음을 붙이기 힘들었다. 한번은 언니가 그 모임의 화젯거리로 등장한 적도 있었다. 아무도 이름을 언급하지 않았기 때문에 처음에 나는 몇몇 주재원의 아내가 이야깃거리로 삼는 대상이 언니일 거라고는 꿈에도 생각하지 못했다. 대화 속에 등장하는 여자, 남자를 밝혀 남녀가 섞인 모임에서 항상 남자들하고만 이야기하려고 기를 쓰고, 유부남들이 술 마시는 자리라면 어김없이 껴서는 유혹하려는 듯 아양을 떨고 술을 따른다는 여자가 언니와 동일 인물임을 내가 눈치챈 것은 그 이야기를 한 사람이 언니와 같은 대기업에서 파견 나온 주재원의 아내라는 것을 알았을 때였다. "그 사람, 그런 사람 아니거든요?" 모두의 시선이 일제히 내게 쏠렸다. "아, 아는 분이에요?" 누군가가 어색한 침묵을 깨고 내게 물었다. "네, 아는 사람이에요." 나는 짐을 챙겨 나오면서 '친한' 사람이라고 말하지 않은 것을 후회했고, 언니가 그런 소리를 듣도록 처신했다는 것이 화가 났고, 두 번다시 그 모임에 나가지 않았다.

결국, 내가 가진 학위와 경력이 아무런 소용도 없는 나라에서 내가 할 수 있는 일은 집안을 청소한 후에 요리를 하는 것뿐이었다. 그래서 나는 청소를 마치면 지하철을 타고 한인 마트에 가서 장을 봐다가 매일같이 다른 국을 끓이고 양념에 고기를 재웠으며 생선을 조렸다. 브리스는 언젠가부터 퇴근해 들어오면서 "또 한국 음식이야?"라고 말하기 시작했다. 장난스러운 어투를 가장했지만 그 말에 어떤 진심이 섞여 있다는 걸 나는 알 수 있었다.

다시 봄이 오자 안개비가 시도 때도 없이 내렸고, 한낮에도 하늘은 납빛으로 어두웠다. 집안에 언제나 떠다니던 차고 습한 기운이 나를 짓눌렀다. 이웃집에 살던 아랍 사람들은 이사를 갔고, 나는 여전히 마늘을 빻고 멸치를 다듬었다. 어쩌다 언니와 전화통화를 할 때면 우리는 한국의 소나기가 그립다고 말했다. "비가 올 거라면 시원하게 왔으면 좋겠어." 우리는 더이상 밤마다 술집을 배회하지 않았고, 자주 보지도 않았다. 언니는 나의 연락이 줄어 서운했을까? 그랬을 거라고 지금 와서는 생각하지만 그때에 나는 언니의 마음에 대해서는 조금도 헤아리지 못했다. 어느 주말에는 브리스의 친구들이, 다른 주말에는 브리스의 부모님이 커다란 꽃다발과 초콜릿, 알자스 지방의 와인이나 묑스테르 치즈 따위를 사가지고 집으로 놀러왔는데, 그들은 모두 좋은 사람들이었고 잡채나 불고기 같은 난생처음 맛보는 음식들을 모두 맛있게 먹었다. 하지만 그들이 나의 친구도 나의 부모도 아니었기 때문에, 나는 일주일에 세 번씩 운동화를 신고 나가 파리를 걸었고, 이따금씩 길을 잃었다는 느낌에 사로잡히면 거리에 서서 조용히 울었다.

주재원의 임기 만료가 세 달 앞으로 다가오자 언니는 바빠졌다. 언니는 가족이나 친지들에게 줄 선물들을 마지막으로 쇼핑했고, 가보지 못했던 북유럽의 어딘가를 다녀왔고, 불필요한 물건들을 하나씩 정리하기 시작했다. 나는 언니가 입지 않는 옷들이나 처분해야 할 가재도구를 사진 찍은 후 중고 사이트나 교민들이 이용하는 사이트의 광고 게시판에 올려주는 일을 도왔는데, 그럴 때마다 언니마저 떠나버린 이후의 삶을 상상하며 쓸쓸해졌다.

그리고 8월의 둘째 주, 우리는 노르망디로 떠났다. 귀국하기 전 어학원에 다니던 시절처럼 여행을 같이 가고 싶다고 언니가 말했기 때문이었다. 그런 언니의 제안에 브리스도 데려가도 되느냐고 물은 것은 나였다. 겉으로 보기엔 아무렇지 않았지만 나는 부부

사이가 위태롭다는 것을 알았고, 브리스를 두고 혼자서 여행을 가고 싶지 않았다. 그래서 우리 셋은 파리에서 멀지 않은 도빌로 바다를 보러 갔다. 차를 렌트했고, 도로를 달리는 동안 라디오에서는 큰 소리로 노래가 흘러나왔고, 브리스는 그 노래에 맞춰 춤을 추듯 핸들을 좌우로 흔들었다. 하늘은 구름 한 점 없이 맑았고, 도로의 양옆으로는 키 작은 해바라기들이 잔뜩 피어 있었고, 벌판 위로 새떼가 날아갔다. 브리스도 나도 모처럼 기분이 좋았고, 나는 모든 것이 완벽했던 시절로 돌아간 것만 같아 기뻤다.

우리가 도착했을 때, 도빌의 요트 선착장은 빛으로 가득했고, 우리는 그 근처의 식당에서 점심식사를 했다. "예전에 우리 여행 갔을 때 너 반지 잃어버렸던 거 기억나?" 이미 결혼반지가 대신 끼워진 내 약지를 보며 언니가 물었다. 나는 고개를 끄덕였고, 우리는 〈녹색 광선〉의 배경이라는 이유로 찾아갔던 비아리츠에서 내가 손을 씻은 후 등대 근처의 한 식당 화장실 세면대에 반지를 놓고 왔던 일에 대해서 이야기를 시작했다. "그날은 정말 하루종일 엉망이었어." 나는 그날 반지를 잃어버렸고, 반지를 찾으러 식당으로 되돌아갔다 오는 길에 우리는 갑작스러운 뇌우로 인해 쫄딱 젖었다. 하지만 그 모든 일은 이미 지나갔으므로 우리는 그 일을 이야기하며 같이 웃었다. 그리고 우리는 시내를 걸었다. 작은 상점에 들어가 캐러멜을 사 먹었고, 서점에서 엽서를 샀고, 그러다가 화장실이 급해 카페에 들어가 테라스 쪽 테이블에 자리를 잡왔다. 내가 화장실에 갔다 나왔을 때 테이블 위에는 맥주 세 잔이 놓여 있었다. 언니와 브리스는 오후의 빛을 등진 채 테이블 앞에 앉아 있었고, 둘은 잘 어울리는 한 쌍의 연인처럼 보였다.

날씨가 어찌나 변덕스럽던지 맑게 갠 하늘에서 비가 쏟아지더니, 얼마 안 있어 멈추었다. 우리가 예약한 숙소는 해변이 내려다보이는 방 두 개짜리 아파트였다. 벽난로 위에는 커다란 거울과 누군지 모르는 사람들의 흑백사진이 담긴 액자, 커다란 볼링 핀, 화병 같은 것들이 두서없이 놓여 있었다. 우리는 숙소에 짐을 풀자마자 바다로 나가 수영을 했다. 반짝이는 수면이 바람에 일렁였고, 해변의 모래는 뜨거웠다. 언니는 모래 위에 두꺼운 비치 타월을 깔아놓고 누워 『브람스를 좋아하세요…』를 읽었다. 햇볕 속에서 브리스의 몸은 탄력적으로 빛났고 브리스는 물고기처럼 헤엄쳐 수평선 쪽으로 나아간 후 저 멀리에서 멈춰 서서 내 쪽으로 손을 흔들었다. 나도 손을 들어 브리스를 향해 흔들었다. 모래밭 위에는 색색의 파라솔이 활짝 펼쳐져 있었다. 어쩌면 이번 여행을 계기로 우리의 관계가 회복될 것 같다는 예감이 들었고, 예감뿐이었지만, 그것으로 충분한 기분이었다.

우리가 저녁을 먹기 위해 숙소로 돌아온 시간은 일곱시였다. 브리스가 포도주를 사러 마트에 간 사이 파리에서부터 준비를 해 아이스박스에 넣어온 식재료로 나는 저녁식사를 만들었다. 언니는 샤워를 했고 나는 흰쌀을 냄비에 안친 후 간장 양념한 불고깃감과 고추장에 잰 오징어를 프라이팬에 빠르게 볶아 접시에 담았다. 바다가 보이는 응접실 겸 다이닝 룸에서 저녁을 먹기 시작했을 때 바다는 분홍색으로 물들기 직전으로, 아직은 투명하게 빛을 반사하고 있었다. 우리는 언니가 파리에서부터 사가지고 온 샴페인을 땄다. 언니가 챙겨온 길고 좁다란 잔 위로 기포가 기분좋게 일었다. "오늘 같은 날엔 추억의 명곡을 들어야지!" 언니가 신청한 〈비 오는 날〉이 조용히 흘렀고, 창문을 타고 석양이 넘실거리며 집안으로 들어왔다. 언니와 나는 우리가 처음 만난 순간부터 시간이 얼마나 빨리 흘렀는지에 대해서 반복적으로 이야기했다. "네가 없었다면 나는 파리에서 정말 외로웠을 거야." 언니가 말했고, 나는 소리 높여 동의했다. 브리스가 일어나 마트에서 사온 포도주를 땄고, 우리는 모두 조금씩 취해갔다.

"그러니까 나는 이제 정말 매일 한국 음식만 먹는다고."

브리스가 그렇게 말한 것은 우리가 포도주를 네 병째 비웠을 때였다. 브리스는 취한 척 고개를 푹 숙인 채 절레절레 흔들었고, 나는 기분이 상했다.

"한국 음식이 얼마나 맛있는데, 그치?"

"그럼."

"하지만 정말 매일매일이라고!"

브리스가 다시 고개를 쳐들었다. 사방이 조용해진 사이, 위층에서 가구를 옮기는지 천장에서 무언가 무겁고 육중한 것이 움직이는 소리가 났다.

"먹기 싫은 사람은 먹지 마."

나는 자리에서 일어나 브리스의 포크를 빼앗기 위해 손을 뻗었다. 그러는 바람에 포도주가 담긴 잔이 하마터면 쏟아질 뻔했고 모두 놀라 비명을 질렀다.

"에이, 포크까지 빼앗지는 마. 브리스는 그저 투정을 하는 거야. 그치?" 언니가 중재를 하려는 듯이 말했다. "그리고 브리스 너도 먹을 거 해주는데 투정 부리지 마. 넌 고작 한국 음식을 매일 먹을 뿐이지만 네 아내는 매일같이 너네 나라 말을 쓰고, 너네 나라 텔레비전 프로그램을 보고, 너네 나라 사람들을 상대해야 해."

언니가 아이를 어르듯이 브리스의 등을 토닥였다. 나는 그런 말을 하는 사람이 언니가 아니길 원했고, 누구보다 브리스가 나를 이해해주길 바랐다. 나는 브리스가 질린 것이 단순히 한국 음식만이 아니란 것을 알았고, 내 머릿속에는 교민 모임에서 만나 나를 집에 초대해주었던 어떤 여자가 떠올랐다. 프랑스 시사주간지 기자의 아내로, 한국에서는 체육교육을 전공했지만 프랑스에선 아무것도 할 수가 없어 그냥 아이를 키우며 산다던 그 여자. 이십 년이나 프랑스에 살았는데도 동사 변화를 할 줄 몰라 모든 동사를 원형으로 말했고, 프랑스인 남편이 언급하는 정치인이나 유명인사의 이름을 하나도 몰랐고, 무엇보다 남편과 같이 그 식탁에 둘러앉은 사람들이 농담처럼 나와 여자 앞에서 아시아 문화를 은근히 깔보는 말을 해도 이해하지 못해 웃고만 있던 여자. 나는 내가 결국 그 여자처럼 되어버릴까봐 두렵다는 사실을 브리스가 이해해주길 바랐다. 하지만 밥을 먹는 동안 브리스는 내 쪽을 쳐다보지도 않았고, 언니는 최근에 출장 다녀온 밀라노에 대해서 이야기를 시작했다. 공교롭게도 브리스 역시 몇 년 전 출장을 다녀온 곳이었기 때문에 둘은 밀라노의 유명한 젤라토 가게에 대해 대화를 주고받았다. 더이상 직장이 없었으므로 출장을 갈 일도 전혀 없던 내가 가만히 듣고만 있는 동안 둘은 마주보며 웃었다. 브리스가 그렇게 웃는 모습은 몇 달 만에 처음 보는 것이었다.

나는 내 앞에 남은 밥을 천천히 씹어 먹었다. 그리고 고개를 돌려 창밖을 건너다보았다. 창 너머에는 서서히 어둠이 내리고 있었다. 살이 접힌 채 해변에 일렬로 늘어서 있는 파라솔들은 불 꺼진 케이크의 초같이 보이기도 하고, 날개가 꺾인 새들같이 보이기도 했다. 잿빛 어둠 속에서 파도 소리는 들리지 않았지만 짙푸른 물결이 이쪽으로 다가오다 부서지는 모습이 보였다. 불과 몇 시간 전까지 황금색으로 빛나던 장소라고는 상상할 수 없었다. 바람이 불면 파라솔의 몸체가 흔들렸고 이제 끝이란 생각이 들었다. 무엇이 끝인지는 알 수 없었지만 그저 그런 생각이 들었고 옅은 슬픔 같은 것이 가슴 안에서 서서히 퍼졌다.

"실례합니다." 브리스가 갑자기 자리에서 일어났다. "숙녀 여

러분, 나 먼저 자러 가야겠어. 치우는 건 내일 같이 합시다." 브리
스는 확실히 취한 것 같았고, 비틀거리며 방안으로 들어가버렸다.

"좋은 남편이야." 나의 맞은편에 앉은 언니가 말했다. "철이 조
금 없어서 그렇지 너를 사랑하는 건 알잖아."

지금 나는 그때 언니가 나를 달래주기 위해 그렇게 말했다는 것
을 안다. 하지만 그때는 언니가 내 남편에 대해 나보다 더 잘 아는
듯이 말하는 것이 싫었고, 나를 조금은 무시하는 게 아닐까 하는
의구심이 일었다. 나는 언니가 결혼을 중요하게 생각하지 않는 사
람이라는 것을 알고 있었기 때문에 언니가 마음 한구석에서는 나
를 한심하게 여기고 있을지도 모른다고 생각했다. 언니가 싱크대
에서 새로운 포도주 병을 가져와 마개를 땄다. "더 마실 거지?" 언
니가 나의 잔에 술을 따랐다. "시간이 너무 빠르다, 벌써 돌아갈
때라니. 한 게 하나도 없는 것 같은데." 언니가 자리에 앉아 자기
잔에도 술을 따랐다. "그래도 건배는 해야지. 어쨌거나 너는 원하
던 대로 결혼도 했고, 이제 완벽히 새로운 삶을 살게 됐으니까."

창밖을 다시 바라봤다. 이제 바깥은 먹색으로 가득했고, 어둠
속에서 흰 거품만이 주기적으로 부서져내렸다. 완벽히 새로운 삶
이라는 언니의 말을 듣고 나자 나는 완벽한 유배의 삶이 시작되었
다는 자각이 들었고, 그러자 알 수 없는 패배감이 가슴속에서 피
어났다.

"너 지금 외로워서 그래. 그치만 아이를 낳으면 너도 덜 외로워

질지도 몰라."

하지만 나는 그런 이유로 아이를 낳고 싶지는 않았고 아이를 낳는 방식으로는 아무것도 해결하고 싶지 않았다. 나는 언니라면 그것을 이해해줄 수 있을 거라고 생각했고, 언니가 이해해주지 못할 리 없다고 믿었기 때문에, 언니가 그렇게 말한다면 그것은 언니 눈에는 나한테 다른 대안이 없어 보이기 때문이라고 확신했다. 그런 상념에 빠져 있다 정신을 차리고 보니 언니는 겨울 바다에 대해서 이야기하고 있었다. 눈이 내리던 바다. 어떤 맥락에서 시작된 이야기인지는 알 수 없었지만 언니가 옛 애인과 갔었다는 서해 어느 해안가 마을에서의 밤에 대한 이야기였다. 언니는 이제 눈이 쌓인 바닷가 풍경에 대해서 말하기 시작했다. 눈에 덮였던 플라스틱 의자, 눈에 덮였던 포인세티아 화분, 눈에 덮였던 옛 애인의 머리카락. 난방이 충분하지 않아서 몸을 맞대고 잠들어야 했던 민박집 이불의 나프탈렌 냄새, 방안의 한기와 몸의 열기, 하얗게 흩어지던 입김과 바다 위로 끊임없이 하강하던 눈, 하강하던 새, 하강하던 마음. 그런 이야기를 하는 언니는 고통스러워 보였지만 기묘하게도 그 고통이 언니를 더욱 아름답게 만들었다. 언니의 이야기를 듣고 있자니, 고향에 가려던 발길을 돌려 나에게로 달려온 브리스와 사랑을 나눴던 어느 성탄절 전야가 생각났다. 우리가 사귀던 초반으로 내가 아직 5구의 작고 허름한 다락방에 혼자 살던 시절이었다. "눈이 오면 좋겠어." 서리가 껴서 창밖이 보이지 않았고, 멀리서 성당의 종소리가 들렸고, 내가 사다놓은 플라스틱 크리스마스트리의 꼬마전구가 창문 앞에서 일정한 리듬으로 반짝였던 그 밤. "있지, 한국에서는 성탄절 이브에 연인들을 위한 러브모텔이 아주 성황이야. 웃기지? 우린 그러니까 한국식으로 성탄절을 보내고 있는 셈이랄까." 어쩌다 그런 말을 했는지는 기억이 나지 않았다. 하지만 턱수염이 자라 까칠한 뺨을 내 등에 묻으며 "한국인들은 사랑이 구원인 걸 아는 사람들인가보네"라던 브리스는 더이상 없었다.

"언니, 아직도 그 사람한테 연락해?"

"응. 나 사실 지난주에도 또 걔한테 전화했다. 바보 같지?"

지금도 나는 이해할 수 없다. 그 순간 대체 왜 언니에게 그런 말이 하고 싶어졌는지. 이해할 수는 없지만 나는 이다음 장면을 회상할 때면 언제나, 오래전 서로가 서로로 인해 충만했고 아직 우리에게 밤 산책 할 거리가 남아 있던 그 시절에 우리를 향해 외설스러운 말들을 지껄이던 인종차별주의자들이 떠오른다. 그리고 언니의 눈빛도. 행복에는 정해진 양이 있어 내가 행복해지기 위해서는 타인을 불행하게 만들어야 한다고 믿는 사람처럼, 다급히 내가 "그건 나쁜 거 아닐까. 언니는 남의 가정을 망가뜨리고 싶어?"라고 언니에게 말했을 때의 그 눈빛. 억지로 웃으려고 하지만 끝내 물에 녹아내리는 물감처럼 한없이 희미해지던.

누군가는 그 여행이 우리의 마지막 만남이었을 거라고 생각하겠지만, 나는 그후로 딱 한 번 더 언니를 본 적이 있다. 언니와 마지막으로 만난 것은 우리가 아직 모두 파리에 살던 시절로, 언니가 귀국하기 이틀 전이었다. 나는 귀국하기 전에 언니를 집에 한번 초대하고 싶었지만 언니가 거절해 우리는 시내의 카페에서 커피를 마셨다. 우리는 아무 일이 없었던 것처럼 일상의 이야기를 나누고는 한국에서든 파리에서든 다시 금방 보자고 작별의 인사를 주고받았지만 둘 중 누구도 먼저 연락을 하지 않으리라는 것을 알았다.

브리스와 내가 그르노블로 이사한 것은 언니가 주재원 생활을 마치고 사 년쯤 지난 뒤였다. 브리스에게 그르노블에 위치한 한 스타트업 회사에서 일할 수 있는 기회가 생겼기 때문이었다. 처음에는 아는 사람이 하나도 없는 그르노블로 이사를 하는 것이 싫었지만 결과적으로는 내게도 만족스러운 선택이었다. 파리의 월세를 생각하면 아이가 자랐을 때 집이 너무 좁았을 것이기 때문이다. 우리는 이제 파리에서보다 두 배가량 넓은 아파트에서 아직 어린 아들과 함께 살고 있다. 아들은 나보다 브리스를 더 닮았지만, 웃을 때는 나와 똑같다고 한다. 브리스와 나 사이에 있었던 어려운 시기는 시간과 함께 지나갔다. 우리는 이제 평일에는 프랑스 음식을, 주말에는 한국 음식을 해 먹고, 한국 영화가 개봉하거나 교민들이 행사를 하면 그것들을 같이 보러 간다. 한국의 여동생이 아이를 낳았다거나 아버지가 병원에 입원했다는 소식을 들을 때면, 나는 프랑스에 있어서 내 가족의 기쁨이나 슬픔을 공유할 수 없는데 브리스는 그의 가족에게 생기는 모든 일을 함께할 수 있다는 사실에 여전히 화가 나고 억울한 마음이 들기도 하지만, 그런 마음도 전보다는 많이 옅어졌다. 아마도 그것은 다른 사람들이 조언해준 것처럼 나에게도 아이가 생겼고, 그 덕분에 이제는 이곳에도 나의 삶이 생겼다고 느끼기 때문이라는 것을 안다. 하지만 아이가 나를 이곳에 뿌리내리게 만드는 유일한 존재라는 사실을 생각하면 나는 때때로 견딜 수 없을 만큼 큰 두려움에 사로잡힌다. 내가 아이를 아무리 사랑하더라도 아이는 언젠가 나의 모국어조차 아닌 언어로 나를 증오한다고 말하고 떠날 것을 이미 알기 때문이다.

그르노블에는 파리만큼 한인들이 없지만 그래도 SNS가 있어 그렇게 외롭지만은 않다. 나는 하루에도 몇 번씩 SNS 계정에 들어가서 한국 소식을 읽거나 한국어로 프랑스의 소식을 전하고 그러다가 가끔 언니의 옛날 이메일 주소나 아이디를 입력해 계정을 찾아볼 때가 있다. 내가 조금 더 적극적이라면 언니와 연락할 방법을 찾을 수 있다는 것을 알지만 그렇게 하지는 않는데, 사과를 하러 연락하지 않는 것이 언니를 위한 것인지 나를 위한 것인지는 알지 못한다. 나는 어디서든 언니가 잘살고 있으리라고 굳게 믿고 있다. 하지만 지금처럼 이곳으로서는 드물게 폭우가 쏟아지고, 코를 골며 잠든 브리스의 옆에서 홀로 긴 시간 뒤척이는 새벽이면 나는 오래전 비아리츠에서 내가 잃어버린 반지를 찾기 위해 언니와 식당으로 되돌아갔던 일을 떠올린다. 다행히도 화장실의 세면대 위에 그대로 놓여 있던 반지를 찾은 후 우리가 식당 밖으로 나왔을 때 거리에는 장대비가 퍼붓고 있었다. 어쩌면 좋을지 망설이는 사이, 언니가 먼저 우산을 펼쳐 들고 빗속으로 걸어들어갔다. 우산을 써봤자 아무 소용도 없는 비였다. 언니는 이내 우산을 접더니 비를 쫄딱 맞은 채 나에게 빗속으로 들어오라고 손짓했다. 그리고 우리는 폭우 속을 달렸다. 웃음을 터뜨리면서. 머지않아 거짓말같이 비가 그치고 해가 날 거라는 사실엔 관심조차 없는 사람들처럼. 지금도 그날을 추억하면 빗속을 뛰어가는 언니와 나의 모습은 손끝에 닿을 듯 생생하고, 그러면 나는 어김없이 울고 싶어진다.

여름의 빌라

새벽의 기차역 풍경을 알고 있지요? 우리가 오래전 처음 헤어졌던 곳도 새벽의 기차역이었어요. 커다란 배낭을 짊어진 채 국경을 건너는 기차에 올라타려던 내게 당신 부부가 작별의 말을 건네던 장면을 떠올릴 때가 있습니다. 행운을 빌어. 당신과 한스는 그렇게 말하며 나의 뺨에 입을 맞추었죠. 나보다 서른 살 가까이 많은 당신과 한스에게 나는 우연히 만나 함께 며칠을 지내다가 헤어지는 작은 동양 여자아이에 불과했다고 당신은 한참의 시간이 흐른 후에 내게 말했습니다. 그랬던 내가 당신들에게 특별해진 것은 내가 그날 그 새벽의 역사 안에서 아이처럼 울음을 터뜨렸기 때문이었다고도 말했어요. 세상과 결투를 벌이려는 것처럼 양손을 단단히 말아 쥐고는 울음을 참기 위해 주먹으로 눈두덩을 꾹꾹 누르던 아시아인 여자애. 우리가 처음 만난 것은 내가 태어나 처음으로 유럽 여행을 떠났던 스물한 살의 여름이었습니다. 신입생이 된 이후 방학이면 하나둘 배낭여행을 떠났던 친구들을 부러워만 하다가 한 학기 휴학하고 아르바이트를 해서 마련한 돈으로 떠난 여행이었어요. 여행중에 잠깐 만났을 뿐인 사람들에게 어떻게 그렇게 많은 정을 줄 수 있었느냐고 당신과 한스는 우리가 몇 년 후 재회했을 때 물었지요. 너는 애정에 굶주렸던 것이 틀림없어, 라고도 농담처럼 말했습니다. 실제로 당신과 한스는 다정했고, 낯선 도시에서 바가지를 쓰거나 야간열차를 타다가 소매치기를 당하기도 했던 어수룩한 여행자에게 당신과 한스의 보살핌이 매우 소중했던 것은 사실이지만, 이제 와 생각해보면 그 기차역에서 작별인사를 나누며 울음을 터뜨린 이유는 단순히 당신과 한스에 대한 애정 때문만은 아니었어요.

긴 여행 끝의 피로가 눈꺼풀 위로 내려앉았지만, 아마도 그때 나는 처음 홀로 긴 여행을 떠나본 사람이 가질 수 있는 충만감, 달콤한 자유로움, 무엇이든 다시 시작할 수 있을 것 같은 용기에 취해 있었던 것 같아요. 피부색도 다르고 언어와 문화마저 다른 사람들과 함께 웃고 떠들며 이야기할 수 있다는 사실. 삼면이 바다로 둘러싸여 있고 다른 한 면마저 결코 넘을 수 없는 휴전선으로 차단된 작은 반도 출신인 내게 당신들과 함께 보냈던 며칠의 시간은 내가 세계시민으로 거듭난 듯한 기분을 느끼게 해줬던 거죠.

그때 우리가 헤어졌던 새벽 여섯시 오십오분의 베를린 동역에도 일상의 고단함을 견디며 기차를 기다리는 사람들이 있었을 텐데, 그 당시의 내게 그곳은 낯선 장소로 나를 이끌어줄 설렘과 모험의 시작점처럼만 느껴졌으니까요. 십여 년이 흐른 지금, 새벽녘 출근길에 오르는 사람들 틈에 서서 기차가 역사 안으로 들어오기를 기다리며 베를린의 기차역을 떠올리는 경우가 많지는 않습니다. 내 앞에 요란한 소리를 내며 정차하는 낡은 기차, 그 유리창 위로 비친 내 얼굴은 생활의 피로에 젖어 있는 다른 승객들의 얼굴을 꼭 닮아 있고. 베를린 동역에서 힘차게 기차 위에 올라탔던 어린 승객과는 조금도 닮은 점이 없으니까요. 하지만 오늘 나는 앞좌석 등받이에 간이 테이블조차 달려 있지 않은 낡은 완행열차에 앉아, 밤새 준비한 강의자료들을 뒤적이다가 문득 우리가 처음으로 작별했던 그날을 떠올렸습니다. 그리고 당신에게 편지를 쓰고 싶어졌어요. 아닙니다. 이것은 모두 핑계예요. 어쩌면 나는 우리가 육 년 만에 다시 만나 여행을 했던 지난여름 이후부터 줄곧 당신에게 편지를 쓰고 싶다고 생각했던 것 같습니다.

지호와 함께 시엠레아프로 우리를 만나러 오지 않겠니?

지난여름, 오랜만에 당신이 보내온 메일 속에는 그렇게 쓰여 있었습니다. 한스와 동남아시아를 여행하고 있다던 당신은 시엠레아프에 빌려놓은 빌라에 빈방이 있으니 내게 시간이 된다면 놀러 오지 않겠느냐고 물었지요. 당신과 독일에서 처음 알게 된 이후 지난 십여 년간 우리는 꾸준히 연락을 주고받으며 우정을 유지해왔습니다. 크리스마스나 생일에는 카드를 보내고, 계절이 바뀔 때마다 짧거나 긴 메일을 써서 보내는 식이었습니다. 당신들은 여름 휴가 때마다 로마에서, 부다페스트나 빈에서 엽서를 보내오곤 했습니다. 당신과 한스의 이름이 서명되어 있던 엽서는 내가 전전하던 서울 변두리의 자취방 우편함에도 차례로 꽂혔죠. 내가 답장을 제때 하지 않아서 드문드문 이어지던 연락이 그나마도 뚝 끊겨버린 것은 몇 해 전부터였습니다. 당신과의 연락이 소원해진 것은 내 삶이 엉망진창이라는 이유로 당신의 호의에 제대로 응하지 못했기 때문이라고 오랫동안 나는 자책하고 있었습니다. 그러니까 당신의 이름을 메일함에서 발견했을 때 내가 얼마나 기뻤는지는 상상할 수 있겠지요. 아마 그 때문일 거예요. 한번 보러 오지 않겠느냐는 제안에, 처음 당신의 집에 초대받았던 스물한 살의 마음이 되어 응하고 싶어진 것은. 나는 정말로 당신을 보러 가기로 합니다.

우리가 재회한 것은 시엠레아프의 작은 공항에서였습니다. 당신과 한스, 그리고 레오니가 원래부터 그곳에 사는 사람처럼 공항의 입국장에서 우리를 기다리고 있었죠. 지난 육 년의 세월 동안 고요히 늙은 당신과 한스는 쏟아져나오는 한국인들 틈에서 나와 지호를 발견해내고 환하게 웃었습니다. 말하지 않았지요? 그 순간 내가 하마터면 울음을 터뜨릴 뻔했다는 것을요. 당신의 제안에 지호 역시 반가워한 것은 사실이지만 여러 가지 이유로 망설이던 그를 적극적으로 설득한 것은 나였어요. 왜 그토록 당신의 초대에 응하고 싶었던 걸까요. 글쎄요, 그때 나는 정확한 이유를 말할 수 없었습니다. 하지만 지금 생각해보면 나는 당신들과의 재회가 조금씩 허물어져가고 있던 지호와의 관계를 회복시켜줄지도 모른다는 막연한 기대를 가지고 있었던 것 같아요. 지호와 나는 어려운 시기를 지나고 있었고, 일상을 벗어나서, 우리가 가난하지만 행복한 신혼부부였던 시절을 알고 있는 당신들과 함께 지내면 우리의 관계가 거짓말처럼 예전같이 돌아올 것이라고 믿고 싶었던 거겠죠. 나는 당신 부부와 함께 보낸 그 며칠 내내 나와 지호의 관계에 골몰했어요. 그런 까닭에 그 긴 시간 동안 쌓인 침묵의 벽을 깨고 당신이 나를 만나자고 했을 때는 당신에게도 심경의 변화가 일어날 만한 사정이 존재할 수 있다는 사실에 대해서 나는 한 번도 생각해보지 못했습니다. 내가 배낭여행을 하던 중 당신 부부를 처음 만나 함께 지냈던 시간은 고작 사흘. 그로부터 몇 년 후 지호와 함께 다시 찾은 베를린에서 체류했던 시간은 오 년. 고작 오 년 사흘을 함께 보냈을 뿐인 우리는 서로와의 재회에서 무슨 기적을 바랐던 것일까요? 우리가 감당하며 살아갈 미래를 생각하면 오 년도 사흘도 허망하기는 매한가지인 시간일 뿐인데요.

지호의 박사논문 심사를 마치고 서울로 돌아온 이래 처음 만난 우리는 공항을 빠져나와 당신들이 빌려둔 낡은 승합차를 타고 빌라로 향했습니다. 승합차의 앞좌석에 앉은 레오니는 낯을 가리는 듯 좌석 등받이에 몸을 숨기고는 가끔씩 고개만 빼꼼 내밀어 우리를 훔쳐보았습니다. 당신은 레오니가 당신들 딸의 아이이며 딸이 멀리 장기 출장을 간 사이에 돌봐주게 되었다고 우리에게 설명합니다. 나는 언젠가 스쳤던 당신의 딸을 떠올려보았어요. 공연예술을 공부한다던 그녀는 나보다 어렸는데 벌써 다섯 살이나 된 아이의 엄마가 되었다고 생각하니 기분이 이상했습니다. "너는 숙녀가 다 되었구나." 베를린 아침의 안개처럼 하얗게 머리가 센 한스가 나를 보며 말했어요. 숙녀라기에는 너무 나이들어버린 나는 한스를 보며 쑥스럽게 웃었던가요. 숙녀는 베를린의 작은 서점 안에서 한스와 처음 만났던, 그 시절의 나에게 더 어울리는 단어였으니까요.

당시 나는 아시아 문학 코너를 기웃거리고 있었습니다. 독일어라고는 여행 책자에서 본 인사말 정도밖에 할 줄 몰랐던 내가 서점에 들어간 것은 낯선 나라에서 좋아하는 작가들의 이름을 발견하는 기쁨을 누리고 싶었기 때문입니다. 한스가 내게 말을 건 것은 서점의 구석자리에 비치된 미시마 유키오나 나쓰메 소세키 같은 작가들의 책들을 살펴보고 있을 때였어요. "일본인입니까?" 나는 갑작스럽게 들려오는 일본어에 고개를 돌렸습니다. 백구십 센티미터에 달하는 커다란 키에 유난히 밝은 금발을 한 오십대 독일인. 카펫 바닥에 쪼그려앉아 책을 뒤적이던 나를 내려다보는 그 독일인이 바로 한스였어요. "아닙니다. 나는 한국인입니다." 한국인이라면서 일본어로 답하는 나를 한스는 호기심 어린 눈으로 바라보았습니다. 내가 대학에서 일문학을 전공하지 않았더라면, 그래서 일본어로 대화할 능력을 갖고 있지 않았더라면, 우리가 쉽게 친해지지는 않았을 거예요. 이미 여러 번 들어 알고 있겠지만, 그날 나와 한스는 서점 직원이 눈치를 줄 때까지 서가 앞에서 이야기를 나누었습니다. 한스의 일본어 실력은 그때나 지금이나 초급 정도밖에 되지 않았고, 나의 일본어 실력 역시 중급 이상은 되지 못했기 때문에 우리는 일본어와 영어를 섞어서 대화했지요. 작은 잡지에 몇 편의 시를 기고한 적 있던 한스는 하이쿠를 좋아한다고 말했습니다. 서점을 빠져나와 숙소로 돌아가려던 나를 한스가 식사에 초대한 것은 뜻밖이었어요. 솔직히 말하면 나는 겁이 많은 고양이처럼 그의 제안을 경계했습니다. 하지만 서점에 당신이 나타난 순간 나는 경계심을 풀었어요. 쇼트커트 머리에 커피 얼룩이 묻은 티셔츠 차림을 한 당신은 한눈에 보기에도 다정하고 쾌활한 사람이었습니다.

당신의 거실에 걸려 있던 커다란 액자. 한자로 무無라고 쓰여 있던 그 액자를 여전히 가지고 있나요. 슈테글리츠 지구에 위치한 당신의 집에 처음 초대받아 갔을 때, 벽 한 면을 가득 채우고 있던 그 액자가 나의 눈길을 사로잡았습니다. 당신이 슬라브문학과 교수이고, 불교에 심취해 있다는 사실을 나는 그날 알았습니다. 당신의 집에는 코끼리상이나 붉은 꽃이 그려진 도자기 같은 것들이 있었지요. 당신들은 동양을 좋아했지만 한국에 대해서는 남북 관계나 한국전쟁밖에 몰랐어요. 하지만 당신들의 동양에 한국이 존재하지 않더라도 나는 당신 부부 덕분에 여행 책자만으로는 결코 접할 수 없는 세계를 좀더 알 수 있었고, 그것이 좋았습니다. 처음 나를 당신들의 집으로 초대한 것도, 빈방이 있으니 원한다면 며칠 재워줄 수 있다고 제안한 것도 한스였지만 사실 나를 더 넓은 세계로 인도해준 사람은 당신이었어요. 한스가 식사거리를 준비하는 동안 당신과 둘이 응접실에 앉아 나눴던 이야기들은 그때까지의 내가 딛고 있던 삶의 지반을 흔드는 어떤 울림을 갖고 있었으니까요. 당신은 독일이 저지른 역사적 비극에 대해 말해주며 당시에 지어진 지 얼마 되지 않았던 유대인박물관에 다녀오라고 추천해주었고, 도스토옙스키를 읽어보지 않았다는 말에 당신이 가지고 있던 영역본 중에서 『가난한 사람들』을 선뜻 꺼내어 내게 선물해주기도 했습니다. 주아에게. 책의 내지에 짧은 메모를 해주던 당신 곁에 서 있을 때 맡았던 관능적인 향수의 향. 내가 사전을 찾아가며 더듬더듬, 오랜 시간에 걸쳐 그 책을 읽을 때마다 담배 냄새가 은은히 섞여 있던 그 향기를 떠올리곤 했다고 이야기했던가요? 내가 나중에 독일 정치사를 전공한 지호와 결혼해서 다시 베를린으로 돌아왔을 때, 당신은 이것이야말로 불교에서 말하는 인연이 아니겠냐며 활달하게 웃었지요. 일본문학 석사까지 마친 내가 학업을 포기하고 독일로 남편을 따라왔다는 이야기를 듣고 당신은 무척 안타까워했습니다. "남편이 유학 가면 아내가 학업이나 일을 포기하는 것이 한국에서는 평범한 일이에요." 당신의 집에서 저녁식사를 마치고 응접실에 앉아 차를 마시며 내가 말했을 때 당신은 나의 눈을 똑바로 보며 말했습니다. "주아, 너에게는 평범하지 않은 삶을 살 자유가 있단다." 당신의 말이 내게 던졌던 파문. 고백하자면 나는 그후로 선택의 순간이 올 때마다 주문처럼 당신의 말을 떠올리곤 했어요. 남편의 유학생활을 끝내고 한국에 돌아와 늦게나마 일문학 박사과정을 수료한 것은 그 때문입니다.

당신이 빌린 빌라는 크지 않았지만 성인 네 사람과 어린아이 한 명이 지내기에는 충분한 사이즈였습니다. 우리가 잠깐 머물렀다 떠날 그곳을 우리는 '여름의 빌라'라고 불렀습니다. 시엠레아프공항에서부터 낡은 승합차를 타고 빌라까지 오는 동안, 밤이라 사위가 어두웠는데도 나는 우리가 머물 빌라가 그 근방에서 가장 고급스러운 건물이라는 것은 알 수 있었어요.

시엠레아프에 머문 며칠 동안 우리는 시장에서 산 망고와 람부탄을 실컷 먹었고, 오전에는 빌라에 딸린 풀장에서 수영을 했고, 해가 어느 정도 솟으면 그제야 어슬렁거리며 시내에 나갔죠. 도로 사정은 금세 나빠졌기 때문에 승합차를 타고 달리다보면 엉덩이가 자주 아팠습니다. 거리의 집들은 낡았고 간혹 열대과일이나 구운 바나나를 파는 노점상들이 보였어요. 레오니 또래의 아이들은 동그란 엉덩이를 내놓고 뛰어다녔습니다.

"할머니, 할머니, 저기 아이들은 옷을 다 벗고 있어요."

레오니가 창밖을 보며 놀란 듯 소리를 질렀습니다. 때때로 도로 한복판에 원숭이떼가 어슬렁거리며 지나가기도 했습니다.

"원숭이다, 원숭이!"

당신의 손끝이 가리키는 방향을 따라 레오니는 고개를 돌렸죠. "오!" 아이는 신기한 듯 입을 동그랗게 오므리며 환호성을 질렀습니다. 승합차 안에서 나와 지호도 손을 잡고 창밖을 구경했습니다. 마음의 부대낌 없이 지호와 같은 곳을 바라보는 것은 참 오랜만이었습니다.

당신은 한국의 시간강사 제도에 대해서 알고 있나요? 아마 모르겠죠? 한국에서 나와 지호의 신분은 시간강사입니다. 한 학기 단위로 계약이 갱신되기 때문에 독일의 '레어베아우프트라크터 Lehrbeauftragter'와 마찬가지로 앞날을 예측할 수 없는 비정규직이죠. 당신과 연락이 드문드문 이어지다 끊겼던 동안, 지호는 임용심사에서 여러 차례 탈락했습니다. 사실 처음부터 지호의 목표가 교수로 채용되는 것은 아니었어요. 교수를 목표로 공부하는 사람은 언제든 나자빠지게 되어 있다, 공부가 좋아서 하다보면 어쩌다 될 수도 있는 것이 교수다. 이런 말을 나는 석사과정 때부터 귀에 못이 박히게 들었습니다. 사학과 출신인 지호도 그런 사정을 모를 리는 없었죠. 부모님의 반대에도 불구하고 독일로 유학을 갔을 때만 해도 지호에게는 학문에 대한 열정이 있었습니다. 그건 당신도 알고 있지요? 하지만 한창때의 린덴바움 잎처럼 새파랗던 열정도 노트북과 원서를 짊어지고 다니느라 굽어가는 등과 함께 시들고 지호와 나는 조금씩 지쳐가기 시작했어요. 마흔이 넘은 나이에 서울에서 수원으로, 충주로 일주일에 몇 번씩 지하철과 기차를 번갈아 타며 다음 학기에 계속할지 안 할지 예측조차 안 되는 몇 시간짜리 강의를 하러 다니는 삶이 쉽지는 않기 때문입니다. 교수 임용은 대부분 운에 좌우되는 것임을 지호도 알고 나도 알고 있는데도 탈락을 거듭하자 지호는 자꾸 자신의 실력을 회의하기 시작했습니다. 시간강사료는 터무니없이 적었지만 먹고살아야 했으므로 지호와 나는 닥치는 대로 강의를 맡았습니다.

시간강사 처우 개선에 아무런 관심이 없는 그의 은사가 연구하려면 강의에 시간을 뺏겨서는 안 되는데 어째서 강의를 그렇게 많이 하느냐고 지호를 나무랐던 날, 그날은 스승의날이었어요. 지호는 그날 술에 취해서 비에 젖은 택배처럼 집으로 실려왔습니다. 주아야 미안해. 만취한 상태로 화장실 변기 위에 앉아 있던 지호는 내가 그를 옮기려 할 때마다 자꾸 미안하다고 말했습니다. 나는 그가 미안하다고 말하는 것이 임용에 거듭 실패하기 때문인지, 그로 인해 우리가 아이를 갖지 못한다고 생각하기 때문인지, 아니면 또다른 무언가 때문인지 알 수 없었어요. 그 무엇도 지호의 잘못이 아니었습니다. 하지만 이불 위에 엎드린 자세로 쓰러져 잠들 때까지 지호는 미안하다는 말만 반복했어요. 그의 팬티가 내 눈에

떤 것은 양말을 벗기고 난 뒤 이불을 덮어주려 할 때였습니다. 언제 그렇게 낡았는지 팬티의 한쪽이 심하게 닳아 있었어요. 나는 손을 뻗어 팬티의 해진 부분을 가만히 만져보았습니다. 힘겹게 지호가 숨을 내쉴 때마다 터진 틈으로 엉덩이 살이 손끝에 닿았습니다. 왜 하필 그 순간 뜬금없이 당신이 내게 주었던 책 속 제부쉬킨의 신발이 떠올랐을까요? 시엠레아프에 오지 않겠냐는 당신의 메일을 받은 것은 바로 그즈음입니다.

처음 며칠간 우리는 당신들과 함께하는 시간이 마냥 즐거웠습니다. 한국에서의 피로했던 날들은 모두 잊고 독일에서의 시간, 아직 미래에 대한 기대가 있었던 시절로 돌아간 듯한 기분이 들었어요. 낯을 가리던 레오니와도 나는 조금씩 친해질 수 있었습니다. 당신의 딸을 꼭 닮은 레오니는 전형적인 독일 여자아이처럼 피부가 하얗고 탐스러운 금발머리를 가지고 있지요. 엄마와 떨어져 지낸 지 두 계절이나 지났다는데도, "엄마가 언제 돌아온다고?" 하고 물으면 한결같이 "열 밤 자면!" 하고 두 손바닥을 펴서 보여주는 레오니가 나는 사랑스러웠습니다. 레오니와 잘 지내는 나를 보며 한스가 지호에게 "아이를 얼른 낳아야겠네"라고 말했던 것은 어느 날 아침식사 자리였죠. "좋은 때를 기다리고 있어요." 목이 늘어난 티셔츠를 입은 지호는 그날 입가에 빵가루를 묻힌 채 농담처럼 말했습니다. "너무 때를 기다리지 마. 아이를 갖는 것보다 귀한 일은 없으니까." 당신은 커피에 우유를 부으며 그렇게 말했어요. 나는 당신이 그렇게 말하는 것이 의외라 조금 놀랐습니다. "그런가요?" 지호가 레오니의 둥근 머리를 쓰다듬었습니다. 그것은 아주 평온한 아침이었지만, 그 짧은 순간 나와 지호가 서로 다른 곳을 바라보고 있었다는 사실을 당신은 눈치채지 못했겠지요. 레오니는 우리의 대화에 관심 없는 듯 토스트를 손으로 뜯어먹고, 접시 위의 수박씨를 가지고 장난을 쳤습니다. 레오니는 숙소의 풀장에서 물놀이하는 것을 좋아했지만 유적지 관광은 금세 싫증을 냈어요. 하지만 우리는 레오니를 어르고 달래가며 시엠레아프 곳곳에 남아 있는 사원들을 돌아봅니다.

우리가 처음 본 사원은 앙코르톰의 바욘 사원이었습니다. 폐허처럼 남아 있는 돌기둥들. 이끼가 자라고 색이 변한 사원 안을 우리는 비가 흩뿌리는데도 오랫동안 걸었습니다. 사원에 다닐 때마다 우리를 안내해주었던 현지인은 바욘 사원이 힌두교를 믿다가 훗날 불교로 개종한 크메르 왕조가 건립한 건축물로, 두 종교가 조화롭게 섞여 독특한 양식을 이루게 되었다고 설명합니다. 마모된 돌무더기, 부조로 가득한 벽면을 지나다가 당신이 눈물을 보인 것은 석탑에 커다랗게 조각된 관음상 앞에서였습니다. 크메르의 미소라고도 불릴 만큼 자애로운 미소가 내게도 인상적이기는 했지만 당신이 눈물을 보이기까지 하는 것은 당황스러웠어요. 내가 조금만 주의깊고 다정한 사람이었다면 당신이 운 이유를 그때 이해할 수 있었을까요? 당신은 힌두교와 불교라는 서로 다른 종교가 그토록 조화를 이루고 있는 것이 아름다워 눈물이 났다고 나중에 내게 말해주었죠. 하지만 그날 내게 가장 인상적이었던 것은 그 미소가 아니라 집에 돌아오는 길에 가이드가 해준 말이었습니다. 캄보디아인이 가장 좋아하는 신은 파괴의 신인 시바신이라는 말요. 파괴가 나쁜 것처럼 보이지만 사실은 가장 좋은 것이라고 가이드는 그렇게 말했습니다. 그 말을 들은 지호는 파괴하지 않고는 어떤 것도 새롭게 창조할 수 없기 때문일 거라고 말했죠. 혁명. 나는 혁명, 이라는 한국어 단어를 속으로 되뇌어봤습니다. 같은 장소를 보고도 우리의 마음을 당긴 것이 이렇게 다른데, 우리가 그 이후 함께한 날들 동안 전혀 다른 감정들을 느낀 것은 어쩌면 당연한 일인지도 몰라요. 무無. 당신의 집 거실에 적혀 있던 글자처럼, 사실은 우리 사이에는 아무것도 존재할 수 없음을 그저 받아들였으면 좋았을 텐데. 사람은 어째서 이토록 미욱해서 타인과 나 사이에 무언가가 존재하기를 번번이 기대하고 또 기대하는 걸까요.

아마도 그 탓일 겁니다. 하루하루가 쌓이면서 나는 여행하는 내내 마음 한편이 불편해지기 시작했어요. 레오니와 함께 앙코르와트로 건너가는 다리 난간에서 비를 피하며 망고를 먹는 원숭이를 본 일이나 어느 식당 앞의 강가를 걷던 때처럼 잠깐잠깐 온전한 마음으로 즐거웠던 순간들이 아예 없던 것은 물론 아닙니다. 하지만 대체로는 여행하는 내내 기쁜 순간에조차 그만큼 마음이 편하지 않았어요. 처음에 나는 그 불편함의 원인이 무엇인지 알지 못했습니다. 내가 원인을 깨닫게 된 것은 발 마사지 가게에서였어요. 레오니를 제외한 우리 넷이 나란히 앉아 발 마사지를 받던 밤. 나는 나의 피부색이 당신의 피부색보다 어둡다는 사실을 새삼 깨달았어요. 그리고 나의 피부색은 내 발을 정성스레 닦아주던 젊은 안마사의 피부색보다는 밝았지요. 나는 그 사실에 대해서 그날 밤 골똘히 생각합니다. 앳된 마사지사는 무릎을 꿇고 우리의 발을 박하와 레몬으로 정성껏 문질렀습니다. 한국에서였다면, 마사지를 해주는 사람이 한국인이었다면 그렇게까지 불편한 마음이 들지는 않았을 것입니다. 그 사실을 깨닫고 나자 나는 그후로 승합차를 타고 가며 보는 풍경들, 허름한 집들이나 오토바이를 개조해 만든 툭툭 같은 것들을 보는 일이 괴로워지기 시작합니다.

우리는 다음날에도, 그다음날에도 사원에 갔어요. 아마도 나는 당신이라면 나처럼 불편한 마음을 느낄 거라고 믿었던 것 같아요. 하지만 거대한 나무가 사원을 뚫고 자란 폐허를 당신들은 아름답게 바라봅니다. 나는 이제 사원들을 바라보는 것이 싫어졌어요. 돌무더기에 핀 이끼와 그 위로 부서지는 빛은 틀림없이 아름다웠고, 무너져내린 것들 사이를 지탱하는 수백 년 된 나무를 보는 일은 황홀했지만, 그것을 태연하게 향유하는 행위가 옳지 않다는 생각이 들었기 때문입니다. 누군가의 살점처럼 버려진 돌무더기 위에서 영어를 쓰는 아시아계 관광객과 프랑스인 관광객들이 사진을 찍었습니다. 폐허를 만드는 데 아무런 일조를 하지 않은 사람처럼, 이 모든 것이 그저 시간과 자연의 원리에 의해 훼손되었다고 믿으며 살고 싶지는 않았습니다.

아마도 지호 역시 나와 비슷한 감정을 느꼈던 거겠지요. 지호가 여행 마지막날의 일정으로 잡혀 있었던 수상가옥 마을에 가지 않겠다고 내게 말했으니까요. 우기 동안 바다로 빠져나가지 못한 강물이 지대가 낮은 톤레사프 호수로 흘러들어올 때를 대비해 집을 높이 지었다는 그 마을. 건기에는 육지이지만 우기에는 호수가 범람해 모든 집들이 물위에 떠 있는 것처럼 보이는 마을로 변신한다던 그 특별한 장소를 특히 보고 싶어했던 것은 한스였어요. 가기 싫다는 지호를 나는 설득했습니다. 우리 여행의 마지막 일정이었고, 나는 언제 또 볼지 모르는 당신들을 서운하게 하고 싶지 않았으니까요. 지호는 나의 부탁에 마지못해 외출 채비를 했습니다. 간밤의 폭우로 배수시설이 좋지 않은 도시 곳곳은 홍수가 나 있었어요. 승합차는 언제나 그랬다는 듯이 물길을 헤치고 달렸습니다. 흙탕물 속에서 물고기를 잡기 위해 골목으로 어망을 가져 나오거나, 튜브를 가지고 나온 어린아이들이 우리의 차창을 스치고 지나갔습니다.

우리는 달리고 달려서 톤레사프 호수에 드디어 다다릅니다. 제대로 버클이 채워지지도 않는 낡은 구명조끼를 입은 채 모터배를 타고 호수의 가운데를 향해 우리는 나아갑니다. 우리의 앞에는 장관이 펼쳐져 있었어요. 나는 태어나서 그토록 큰 호수를 본 적이 없었습니다. 바다라고 해도 누구나 믿을 만큼 넓은 호수 위로 둥둥 떠 있던 색색의 집들. 높다란 나무 기둥 위에 세워진 하늘색이나 주황색의 집 앞에는 빨래나 철제 대야 같은 것들이 매달려 있었어요. 물 때문에 가스가 들어오지 않아 나무를 때 밥을 짓는다는 그곳 사람들의 집 앞 작은 배들에는 땔감이 수북이 쌓여 있었습니다. 사방의 물은 하늘 높이 걸린 해를 품고 빛처럼 일렁였습니다. 물에 잠겨 덤불숲처럼 머리만 내놓은, 원래는 높다랬을 나무들이 바람이라도 불면 파도 소리를 내며 포말처럼 부서졌어요. 현관 앞에 앉아 관광객들을 쳐다보는 일이 일상인 듯 웃통을 벗고 밖을 내다보던 마른 체구의 노인들. 낡은 팬티조차 없이 작은 보트 위에 앉아서 장난을 치던, 그을린 피부의 어린아이들을 보는 순간 부끄럽게도 나는 그 모든 것이 아름답다고 느꼈음을 고백합니다. 어쩔 수 없이 나는 그런 사람이니까요. 하지만 당신도 이제 알듯이 지호는 아니었어요. 당신은 베를린에서 함께 지낼 때의 지호를 기억하죠? 당신의 집에서 어쩌다 당신과 지호가 윤리니 실존이니 하는 것들을 테이블 위에 올려놓고 토론을 벌이게 된 밤이면 당신은 언제나 대화의 끝에 큰 소리로 웃으며, 주아, 너는 어쩌다가 이렇게 수첩처럼 반듯한 도덕관념을 지닌 남자를 만난 거야, 라고 했으니까요. 하지만 지호는 기본적으로 내성적이고, 소심한 편이었습니다.

소도시의 공무원 아버지 아래 자라서 태어나 처음 해본 반항이라고는 독일로 유학을 가겠다고 말한 일뿐이었던 지호는 대체 언제 변한 것일까요. 턱없이 치솟는 전세 비용을 충당할 수 없어 우리가 변두리에서 변두리로 이사를 거듭하면서부터였는지도 모릅니다. 나는 지호의 생각들에 대체로 동의했고 그의 선택들을 지지해왔습니다. 하지만 투쟁, 철폐, 생존, 생존. 그런 단어를 발음하는 지호의 얼굴은 어째서 그토록 쓸쓸할까요.

드디어 여름의 빌라에서의 마지막 밤입니다. 마지막 밤, 우리는 거실에 둘러앉아 맥주를 마셨습니다. 레오니는 작은방에서 이미 잠들어 있었고 매일 밤 창을 두드리던 커다란 빗소리가 어김없이 기분좋게 들려왔습니다. 우리는 함께 보냈던 독일에서의 날들에 대해서, 또 캄보디아에서의 며칠에 대해서 이야기를 나눴습니다. 마지막 밤이었고, 대륙의 이쪽과 저쪽에 살고 있는 우리가 이렇게 헤어지면 또 얼마나 먼 훗날 만날 수 있을지 알 수 없었으므로 취기가 오를수록 나른한 슬픔이 넘실거리며 내게로 밀려왔습니다. 빗소리로 아늑해진 거실에서, 다음에 만날 때면 레오니는 사춘기 소녀가 되어 있을지 모른다는 생각을 한 것은 아마 그 때문이었겠지요. 결혼한 후에야 보는 것은 아니겠지? 나는 잠에서 갓 깨어나 축축하게 땀에 젖어 있던 레오니의 잔털을 떠올렸습니다. 보드랍게 말려 있던 금빛의 잔털을 말이에요.

"베레나, 한스, 여행도 끝인데 어땠는지 한번 말해봐요. 지난 몇 주간 즐거웠지요?"

나는 쾌활한 목소리로 말을 꺼냈습니다. 당신과 한스는 서로를 잠시 바라보았습니다. 우리가 함께 지내던 때보다 머리숱이 적어지고 눈가에 주름이 많아진 한스가 당신의 뺨에 입을 맞췄습니다.

"그럼, 그럼. 아주 매력적인 시간이었지."

당신은 우리와 만나기 전 당신들이 지나쳤던 캄보디아의 다른 도시에 대해서 이야기를 합니다. 해 뜨는 시간에 일어나 해가 지면 잠드는 캄보디아 사람들의 습관 때문에 상대적으로 한산했던 프놈펜의 밤이나, 프랑스식 도시 정비 계획에 따라 파리처럼 구획되어 있던 거리의 풍경에 대해서.

"이곳 생활에 익숙해졌는데, 다시 돌아가면 어떻게 적응할지 사실 좀 걱정이야."

"왜요?"

"여기에서는 날씨 걱정도 없고 삶이 여유로웠는데 돌아가면 다시 우중충한 거리를 걸어야 하잖아. 날씨는 그렇다 쳐도 지하철을 타야 하는 건 정말 끔찍해. 검표원은 없고 지하철이 비좁아서 사람들끼리 다닥다닥 붙어 있어야 하는데다 외국인들로 항상 가득하고. 무슨 일이 생겨도 탈출할 공간이 없으니, 나는 이제 호흡곤란이 올 것 같아서 지하철은 안 탄다니까."

나는 당신의 말에 깜짝 놀랐습니다. 태연한 척하려 했으나, 나도 모르게 손끝이 미세하게 떨렸어요. 나는 손을 감추며 지호를 흘깃 보았습니다. 아닌 게 아니라 지호의 표정은 이미 굳어 있었어요.

"그런데 이곳 사람들은 어쩌면 이렇게 낙천적인 걸까?"

한스가 말했습니다. 화제는 이제 그날 보았던 거리의 풍경으로 옮겨갔습니다. 흙탕물 속에서 수영을 하고 물고기를 잡던 어린아이들이나 거리가 물에 잠겼는데도 테이블을 밖에 내놓고 조명을 밝힌 채 밥을 먹던 사람들에 대해서.

"불행 앞에서 결코 굴복하지 않고 삶을 즐길 수 있는 이곳 사람들의 천성이 경이로워"라고 말한 것은 당신이었죠.

"하지만 정말 이 사람들이 낙천적인 걸까요?"

한동안 말없이 맥주를 마시기만 하던 지호가 불쑥 질문을 던졌습니다. 평범하게 들리는 어조였지만 나는 그 말 속에 가시가 숨어 있다는 것을 느낄 수 있었어요. 미묘하지만 틀림없이 감정의 변화를 느낄 수 있었습니다. 그래서 나는 화제를 전환하려고 했던 거죠. 하지만 내가 개입할 틈을 주지 않고 먼저 대답한 사람은 한스였습니다.

"그럼. 아까 수상가옥의 사람들을 봐. 가난하지만, 아이들 모두 얼마나 즐거워 보였어?"

한스와 당신은 관광객을 향해 환호성을 지르던 아이들에 대해서 이야기를 했습니다. 싱싱한 물고기처럼 호수에 몸을 던지던 아이들. 나룻배에 올라타서 노를 젓던 아이들. 지호가 고개를 절레절레 저었습니다. 취한 걸까? 나는 걱정이 되었습니다.

"과일을 좀더 꺼내올까요?"

내가 벌떡 일어나 냉장고 쪽으로 걸어가며 지호의 어깨를 살짝 토닥였습니다. 너의 마음은 내가 알고 있어, 그러니까 지금은 그만하자, 하는 뜻이 전달되기를 바라며. 하지만 나의 신호는 전달되지 않았어요.

"그것은 즐거워하는 게 아니에요. 그 아이들은 어쩔 수 없으니까 그렇게 살아갈 뿐인 거죠. 동물원의 원숭이처럼, 자기보다 돈이 훨씬 많은 사람들의 구경거리가 되는 걸 즐길 사람이 세상에 어디 있겠어요?"

지호가 농담을 하는 것처럼 가벼운 어조로 말했지만, 불안한 마음은 가시지 않았습니다.

"파파야를 좀 먹어봐요. 진짜 달아요."

내가 파파야를 깎은 접시를 식탁 위에 올려놨습니다. 땅콩 껍데기와 과즙 얼룩으로 테이블 위는 지저분했어요.

"그렇다면 자네는 우리가 그곳에 가지 않았어야 한다고 생각하나?"

한스가 물었습니다.

"난, 관광객들이 없으면 그 아이들이 상대적 빈곤을 느끼지는 않아도 됐을 거라고 생각해요. 누구에게는 아무것도 아닌 일 달러를 벌기 위해 구걸하듯 돈을 달라고 해야 하는 삶에 익숙해지지는 않아도 될 거라고 말이죠."

"당신, 취했어? 왜 이래?"

나는 지호의 무릎을 지그시 누르며 농담처럼 말했습니다.

"아니, 난 취하지 않았어. 그냥 하고 싶은 말을 한 것뿐이야."

지호가 내 손을 치우며 답했습니다. 한스는 캔맥주를 따서 지호에게 건넸어요. "괜찮아, 주아. 우리는 생각을 교환하는 것뿐이니까. 그리고 이것은 아주 흥미로운 주제고."

나는 헛된 기대를 버리지 못하고 당신을 바라보았습니다. 하지만 당신은 그저 식탁 의자 등받이에 몸을 기댈 뿐이었어요. 대화를 이어나간 것은 한스였습니다.

"그런데 지호, 자네는 뭔가를 잘못 생각하고 있어. 그들의 얼굴을 보고도 그들이 상대적 박탈감을 느끼고 있다고 생각해? 내 눈에는 전혀 그렇지 않아 보였어. 그들에게는 보트를 젓고 바나나를 파는 것이 다 노동인 거야. 일 달러 팁은 정당한 노동의 대가고. 그들에게는 수상가옥과 그들의 삶이 돈벌이 수단이야. 관광객들이 원숭이를 보듯 바라본다고? 하지만 관광객들이 없으면 어찌되겠어? 그들은 지금처럼 먹고살 수조차 없어. 자네가 대학에서 학생들을 가르치고 돈 버는 일이나, 이곳 사람들이 바나나를 팔면서 돈 버는 일이 다른 행위라고 생각해? 나는 그런 생각이 오히려 그들의 노동을 폄하하는 것처럼 느껴지는데?"

우리 사이에 잠시 침묵이 찾아왔습니다. 비가 계속 내리고 바람이 불어 야자수가 휘청거리는 소리가 시시로 들려왔어요.

"사람들에게는 각자의 자리가 있고, 각자의 역할이 있어. 거기에 만족하고 살면 그곳이 천국이야. 불만족하는 순간 증오가 생기고 폭력이 생기지. 증오와 폭력은 또다른 증오와 폭력을 낳고 말이야. 그게 우리가 지난 반년을 보내고 얻은 교훈이야. 그렇지, 베레나?"

한스가 당신의 어깨를 감싸며 웃었습니다. 나는 분위기를 망치고 싶지 않아 당신들을 따라 웃으려고 했어요.

"개소리."

지호가 낮게 말을 뱉었습니다. "하지 마." 나는 한국어로 지호를 향해 질박하게 속삭였습니다. "뭐라고 했지?" 당신이 물었습니다. "아무 말도 아니에요, 지호가 좀 취한 것 같아요." 나는 그렇게 말하며 애써 웃었죠.

하지만 지호는 "아니야, 난 취하지 않았어"라고 말합니다. "그리고 난 개소리라고 말했어요." 이번에는 독일어로 분명히 말했죠. 당신과 한스의 얼굴이 굳었습니다. 나는 자리에서 일어났습니다. "그만하라고. 내 친구들이잖아."

"알아. 네 친구들이야. 친구니까 네 친구들이 하는 말이 얼마나 개소리인지는 알려줘야지. 만족이라고? 천국이라고?"

지호는 붉어진 눈을 치켜뜨며 큰 소리로 말했습니다.

"그런 소리를 할 수 있는 사람이 있고, 해서는 안 되는 사람이 있는 거야. 캄보디아 사람들이 가난하고 싶어서 가난한 거야? 홍수가 났는데, 침수되는 집을 보면서 즐거운 사람이 어디 있어? 이

나라 사람들이라면 몰라도 이 나라의 상황에 일말의 책임이 있는 사람들은 낭만이니, 평화니, 그딴 말을 하면 안 되는 거야. 프랑스가 아니니까 미국이 아니니까 독일은 상관없다 이거야? 폭력에 대해 비판할 수 있는 자격이 있는 건 폭력 이외의 수단을 갖지 못한 자들뿐이라고."

지호는 그렇게 말했습니다. 마치 우리는 지구 위 그 어떤 나라의 비극에도 관여한 적 없는 국가의 일원인 것처럼. 지호가 한국어로 말했기 때문에 내용을 알아들을 수 없었겠지만 공격적인 말이라는 것을 이해하는 데는 지호의 어조와 표정만으로도 충분했습니다. 우리 사이에 마지막까지 남아 있는 연약한 것마저 부숴버리려는 듯 비가 천장을 집요하게 두드렸습니다.

"이만 들어가 자는 게 좋겠어."

긴 침묵이 흐른 후 자리에서 일어난 사람은 한스였습니다. "테이블은 내가 내일 치울게, 들어가서 자."

그리고 그 순간 당신은 갑자기 울음을 터뜨립니다.

우리는 그렇게 헤어졌습니다. 다음날, 우리는 아무 일도 없었던 것처럼 같이 아침식사를 하고 짐을 싸고, 숙소를 치운 후 여름의 빌라를 떠났습니다. 우리의 비행기는 자정 가까운 시간에 출발했으므로 이번에는 우리가 당신과 한스, 그리고 레오니를 배웅해주었어요. 곧 또 만나자. 당신이 그렇게 말했던가요, 아니면 그렇게 말했던 것은 나였던가요.

귀국 후 우리는 다시 일상을 살아내기 위해 뛰어다녔습니다. 다음 학기에 맡을 줄 알았던 강의가 다른 이에게 돌아갔다는 소식을 개강이 임박해서야 듣고, 아르바이트거리를 찾아 선배나 후배에게 여기저기 연락을 돌리기도 했어요. 당신이 항공우편으로 보낸 장문의 편지가 내게 도착한 것은 그로부터 몇 달이 지난 어제였습니다. 당신의 편지, 라고 나는 지금 씁니다. 그러니까 며칠 전 알츠하이머 진단을 받았단다, 로 시작하는 그 편지 말입니다.

　해가 저물어 어둑어둑해지는 책상에 앉아, 알츠하이머 진단을 받은 이후 기억이 다 사라져버리기 전에 내게 하고 싶은 말이 있어 쓰기 시작했다는 당신의 편지를 두 번 연거푸 읽었습니다. 전등을 켤 생각을 하지도 못한 채로요. 편지를 두 번 내리 읽고 나서 내가 켠 것은 전등이 아니라 책상 위에 놓인 컴퓨터였어요. 이미 옛날 소식이 된 기사를 검색해 읽기 위해서 말입니다. 언젠가 틀림없이 나도 읽었고, 그래서 베를린에 두고 온 친구들의 안부를 걱정하게 했으나, 일상에 치여 이내 잊어버렸던 그 기사. 기사에는 당신이 편지에 쓴 것처럼, 우리가 함께 여행을 하기 육 개월쯤 전 그 사건이 벌어진 장소는 크리스마스 시장이었다고 쓰여 있었습니다. 다시는 전쟁을 일으키지 말자는 다짐의 의미로 2차세계대전 때 폭격 맞은 모습을 보수하지 않은 것으로 유명한 카이저빌헬름교회 앞의 크리스마스 시장. 그러고 보면 당신의 딸이 유난히 좋아했다는 그 크리스마스 시장은 글뤼바인을 마시거나 슈톨렌을 사기 위해 내가 지호의 손을 잡고 가곤 했던 곳이기도 했어요.

당신은 긴 편지의 끝에 우리에게 상처를 주어서 미안하다고 썼습니다. 우리에게 무슨 일이 있는지 모르겠지만 힘든 시기를 지나고 있는 것 같아 마음이 좋지 않다고도 썼습니다. 그리고 당신은 우리가 함께 타프롬 사원을 걸었던 날에 대해서 이야기를 했습니다. 지난 2016년 12월 이후 당신은 인간이란 존재가 얼마나 쉽게 폭력 앞에서 소멸되는지에 대해 끊임없이 생각했다고요. 하지만, 주아. 당신은 그렇게 덧붙였습니다. 긴 세월의 폭력 탓에 무너져 내린 사원의 잔해 위로 거대한 뿌리를 내린 채 수백 년 동안 자라고 있다는 나무. 그 나무를 보면서 나는 결국 세계를 지속하게 하는 것은 폭력과 증오가 아니라 삶에 가까운 것일지도 모른다는 생각을 하게 되었단다.

편지를 세 번쯤 읽고 나자 목울대가 뜨거워졌습니다. 당신에게 답장을 쓰고 싶다는 생각이 들었어요. 당신의 말에 동의하거나 동의하지 않는다는 말을 하기 위해서는 아니었습니다. 나는 그저 당신이 기억을 모두 잃어가는 것이 거스를 수 없는 운명이라면 적어도 당신에게 가장 마지막까지 남아 있는 기억이 2016년 베를린의 크리스마스 시장이거나 황급히 달려간 병원의 안치실 풍경은 아니길 바랐을 뿐입니다. 그러니까 내가 당신이 마지막까지 간직했으면 하는 기억은 그런 장면이 아니라 이런 것입니다.

시엠레아프에서의 네번째 날, 우리는 강이 내려다보이는 작은

식당에서 국수를 사 먹었지요? 식당 앞에는 한낮의 더위를 피하고
싶은 사람들을 위해 오수를 즐기라고 마련해둔 해먹이 여러 개 걸
려 있었습니다. 당신과 한스, 레오니와 지호는 재미있어하며 해먹
에 눕고 금세 잠에 들어요. 하지만 낯선 곳에서는 쉽게 잠을 이루
지 못하는 나는 해먹 위에서 오래 뒤척이다가 그냥 일어납니다. 낮
잠에서 가장 먼저 깬 것은 레오니였어요. 삶과 죽음의 차이를 아직
이해하지 못할 정도로 어린 레오니. 아이의 고수머리는 땀으로 젖
어 있었죠. 레오니가 잠투정을 하며 당신을 깨우려 하기에 나는 아
이를 달래서 강가를 거닐자고 제안합니다. 비가 온 뒤여서 하늘이
파란 날이었습니다. 강가의 한쪽에는 낚시를 하려는지 캄보디아의
어린 소년 소녀들이 몰려 있었죠. 길을 걷다가 말고 레오니는 우뚝
서서 돌맹이로 나를 둘러싼 커다란 네모를 그렸습니다.

"이건 집이야."

레오니가 말했죠.

"집? 누구 집?"

"망고를 좋아하는 원숭이님의 집."

"그럼 우린 왜 집안에 있어? 우리도 원숭이야?"

내가 또 물었습니다. 레오니는 잠시 고민하더니 "우린 망고 파
티를 같이 준비하는 친구들이야"라고 답했어요. '우리'라는 말이
듣기 좋았어요. 레오니가 이제 내게 마음을 열었다는 것이 느껴졌
으니까요. 레오니와 나는 사이좋은 모녀처럼 같이 웅크리고 앉아

네모난 집안을 각자 구획하고 장식했습니다. 여기는 무도회가 열리는 연회장, 여기는 맛있는 음식을 만드는 부엌. 가슴께에 셔링이 잡힌 튜닉 원피스를 입은 아이는 무얼 만드는지 집 한구석에서 돌멩이들을 열심히 모으고 있었어요. 쭈그려앉은 레오니의 치마 아래로 통통하고 보드라워 보이는 종아리가 드러났습니다. 어린아이 특유의 둥그런 곡선. 나의 자궁에 잠시 머물렀던 수정란도 자라면 이런 아이가 되었을까. 나는 빛이 무더기로 쏟아지는 강 너머를 바라보며 그런 생각을 했어요. 유산한 이후 단 한 번도 떠올린 적이 없던 아이였어요. 어쩌면 잘된 일인지도 몰라. 나는 괴로움과 미안함으로 일그러진 지호의 얼굴을 보며 오래전 그렇게 말했습니다. 우리에겐 아이를 키울 경제적, 시간적 여유가 없었으니까요. 임신을 하는 순간 박사논문을 포기하는 여자 선배들, 논문을 쓴다 해도 시간강사 자리를 잃다가 끝내 임용 시장에서 밀려나는 여자 선배들을 나는 수도 없이 많이 보았으니까요. 그런 생각을 하면서 한참 멍하니 있는데 뒤쪽에 있던 레오니가 벌떡 일어나 어딘가로 가는 기척이 느껴졌어요. 고개를 돌려보니 레오니가 향한 곳에는 캄보디아인이 틀림없어 보이는 한 아이가 서 있었습니다. 우리가 노는 것이 재미있어 보였는지, 낚시를 하려던 형과 누나들 무리에서 벗어나 우리 쪽으로 다가온 거였어요. 아이는 우리와 함께 놀고 싶었던 거겠죠. 나는 레오니가 낯선 아이를 무서워하거나 아이가 다가오는 것을 싫어하지 않을까 걱정이 되었습니다. 이런 상황에서 두 아이 모두 상처받지 않도록 능숙하게 대처하기에 나는 아이들을 너무 몰랐으니까요. 그런데요, 그런데 말입니다. 내가 망설이던 사이, 캄보디아 소년 앞에 섰던 레오니는 잠시 고민을 하더니 자신의 발로 레오니와 소년 사이에 그어진 선을 지우는 게 아니겠어요? 레오니는 돌멩이 끝으로 소년의 뒤쪽에 새로운 선을 다시 그었습니다. 그러고는 "집에 새 친구가 왔으니 원숭이님이 더 좋아하겠지?" 하고 나에게 말을 했어요.

기차가 조금씩 속도를 줄이는 것이 느껴집니다. 편지를 마쳐야 하는 시간이 다가오고 있어요. 도착역을 알리는 방송이 곧 나오고 기차는 역사 안으로 들어설 테지요. 때가 되면 우리는 옷가지와 부려놓은 짐을 챙겨들고, 열차에서 내린 후 영원히 어둠 속으로 사라져야 할 거예요. 풍화된 것들은 바람에 흩어져 없어지고 말겠죠. 그렇지만 나는 덜컹거리는 열차 위에 아직 타고 있고, 여전히 무엇이 옳고 그른지 당신이나 지호처럼 확신하지 못합니다. 그러므로 그런 이야기를 하고자 이 편지를 쓴 것은 아니에요. 하지만요, 베레나, 이것만큼은 당신에게 분명히 말할 수 있어요. 시간의 흐름에 따라 당신의 기억이 소멸되는 것마저도 우리에게 주어진 삶의 순리라고 한다면 나는 폐허 위에 끝까지 살아남아 창공을 향해 푸르게 뻗어나가는 당신의 마지막 기억이 이것이었으면 좋겠습니다. 당신의 딸이 낳은 그 어린 딸이 내게 그렇게 말한 후 환하게 웃는 장면이요.

고요한 사건

죽은 고양이를 처음 본 것은 내가 열여덟 살에서 열아홉 살로 넘어가던 겨울이었다. 눈 소식이 유난히 없었던 그해 겨울. 잣눈. 싸라기눈. 포슬눈. 국어사전에서 눈雪을 가리키는 서로 다른 이름들을 발견할 때마다 나는 눈이 오길 기다리는 마음으로 노트에 베껴 적으며 지루한 겨울을 나고 있었다. 우리 가족이 서울에 정착해 살기 시작한 지 삼 년 가까이 되어가던 시점이었다. 어쩌다 눈이 오면 하얗게 지붕을 갈던 낡은 집들과 골목 어귀에 죽어 있던 그 고양이는 더이상 이 세상 어디에도 남아 있지 않다. 그렇지만 그것들은 분명히 존재했다. 행정구역상 정식 명칭은 따로 있었지만 우리가 서울에 처음 올라와 살았던 동네를 그곳 주민들은 소금고개라고 불렀다. 옛날에 소금장수들이 고개 아래 나루터에서부터 소금을 지고 넘어다녀서 소금고개라고 불렸다는 말도 있었지만 가파른 고개를 넘다보면 땀이 비 오듯 쏟아져 옷자락에 소금이 생길 지경이라 그렇다는 말을 동네 아이들은 더 믿었다. 동네 아이들이 더 믿었다고, 나는 지금 쓰고 있지만, 사실 동네 아이들이 더 믿었는지 아닌지 나로서 알 길은 없다. 나에게 그 동네의 친구라고는 해지와 무호가 거의 전부였는데, 그들이 내게 그렇게 말했기 때문에 그런가보다 지금까지 믿고 있을 뿐이다.

소금고개에서 살던 시절에 대해서라면 사실 해지와 무호를 빼놓고는 이야기할 수가 없다. 그들은 갑자기 이사간 나와 달리 아주 어렸을 때부터 그 동네에서 줄곧 자랐다. 같은 골목을 기저귀 차림으로 뛰어다녔고, 같은 초등학교를 졸업했다. 성별이 달라 중학교를 따로 다니긴 했지만, 그들 사이에는 소꿉친구들만 공유하는 친밀감이 있었는데, 그것은 시간이 만드는 대부분의 것이 그러하듯 공고해서 내가 끼어들 여지가 없었고, 그래서 가끔 나는 그들과 함께 있을 때 외로웠다. 그렇다고 해서 그들이 나를 소외했다거나 내게 거리를 두었다는 의미는 결코 아니다. 오히려 그 반대였다. 그들은 새로운 생활에 적응하지 못하던 나를 적극적으로 맞이해준 소수의 사람들에 속했다. 나는 중학교 시절의 마지막 한 해를 해지와 함께 등하교하면서 보냈다. 해지 어머니는 처음엔 내게 별로 관심이 없었지만 내가 전학 간 그 학기에 치른 중간고사에서 전교 3등을 하자 우호적으로 태도를 바꾸었다. 돌이켜보면 그 동네 사람들 대부분이 우리 가족을 그런 식으로 대했던 것 같다. 처음에는 외지에서 왔기 때문에 우리를 경계하던 사람들의 태도가 차츰 우리 가족에 대해 알아갈수록 우호적으로, 그렇지만 조금은 거리를 둔 예의바름으로 바뀌어갔다.

"그건 너희 가족이 좀 있어 보여서 그래."

해지는 언젠가 그렇게 말했다. '있어 보인다'는 말이 무얼 가리키는지 정확히 몰랐지만 어렴풋이는 그 뜻을 짐작할 수 있었다. 우리 부모님은 아침마다 동네 골목을 마당비로 쓰는 유일한 사람들이었고, 꼼꼼히 분리수거를 했으며, 주말에는 고향에서부터 가져온 낡은 전축으로 팝송을 들었다. 그 동네에서 아버지는 정장 차림으로 출근하는 유일한 사람이었고, 그 동네의 아주머니들 중 고등학교를 졸업한 사람은 어머니밖에 없었다. 어머니는 가파른 비탈길을 오르내리며 시장에 다녀올 때마다 기미가 생길까봐 양산을 단정하게 받쳐들었다. 어머니가 가진 양산은 총 세 개였는데, 그것은 많은 개수가 아니었지만 적지도 않은 개수였다. 어머니는 그날의 옷차림에 따라서, 기분에 따라서, 하늘의 빛깔에 따라서 양산을 골라 들고 다녔다. 그 동네에 그러는 여자는 우리 어머니밖에 없었다. 그러니까 동네 사람들이 우리를 이질적이라고 느낀 것은 어찌 보면 당연한 일이었다. 내색은 않았지만 우리 가족 역시 우리가 동네와 어울리지 않는다는 사실을 누구보다 더 잘 알고 있었다.

그러니까 소금고개는 내가 그때까지 살아왔던 곳과는 완전히 달랐다. 이사하던 날, 아버지가 운전하는 차의 뒷좌석에 앉아 꾸벅꾸벅 졸다가 눈을 떴을 때 우리의 구형 엘란트라는 굽이굽이 이어진 좁다란 비탈길을 힘겹게 올라가고 있었다. 차창 너머로 단층의 낡고 허름한 집들이 줄지어 있는 풍경이 보였다. "엄마, 여기가 서울이야?" 내가 상상했던 서울의 모습과 달라도 너무 달랐으므로 나는 놀라서 눈을 크게 뜨고 물었다. 차는 한참을 더 올라간 끝에 멈춰 섰다. 어머니가 앞장서서 문을 열고 들어갔기에 나는 골목 안쪽, 청록색 대문의 집이 우리가 앞으로 살게 될 곳이라는 사실을 받아들여야만 했다. 때는 봄기운이 돌기 시작하는 3월 중순이었고, 유난히 맑은 날이었다. 눈부신 햇살 속에서 칠이 벗어진 담벼락과 동그란 엉덩이를 내놓고 아무데나 주저앉는 아이들의 오줌 자국이 길바닥 여기저기에 말라가던 골목은 서글프리만큼 초라했다. 나는 안에 든 것이 깨질까봐 이삿짐 트럭에 싣는 대신 서울까지 직접 들고 온 종이상자를 끌어안은 채 부모님을 따라 조심조심 대문 안으로 들어섰다. 기분 탓인지 집안에 들어서자 하수구 냄새가 훅 끼쳤다. 어디선가 고양이 울음소리가 들려왔다. 이윽고 우리를 뒤따라 용달차가 집 앞에 도착하고 인부들이 우리의 세간을 좁고 허름한 집안에 조금씩 들여놓았는데도, 나는 내가 앞으로 살아가야 할 곳이 이 집이라는 사실을 받아들일 수가 없었다. 집은 전에 살던 곳보다 턱없이 작은 크기의 단독주택으로, 두 개의 방과 하나의 거실로 구성되어 있었는데 거실 벽을 이루는 네 면의 너비가 균일하지 않아 바닥은 사다리꼴 형태를 하고 있었다. 그나마 상당 부분은 안방에 들어갈 공간이 없어 거실에 덩그마니 놓은 어머니의 오동나무 장으로 가려졌다. 소파는 들어갈 자리가 없어 결국 버리기로 했다. 누렇게 변색된 화장실 세면대, 물때가 낀 바닥 타일을 보는 순간 나는 고향에 두고 온 우리의 집이 그리워져 눈물이 날 것 같았다.

"재개발 때문이다."

그날 밤, 이삿짐을 대충 부려놓아 아직 어수선하던 안방에 들어가 정말 납득할 수 없다는 얼굴로, 우리가 왜 이런 집에서 살아야 하느냐고 묻는 나를 옥상으로 데리고 올라간 아버지는 그렇게 설명했다.

"저기에 뭐가 보이냐?"

아버지가 손끝으로 서쪽 언덕 위를 가리켰다.

"아파트요."

나는 고향에 두고 온, 우리가 살던 아파트를 떠올리면서 퉁명스러운 말투로 답했다.

"그렇지. 저게 다 아파트다. 우리가 살던 아파트보다 몇 배나 비싼 아파트야. 이 동네에도 저런 아파트가 머지않아 들어설 거다."

그러니까 아버지는 그날 밤, 그 일대가 모두 소금고개와 같은 무허가주택 밀집 지구였는데 몇 년 사이 재개발사업이 추진되면서 아파트 단지가 조성되었고, 소금고개가 그 지역에 남아 있는 유일한 달동네라는 이야기를 내게 전했다. 서울의 아파트는 너무 비싸서 어차피 네가 가진 돈으로는 전세밖에 구할 수 없을 거다, 그럴 바에는 재개발을 기다리는 것이 낫지 않겠느냐, 는 친구 조씨 아저씨의 말이 아버지의 귀에 일리 있게 들렸다. 그래서 부모님은 부동산에 밝은 조씨 아저씨의 조언에 따라 서울로 이사를 오면서 허물어져가는 동네의 허물어져가는 집을 한 채 산 거였다.

"길어야 일 년 아니면 이 년일 거다."

아버지는 그렇게 말했다.

"그때까지, 불편하겠지만 온 가족이 힘을 합쳐 잘살아보자."

언덕 저쪽을 빽빽이 메우고 있는 고층 아파트의 가지런한 창들마다 불빛이 투명하게 빛났다. 언젠가 나도 본 적 있는 조씨 아저씨는 이런 집들을 매입해 그즈음 서울에 아파트를 세 채나 가진 부자가 되어 있었다. 아버지는 대수롭지 않다는 듯 일 년, 혹은 이 년이라고 말했지만 나는 자신이 없었다. 그렇지만 아버지는 언제나 옳았으니까. 나는 속으로 생각했다. 아버지를 따라 터덜터덜 옥상에서 내려오는 길, 계단을 밝히기 위해 전 주인이 달아놓은 백열전구에 하루살이들이 덧없이 부딪치고, 부딪쳤다가, 떨어졌다.

"어쨌거나 너는 공부만 지금처럼 열심히 해라. 나머지는 아빠 엄마가 다 알아서 할게. 서울에 온 것도 다 널 위해서잖냐."

아버지는 방으로 들어가려는 내 등에 대고 당부하기를 잊지 않았다. 방으로 들어가 고향에서 쓰던 이불의 익숙한 냄새를 맡으며 잠을 청했지만 잠은 쉽게 오지 않았다. 아버지와 어머니가 그날 늦게까지 집안 곳곳을 정리하며 만들어내는 작은 소음을 나는 이불 속에서 들었다.

내가 전학을 간 학교는 우리 동네와 아파트 단지의 중간쯤에 위치해 있었다. 그렇기 때문에 학교를 이루는 구성원도 절반가량의 우리 동네 아이들과 절반가량의 아파트에 사는 아이들로 나뉘어 있었다. 부모님은 새 학교로 등교하기 전에 몇 차례나 내게 이왕이면 아파트에 사는 아이들과 친하게 지내라고 당부했다. 그러나 그런 당부를 할 수 있었던 것은 부모님이 한 번도 전학을 해본 적이 없기 때문임을 나는 이내 알게 되었다. 전학생에게는 친구를 선택할 권리가 전혀 없다는 것을 부모님은 미처 알지 못했다. 전학생으로 처음 교탁 앞에 서는 순간, 내게 쏟아지던 여든 개의 눈동자. 가늠하고 평가하여 어느 부류로 분류해야 하는지 판단하기 위해 재빨리 나를 훑던 눈길을 나는 오랜 세월이 지난 지금까지도 기억하고 있다. 새 학교에서의 첫날, 나는 교실 바닥에 침을 뱉는 절반의 아이들에게 위화감을 느끼는 다른 절반의 아이들과 나 자신이 가깝다고 생각했다. 하지만 같은 로고의 백팩을 메고 다니며 공부에 목숨을 거는 것은 시시한 일이라는 듯 수업시간에는 옆

드려 자지만 각자 집으로 돌아가서는 과외수업을 받던 그 아이들은 내가 자신들과 다르다는 것을 쉽게 간파했다. 반 아이들은 언뜻 평화롭게 공존하는 듯 보였지만, 물리적 성질이 달라 합류 지점을 지난 뒤에도 각자의 흰빛과 검은빛을 유지하며 나란히 흐른다는 남아메리카의 두 강줄기처럼, 서로 섞이는 법이 없었다. 그나마 내겐 공부를 잘하는 재능이 있었고, 그것이 전학 간 뒤 처음 본 중간고사에서 증명되었기 때문에 나는 아파트에 사는 아이들과 어울릴 수 있었다. 그렇지만 나는 그들이 삼삼오오 모여 하는 그룹 과외에 속할 수 없었고, 무엇보다 그들과 나는 집으로 돌아가는 방향이 달랐다.

만약 전학 간 학교에 해지가 없었다면, 나의 새로운 삶은 더욱 더 암울했을 것이다. 그러나 외지에서 온 나를 경계하는 눈빛으로만 바라보던 아이들 틈에 해지가 있었고, 덕분에 나는 조금씩 새로운 환경에 적응해갈 수 있었다. 내가 해지와 친하게 된 것은 어쩌면, 이쪽과 저쪽, 어느 쪽에도 끼지 못한 채 어정쩡하게 있던 나를 배척하지 않은 유일한 아이가 해지였기 때문이다. 해지는 학교에 있을 때 그렇게 눈에 띄는 아이가 아니었고 오히려 조용한 편이었지만, 학교만 벗어나면 말수가 늘고 활달해졌다. 서울의 지리를 하나도 모르던 나를 인근 대학 앞의 패스트푸드점이나 영화관 같은 곳에 데리고 간 것도 해지였다. 우리 학교에 붙어 있는 남자중학교에 다니던 무호가 우리와 함께하는 날도 많았다. 처음 봤을 때 무호는 키가 겨우 나만했고 마른 체구에 귀여운 얼굴이어서 또래의 남자라기보다는 남동생 같은 느낌이었다. 게다가 세 명이나 되는 누나들의 생리대 심부름을 하며 자란 탓인지 무호는 여자아이들과 어울리는 것에 거리낌이 없었다. 무호는 동네의 다른 남자아이들과 달리 나에게 짓궂은 농담을 하지도 않았고 무엇보다 내 앞에서 욕을 하지 않았다. 우리는 점점 더 자주 어울렸다. 해지나 무호와 달리 나는 학교 앞 보습학원에 다녔기 때문에 그들이 놀고 있을 때 뒤늦게 내가 합류하는 식이긴 했지만.

해지와 둘이 혹은 무호까지 셋이서 저녁 늦게까지 놀다가 해가 뉘엿뉘엿 질 무렵, 집으로 돌아가기 위해 가파른 비탈을 올라 쇠락한 골목으로 접어들면 우리는 어딘가 숨어 있던 길고양이들과 어김없이 마주쳤다. 그곳엔 정말 수도 없이 많은 길고양이들이 살았다. 주차되어 있는 차 아래에 자리잡고 누워 있거나 무단투기된 검은 봉투 주위를 기웃거리다가 사람들이 지나가면 소스라치게 놀라 어디론가 사라져버리던 길고양이들.

아마 해지와 친해진 지 얼마 되지 않아, 함께 집으로 돌아가던 어느 저녁의 일이었을 거다. 해지에게 그즈음 내가 보았던 기괴한 풍경에 대해 이야기한 것은. 그것은 동네 어귀의 공터에서 한 아저씨가 수많은 고양이들에게 둘러싸여 있던 장면에 대한 이야기였다. 그 아저씨는 왜소했고 수염을 제대로 깎지 않은 탓인지 인상이 퍽 무서웠는데, 우리 아버지보다 나이가 많은 것처럼 보였지만 실제 나이가 어떻게 되는지는 알 수 없었다. 해지는 내 이야기 속에 등장하는 인물이 누구인지 잘 알고 있었다. 그 아저씨는 무호의 집이 있는 골목에 사는 사람으로 오래전 큰 사고로 가족을 모두 잃은 후 동네의 고양이들을 찾아다니며 먹이를 주기 시작했다고 했다. 그 동네에 사는 동안 나는 그후로도 종종 고양이 아저씨—우리는 그를 줄곧 고양이 아저씨라고 불렀다—를 맞닥뜨렸다. 나는 다섯 마리, 여섯 마리, 열 마리의 더러운 고양이들이 특유의 냄새를 풍기며 한데 모여 있는 풍경과 술에라도 취한 것처럼 항상 눈에 핏발이 서 있던 아저씨가 무서웠다. 그렇지만 해지는 전혀 두렵지 않은지 나와 같이 있다가도 고양이 아저씨를 만나면 동네의 여느 아이들처럼 그에게 다가갔다. 심부름으로 아저씨에게 전이나 밑반찬을 가져다드리기 위해서일 때도 있었지만, 대부분 노란색 줄무늬 고양이나 배와 입 주위가 하얗고 등이 검은 고양이를 쓰다듬으며 고양이들이 아저씨가 덜어주는 사료를 먹는 모습을 쭈그리고 앉아 구경했다. 아무런 말도 없이. 나는 그들 곁에 다가가지 못하고 해지나 아저씨의 다리에 털을 묻히며 느릿느릿 지나다니는 고양이들을 멀찍이 서서 지켜봤다. 사료를 다 먹은 고양이들이 흩어지면 해지도 내 곁으로 다시 돌아왔다. 아저씨도 늘 그래왔던 듯이 그냥 그렇게 빈 사료 주머니를 들고 어두운 골목 안으로 사라졌고.

소금고개에서의 생활은 차츰 적응이 되어갔지만, 고양이 아저씨의 존재처럼 끝내 적응할 수 없는 것도 있었다. 수시로 들려오는 발정난 고양이들의 울음소리가 그랬고, 얇은 벽을 타고 넘어오는 이웃 노인의 가래 뱉는 소리나 커다랗게 틀어놓은 텔레비전 소리가 그랬다. 도대체 나한테 어떻게 이럴 수가 있어요, 어떻게? 하고 소리지르곤 하던 드라마의 주인공들. 그 시절의 드라마에서는 가난한 남자가 고시에 합격한 뒤 부잣집 여자를 만나기 위해 옛 애인을 버리는 일이 정말이지 빈번했다. 어머니와 아버지는 내가 해지와 어울리는 것을 탐탁지 않아 했지만 상위권 성적을 변함없이 유지했으므로 대놓고 나에게 뭐라고 하지는 않았다. 부모님은 나를 좋은 사립 고등학교에 보내기 위해서 서울에 올라왔다는 말을 수시로 했다. 넌 장차 훌륭한 사람이 되어야지. 그런 말들은 끈끈하게 내 발바닥에 들러붙어 어디든 걸을 때마다 쩍쩍, 소리가 날 지경이었다. 부모님이 내게 입단속을 시켰으므로 나는 재개발 때문에 소금고개로 이사왔다는 이야기를 아무에게도 하지 않았다. 계절이 바뀌어도 우리가 기다리던 재개발 소식은 들리지 않았다. 그렇지만 어머니와 아버지는 쉽게 동요하지 않는 성격이었고, 변함없이 아침마다 골목을 마당비로 쓸고 또 쓸었다. 고양이들이 매일 밤 쓰레기봉투를 헤집어놓고 가는 탓에 새벽의 골목에는 쓰레기들이 나뒹굴었다. 고양이들을 볼 때마다, 어디선가 아기 울음소리 같은 고양이의 울음소리가 들려올 때마다 어머니는 정말 불길한 동물이야, 하고 말했다. 그때마다 어머니는 정말 몸서리를 쳤고 얼굴을 잔뜩 찌푸렸으므로, 나 역시 영문도 모른 채 몸을 떨었다.

날이 더워지기 시작하면서, 소음보다 참기 힘든 것이 악취라는 것을 나는 배웠다. 소음은 창문을 닫으면 어느 정도는 해결되었지만 악취는 창을 닫아도 창틈으로 새어들어왔다. 그 동네에는 내가 예전에 살았던 곳에서 단 한 번도 맡은 적이 없는 온갖 냄새가 풍겼다. 정화조 트럭이 지나갈 때면 진동하던 악취나 고양이들의 배설물 냄새, 무엇보다도 아무렇게나 거리에 버려진 음식물 쓰레기 썩는 냄새가 항상 공기 중에 가득했다. 우리는 더워 죽겠는데도 창문을 열지 못한 채 선풍기를 틀고 살았다. 어머니는 집안 구석구석에 방향제를 갖다놨다. 나는 아파트에 사는 아이들이 내 몸에서 동네 특유의 냄새를 맡진 않을까 걱정이 됐다.

여름 내내 악취는 점점 더 심해졌다. 무더위와 폭우가 반복되면서 부패하는 속도도 빨라졌다. 어느 주말인가, 연일 비가 쏟아지던 날, 찜통 같은 거실에 상을 펴놓고 앉아 온 가족이 저녁을 먹는데 어머니가 아버지에게 이사를 가면 안 되겠느냐고 물었다. 재개발 이야기가 도통 들리지 않는데, 이 집을 전세 놓고 무리해서라도 대출을 받아서 다른 동네에 전셋집을 구하는 게 낫지 않을까 하는 이야기였다.

"애한테는 아무래도 교육환경이 중요하잖아."

어머니가 땀을 닦으면서 내 쪽을 흘긋 보았다. 나는 아무런 잘

못도 저지르지 않았지만 왠지 그래야 할 것 같아서 고개를 푹 숙였다.

"흐음."

제대로 말리지 않은 운동화 깔창 냄새 같은 것이 나던 우리집의 거실 한가운데에서 아버지가 신음처럼, 깊은 한숨을 내쉬었다.

그즈음 어머니가 나의 교육환경을 걱정하기 시작한 데는 원인이 있었다. 나와 성적이 비슷한 아이들과 어울리려고 애쓰는 일이 너무 피곤했기 때문에 나는 점점 더 해지와 붙어다니고 있었다. 해지가 우리집으로 올 때도 있었고 내가 해지의 집으로 갈 때도 있었지만, 맥주로 머리를 탈색해보려다가 어머니에게 들켜 혼난 이후 우리는 해지의 집에서 놀 때가 더 많았다. 그 집을 떠올리면 지금도 선명하게 기억나는 것은 우리가 현관문을 열 때까지 집 안에 고여 있던 어둠과 코를 찌르던 쾨쾨한 자릿내였다. 해지의 아버지가 무슨 일을 했는지는 지금껏 모르지만, 살짝 열린 방문 틈으로 러닝셔츠 차림의 아저씨가 모로 누워 있는 것을 자주 보았다. 해지의 어머니는 주말에만 집에 있었다. 처음에는, 우리 어머니와 달리 목소리가 걸걸하고 한 번도 들어본 적 없는 야한 농담을 아무렇게나 하는 해지 어머니가 사실 좀 무서웠다. 그렇지만 덩치 큰 몸에 꼭 끼는 꽃무늬 티셔츠를 즐겨 입고, 무엇보다 해지와 닮은 얼굴의 그녀를 나는 좋아했다. 아무튼 해지네 집은 취향을 짐작할 수 없는 가구와 집기들로 발 디딜 틈이 없었다. 우리집

보다 훨씬 좁고 해지의 방이 따로 없는 그 집에서 우리가 있을 장소라고는 옥상뿐이었다. 우리는 사다리를 타고 옥상에 올라가 텐트를 치고 그 안에서 라디오를 들었다. 빠람빠람빠람. 시그널이 울리고 DJ 목소리가 들리면 우리는 텐트 바닥에 나란히 드러누웠다. 도시가스가 들어오지 않는 해지네 집 옥상에는 커다란 LPG 통들이 늘어서 있었고 그 옆에 세워둔 장대에는 빨랫줄이 걸려 있었다. 해지는 신경쓰지 않는 듯했지만 나는 수치를 모르고 바람에 나부끼는 속옷들을 보면 민망해져 시선을 돌렸다. 염료가 다 빠진 것처럼 후줄근하던 브래지어와 팬티들. 차가운 바닥에 누워서 좋아하는 가수의 노래를 듣는 동안 텐트 위로는 빨래의 그림자들이 어른거렸다.

한번은 그 비좁은 텐트 안에서 해지가 내 눈썹을 정리해준 적도 있었다. "눈을 감아야지." 해지의 말에 나는 순순히 눈을 감았다. 해지는 내 눈썹을 물로 적시고 비누를 칠했다. 눈을 감은 탓인지 비누의 인공 살구 향이 더 진하게 느껴졌다. "시작한다." 해지가 말하고 나는 눈을 더 질끈 감았다. 그 시절, 해지에게는 나 말고도 오래된 친구들이 많이 있었지만, 내게는 해지가 바깥세상의 전부였다. 내 얼굴 위로 사각거리는 소리를 내며 움직이던 칼날. 그 순간 나는 아주 짧은 찰나라도 눈썹 모양이 망가지거나 상처가 나면 어떻게 하나, 따위의 걱정을 하지 않았다. 사랑에 굶주린 어린아이처럼, 맹목적으로, 나는 해지를 믿었다. 해지의 손이 아주 조심스럽게 내 이마 위에서 곡선을 그으며 움직이는 것을 느끼면서.

"다 되었어." 해지가 거울을 보여주었다. 그 안에 해지의 눈썹과 똑같은 눈썹을 지닌 내가 있었다. 그날 밤, 나는 사다리를 타고 다시 옥상에서 내려와, 고양이들이 있는 골목을 지나쳐, 집으로 돌아오자마자 그때까지 열지 않았던 마지막 이삿짐 상자의 테이프를 뜯었다. 고향의 친구들이 선물해준 도기 인형들과 작은 꽃병, 플라스틱 사진틀 따위의, 아무짝에 쓸모없지만 당시 내 눈에는 아름다워 보였던 것들을 꺼내어 나는 내 방을 꾸몄다.

해지에게 내가 그저 삶을 구성하는 한 부분에 불과할지도 모른다는 생각은 당시 나를 때때로 슬프게 했다. 해지는 동네 친구들이 많았는데 특히 남자들 사이에서 인기가 좋았다. 해지와 같이 동네를 걷다보면 우리보다 두세 살쯤 나이가 더 많은 고등학생들이 해지에게 다가와 시답지 않은 장난을 걸거나 색소가 많이 든 아이스크림 같은 걸 사주고 가는 일이 심심치 않게 있었다. 어머니는 내가 해지를 쫓아다니는 남자애들과 어울리지는 않을까 항상 전전긍긍이었다. 그렇지만 어머니의 걱정이 기우라는 것은 그시절의 어린 나도 알았다. 나는 그들의 안중에 전혀 없었으니까. 남자들 앞에만 서면 쭈뼛대고 경계하던 나와 달리 그들을 대하는 해지의 태도는 스스럼이 없었다. 다른 남자들과 있을 때와 달리 무호 앞에서는 낯을 전혀 가리지 않는 나를 보며 "너 무호 좋아하지?" 하고 해지가 쿡쿡 찌르곤 했던 것도 그런 까닭이었다.

다른 남자애들을 데리고 올 때도 있었지만 무호는 대개 혼자 우리에게 왔다. 해지네 집으로 무호가 찾아오면 돈 없이 마땅히 갈 곳이 없었으므로 우리는 종종 비탈길을 내려가 신작로를 건너 굴다리까지 걸어갔다. 장미, 백조 따위의 간판만 걸려 있을 뿐 창문 하나 없는 허름한 방석집 앞을 시시덕거리며 지나면 굴다리가 나왔다. 굴다리까지 가봤자 우리가 하는 일이라고는 별게 없었다. 굴다리 너머에는 마을버스 차고지로 쓰이다가 버려진 부지가 있었다. 아무렇게나 자란 풀이 무성하던 그곳에는 커다란 아카시아나무가 우거져 있었고, 허리춤까지 자란 개망초와 키 큰 해바라기가 차례로 꽃을 피우던 얕은 구릉이 있었다. 이미 무용해진 그곳에 다다르면 우리는 아무데나 주저앉아 이야기를 나눴다. 대개는 가족에 대한 이야기랄지, 장래에 대한 이야기랄지 뭐 그런 것들이었던 것 같다. 그곳에서 나는 용도가 무엇이었는지는 모르지만 이미 무너져버린 담벼락을 평균대 삼아 걷는 것을 좋아했다. 그리 높지 않은 담이었지만 균형을 잡기 위해 양팔을 벌리고 걸으며 나는 정주민이 없는 나라에만 정차하는 기차를 상상하곤 했다. 좁은 담 위를 휘청휘청 오가면서 주로 내가 하는 일은 아이들이 하는 말을 듣는 것이었다. 어쩌다 아이들이 우리 가족에 대해 물으면 간혹 내 얘기를 할 때도 있었다. 나는 우리 아버지가 가난한 시골 출신으로 오 남매 중에 장남이기 때문에 동생들을 건사하기 위해 어떤 희생을 해왔는지, 그런 이야기들을 즐겨 했던 것 같다. 아버지는 음악을 사랑했고, 그래서 기타 연주자가 되고 싶었지만 집안을 일으키기 위해서 기꺼이 꿈을 포기했다. 나는 그런 아버지가 자랑스러웠다. 아버지에 대해 이야기할 때면 나는 늘 신이 나서 평소와는 달리 제법 큰 목소리로 떠들었을 것이다. 아버지를 내가 얼마나 좋아하는지에 대해서. 소리나는 대로 아버지가 적어준 가사를 보면서 짐 리브스나 존 덴버의 노래를 함께 따라 부르던 기억이나, 음악 실기시험을 볼 때면 솔-솔-미-파-솔, 리코더 부는 법을 아버지에게 배웠던 기억 같은 것에 대해서. 나는 아버지가 크게 화를 내는 것도, 욕을 하는 것도 본 적이 없었다. 아버지는 비가 오나 눈이 오나 매달 마지막 주 토요일마다 할머니 할아버지 댁에 찾아가 다리를 주물러드리고 돼지갈비라도 사드릴 때면 드시기 좋게 살코기만 가위로 잘라드리는 그런 사람이었다.

"떨어질 거 같으니까 이제 좀 내려와."

아이들이 위태롭게 걷는 내게 소리지르면 나는 마지못한 척 풀밭에 앉아 있는 그들 옆으로 가 자리를 잡았다. 풀밭에 앉으면 엉덩이가 이내 축축해졌다. 아이들은 졸업하면 각기 기술을 배우는 학교에 입학할 예정이었다. 해지는 미용을 배울 거라고 했고 무호는 정비공이 될 거라고 말했다. 언젠가는 해외 패션쇼에 오르는 모델들만 담당하는 헤어 디자이너가 될 거라는 둥, 유명한 독일 회사의 자동차를 설계하고 말겠다는 둥, 석양이 비쳐들어 홍조를 띤 얼굴로 아이들이 그려 보이는 미래는 하나같이 터무니없었다.

그들이 그리는 미래가 비눗방울처럼 커다랗게 부풀어오를수록 나는 이상하게도 점점 불쾌해졌는데, 그 원인이 무엇인지 그때는 자각하지 못했다. 인문계 고등학교, 그것도 명문대 합격률이 높은 사립 고등학교 입시를 준비하는 사람은 나 하나였고, 나는 아이들이 떠드는 동안 말없이 내 주위의 강아지풀을 손으로 뜯었다. 내가 담배를 처음 배운 것은 그런 날들 중 하루였다. "훅, 들이쉴 때 같이 마셔." 아이들이 나를 재촉하고 나는 담배를 입에 문 채 훅, 숨을 빨아들였다. 담배 연기가 지나간 자리를 따라 내 기도가, 내 폐가 뜨거워졌다. 내가 캑캑거리며 기침을 하는 모습에 아이들이 손뼉을 치며 웃었다.

만약 성적이 떨어졌다면 부모님은 어떻게 해서라도 이사를 가려고 애썼을 것이다. 그러나 나는 훌륭한 사람이 되어야만 한다는 당부를 잊지 않았고 다행히 성적도 떨어지지 않았다. 학교에서 해지가 책상에 엎드려 자는 동안 나는 착실히 공부를 했고 교칙을 어기지도 않았다. 이런저런 이유들에도 불구하고 아파트에 사는 아이들이 나를 대놓고 무시하지 않던 까닭은 성적 때문이었다. 나는 그 아이들이 우리 동네 아이들을 어떻게 보는지 알고 있었다. 내가 그 깔보이는 대상이 아니라는 사실은 다행이었지만 그렇게 생각할 때마다 배신자가 된 것 같은 감정이 나를 사로잡았다. 그리고 해지가 공부를 조금만 했다면 내가 이런 감정을 느끼지 않아도 될 텐데 하는 생각에 화가 났다. 아버지는 주어진 환경을 극복하지 않고 안주하려는 것은 잘못이라고 언제나 내게 말했다.

　재개발이 될 거라는 소문이 동네에 돌기 시작한 것은 이듬해 봄쯤이었다. 소문이 구체화될수록 동네의 분위기가 조금씩 달라져갔다. 부모님은 우리가 살던 동네가 하루빨리 허물어져버리길 바랐고, 그것이 순리라고 생각했다. 그러면서도 부모님은 골목을 쓸었고, 골목에서 누군가를 마주치면 묵례를 했다. 나는 우리 중학교 졸업생 중 소수만 진학할 수 있었던, 강 건너의 사립 고등학교에 입학한 후 말수가 조금 더 줄었다. 우리 동네까지는 스쿨버스가 오지 않아서 다른 아이들보다 더 일찍 일어나 스쿨버스가 다니는 곳까지 일반 버스를 타고 가야만 했는데, 그래서 나는 몇 배나 더 피곤했다. 야간 자율학습을 마친 뒤 버스를 갈아타고 밤늦게 집에 오는 날들이 많았기 때문에 해지와 만날 수 있는 시간도 자연스레 줄어들었다. 간혹 아프다는 핑계를 대고 조퇴를 하기도 했지만 그럴 때는 해지가 집에 없기 일쑤였다. 그렇게 일찍 집에 돌아와봤자 혼자 있게 되는 날들에는 처음 이사왔던 날 아버지가 내게 아파트 단지를 보여주었던 옥상에 쭈그려앉아, 사라져가는 태양의 빛줄기가 쇠락한 골목과 남루한 벽을 부드럽게 어루만지는 풍경을 바라보았다. 마치 검버섯 핀 노인의 얼굴을 쓰다듬듯이. 그러면 그 손길을 따라, 동네는 쪽잠을 청하는 고단한 노인처럼 주름이 깊게 팬 눈꺼풀을 천천히 감았다. 해가 지고 나면 대기에 남아 있던 온기도 노인의 마지막 숨결처럼 느리게 흩어져갔다. 몸에 한기가 깃들어 더이상 앉아 있기가 힘들어지면 그제야 나는 쭈그렸던 다리를 펴고 자리에서 일어났다. 초라한 골목이 어째서 해가 지기 직전의 그 잠시 동안 황홀할 정도로 아름다워지는지, 그때 나는 그 이유를 알지 못했다. 다만 그 풍경을 말없이 바라보는 동안 내 안에 깃드는 적요가, 영문을 알 수 없는 고독이 달콤하고 또 괴로워 울고 싶었을 뿐.

재개발추진위원회가 설립되면서 동네 사람들은 저마다 재개발하는 것이 이익인지 손해인지를 따지기 시작했다. 동네는 재개발에 찬성하는 사람들과 반대하는 사람들로 나뉘었다. 반대하는 주민들은 비상대책회의장으로 정해진 무호네 집에서 매주 화요일 저녁 대책회의를 열었다. 턱없이 높은 추가 분담금을 내는 것이 불가능한 사람들은 재개발에 반대했다. "동의율이 낮으면 조합 설립이 무산될 수도 있대." 오랜만에 만난 무호가 말했다. "응." 컴컴한 골목 한쪽에서, 고양이 아저씨가 두고 간 사료를 허겁지겁 먹는 고양이들을 보면서 나와 해지는 고개를 끄덕였다. 해지의 가족은 세입자였으므로 동의하지 않을 권리가 없었다.

시간은 빠르게 흘렀다.

무호는 이제 키가 나보다 훨씬 컸고 어깨도 예전보다 두 배가량 넓어졌다. 그렇지만 무호에게는 여전히 웃을 때 아기 같은 구석이 있었다. 무호가 동네의 버려진 폐가에서 어떤 여자아이와 옷매무새가 흐트러진 채로 나왔다는 소문을 누군가가 내게 전하기도 했고, 실제로 그런 일이 일어났을 가능성이 높다는 것도 알고 있었지만, 나는 괘념치 않았다. 무호는 적어도 내 앞에서만큼은 예전처럼 순진한 얼굴이었고, 그것으로 충분했으니까. 우리 셋에게는 공통점이 없었지만 우리는 여전히 가끔씩 버려진 차고지에 앉아 시답지 않은 이야기를 하며 담배를 피웠다.

언젠가 한번은 해지였는지 무호였는지 둘 중 하나가 넌 좋은 대학에 가서 부자가 되겠지, 같은 말을 내게 했다. 그런 말을 내 앞에서 꺼낸 것은 처음이었다. 해지는 만날 때마다 학교에서 배우는 미용 기술에 대해서, 마네킹의 가발을 자를 때의 고충 같은 것들에 대해서 이야기했다. 무호는 우리 사이에 있을 때도 있었고, 없을 때가 더 많았다.

해가 한번 더 바뀌고 내가 열여덟 살이 되자 이사를 가는 사람들이 하나, 둘 생겨났다. 해지네 식구는 그 동네를 가장 먼저 떠난 무리에 속했다. "갑자기 집주인네가 들어와 살겠다고 연장을 안 해준대." 해지는 덤덤한 척 입술에 립글로스를 바르며 전했다. "재개발한다는데 우리가 안 나가고 버틸까 겁나 그런 거겠지, 뭐." 무호가 밤늦은 시간 하교하던 나를 버스 정류장으로 마중나오겠다고 한 것은 해지네 이사가 결정되고 얼마 지나지 않은 9월이었다. 무호가 나를 마중나온 것은 그때가 처음이었다. 그래서였을까. 인적이 드문 버스 정류장에 홀로 서 있는 무호를 봤을 때 나는 이상하게 조금 설렜다. 우리는 아주 오랜만에 단둘이 비탈을 올랐다. "가방에 뭐가 이렇게 많이 들었냐, 키 안 크게." 무호가 내 가방을 번쩍 들어 대신 둘러멨다. 무호가 이제는 나보다 훨씬 크다는 것이 갑자기 실감났다. 헬스장에서 벤치프레스를 열심히 한다더니 무호의 팔뚝은 예전보다 훨씬 굵어져 있었다. 나는 무호가 남자의 몸을 가지고 있다는 사실에 새삼 놀랐다. 그리고 왜인지 모르겠지만 소문 속에서 무호와 옷이 헝클어진 채 폐가에서 나왔다는 여자아이의 얼굴이 궁금해졌다. 우리는 학교에서 있었던 일이나 그 무렵 화제가 되고 있던 할리우드 영화에 대해서 이야기를 주고받았지만 공통의 화젯거리가 별로 없었다. 나도 무호도 골목 곳곳에 걸려 있는 붉은 깃발을 보았지만 둘 다 애써 모른 척하고 있었다. 그즈음 재개발을 찬성하는 사람들과 반대하는 사람들 사이의 갈등은 점점 더 심해져갔다. 가파른 계단을 말없이 오르자 밤이 내린 공터가 나왔다. "그러고 보니 고양이 아저씨를 못 본 지 좀 되었네." 무호는 아저씨를 며칠 전에 보았다고 말했다. 아저씨는 고양이들을 두고 갈 수 없어 재개발에 반대한다고 했다. "얼마 전에는 어떤 사람들이 아저씨한테 고양이들을 다 죽여버리겠다고 협박까지 했대." 무호가 화난 목소리로 말했다. "아저씨가 제일 만만하니까 괜히 화풀이하는 거지." 재개발을 찬성하는 이들이 반대하는 주민들의 가게나 집을 찾아가 위협하고 행패를 부린다는 소문은 나도 들어본 적이 있었다. 우리는 다시 말없이 걸었다. 무호의 숨소리가 가까이 들렸다. "여기까지면 됐어. 이제 가." "아니야, 집 앞까지 바래다줄게." 우리집 쪽으로 꺾어지는 골목으로 들어서자 새끼 고양이 두 마리가 놀란 듯 안쪽으로 달아났다. 그리고 마침내 우리집 앞에 도착했을 때, 외등 아래서 무호가 어렵게 말을 꺼냈다. 해지가 떠나기 전에 고백하고 싶은데 도와주었으면 좋겠다고.

그리고 그 주 토요일 밤에 나는 무호의 부탁대로 해지를 옛 마을버스 차고지로 데리고 갔다. 해지는 춥고 깜깜한 데를 갑자기 왜 가느냐며 계속 툴툴댔다. 기억이 틀리지 않는다면, 해지는 그날 오렌지색 스웨터를 입고 있었다. 털이 날리는 오렌지색 앙고라 스웨터에 무릎이 튀어나온 트레이닝복을 입고 무슨 일이 기다리고 있는지도 모르는 채 내게 이끌려 비탈을 내려가던 해지. 헐벗어가는 아카시아나무 뒤에서 무호가 초 대신 폭죽을 꽂은 케이크를 들고 나오자 해지는 뭐하는 짓이냐며 소리를 지르다가 이내 빨개진 얼굴로 웃음을 터뜨렸다. 나는 그때 처음으로 내가 무호를 좋아하고 있었는지도 모른다는 사실을 깨달았다. 아닌가. 좋아한 것은 아니었나. 어쩌면 우리 셋의 관계의 축이 한쪽으로 기울어버렸음을 깨닫는 순간 느낀 허전함이 나를 착각하게 만든 것뿐이었을까. 하지만, 아무튼, 그 순간에는, 크림 범벅의 케이크 위로 반짝이는 불꽃과 그 너머 어른거리는 무호의 환한 얼굴을 보면서, 사실은 내가 무호를 얼마간 좋아한 것 같다는 생각을 했다. 그러나, 또 동시에, 그렇더라도, 나와 무호의 삶이 교차할 수 있는 순간은 너무나도 짧고, 우리는 이제 몇 년의 시간이 흐르지 않아 완전히 다른 길을 걷게 될 것이며, 더이상 우리의 인생은 겹쳐지지 않을 거라는 사실을 내가 너무 오래전부터 알고 있었다는 생각도. "나랑 사귈래?" 이제는 남자의 몸을 가진 무호가 수줍은 얼굴로 물었다. "그래." 해지가 상기된 얼굴로 고개를 끄덕였다. 나는 관객의 역할에 익숙해진 배우처럼 손뼉을 쳤다. 내 박수 소리에 쑥스러운 듯 아이들이 나를 바라보며 웃었다. 우리는 같이 웃었다. 폭죽의 불꽃이 짙푸른 어둠 속에서 요란한 소리를 내며 탔고, 땅에 떨어지자 순식간에 사그라졌다.

가끔, 그곳을 지날 때가 있다. 예전에 굴다리가 있었고 창 없는 방석집들이 즐비하던 거리는 이제 흔적도 없이 고층건물로 뒤덮여 있다. 우리 가족은 포클레인이 폐가들을 부수기 전에 이사를 했고, 그후 한동안 나는 그 지역에 다시 가지 않았다. 고양이 아저씨처럼 종국엔 쫓기듯 떠나간 그 동네 대부분의 사람들이 어디에, 어떤 모습으로 살고 있는지 나는 모른다. 그렇지만 많은 시간이 흘렀는데도 어쩌다 버스를 환승하기 위해, 이제는 공항철도가 놓인 그 거리를 걷다보면 그 시절의 어떤 장면들이 불쑥 떠오르곤 한다. 이를테면 죽은 고양이를 발견한 그날의 기억 같은 것.

해지는 그렇게 떠났다. 우리는 자주 통화했고 어쩌다가 만났지만 점차 거의 만나지 않게 될 거였다. 무호와 단둘이 만난 적은 그후로 없었다. 눈이 귀한 지방에서 나고 자란 나는 눈을 매일 기다렸지만 그해 겨울은 정말 눈이 오지 않았다. 시베리아에서 내려온 한랭기단의 영향으로 얼굴이 에일 정도의 강추위만 계속되었다. 겨울이 되자 동일한 체크무늬 명품 목도리를 일제히 꺼내 두르고, 방학에는 싱가포르로, 캐나다로 어학연수를 떠나고, 무엇보다 야간 자율학습은 의미 없다는 듯이 담을 넘어 도망가는데도 언제나 성적이 나보다 잘 나오던 아이들 틈에 있다보니 나는 공부에 흥미를 잃었다. 외국소설이든 잡지든, 심지어 국어사전까지, 활자에 굶주린 사람처럼 아무 책이나 닥치는 대로 첫 페이지부터 끝까지 읽어대기 시작한 것은 그 때문이었다. 뭔가를 읽고 있는 동안만큼은 아무와도 이야기하지 않아도 되었고 시간이 한 움큼씩 없어졌는데, 나는 그것이 좋았다. 그날도 일요일이었지만 학교 도서실에 앉아 제임스 조이스나 외젠 이오네스코의 책 같은 것을 이해하지도 못하면서 읽다 집에 돌아가는 길이었을 거다. 매서운 추위에 잔뜩 웅크린 채 비탈을 올라가고 있는데 어디선가 웅성거리는 소리가 들렸다.

"싸움이 났어요."

누군가가 외쳤다. 나는 두렵지만 궁금한 마음에 이끌려 소리가 나는 쪽으로 향했다. 그곳, 석유가게 앞에는 이미 몇몇의 구경꾼들이 몰려 있었다. 이따금씩 나는 후회했다. 그곳에 가지 말았어야 했는데. 그렇지만 나는 호기심을 이기지 못하고 내 앞을 가로막은 채 서 있는 아주머니들의 어깨와 어깨 사이에 고개를 들이밀었다. 그리고 그곳에서 얻어맞고 있는 고양이 아저씨를 보았다.

"저 사람들이 고양이한테 약을 먹였다나봐."

구경꾼 중 누군가가 누군가에게 수군거리는 소리가 들렸다. 젊은 사내들에 의해 바닥에 내동댕이쳐진 고양이 아저씨는 꺾어진 허리를 자꾸만 곧추세우며 일어섰다. 나는 두려웠다. 아저씨가 죽을까봐. 언제나 핏발이 붉게 선 눈 때문에 무서워 보이던 아저씨의 얼굴은 더욱 흉측하게 일그러졌다. 아저씨를 때리던 이들은 싸움을 그만하고 싶은 것 같았지만 아저씨는 돌아서는 그들을 향해 자꾸만 달려들었고 또 얻어맞았다. 왜 아무도 말리지를 않지? 나는 다급한 마음에 주변을 둘러보았다. 눈살을 찌푸리며 구경하는 사람들은 대부분 아주머니나 할머니였고 남자라고는 꼬마들밖에 없었다. 고양이 아저씨가 뭐라고 뭐라고 소리를 질렀다. 비명소리는 아니었고 무슨 말을 한 것이 분명했지만 발음이 부정확해 알아들을 수가 없었다. 나는 문득 아버지를 떠올렸다. 아버지라면, 어떻게든 이 사태를 해결할 수 있을 거였다. 나는 뒤로 돌아서 달렸다. 평소에 가던 길을 우회해서 집까지 뛰었다. 나는 내가 그렇게 빨리 뛸 수 있는 사람이라는 것을 그때까지 알지 못했다. 집으로 꺾어지는 골목에 들어서자 거기엔 정말 죽은 고양이가 있었다. 우리집 앞을 자주 지나던 고양이, 입 주위로만 별 모양으로 흰 털이 나 해지가 별이라고 부르던 그 고양이였다. 죽은 고양이를 본 것은 그때가 처음이었다. 고양이는 네 다리를 위로 쳐든 채 배를 보이며 시멘트 바닥에 죽어 있었다. 눈을 뜬 상태로 차갑고 꼿꼿하게 굳어 있던 고양이. 나는 가방에서 열쇠를 찾았다. 열쇠가 열쇠 구멍에 잘 들어가지 않아서 그제야 내 손이 떨리고 있다는 것을 알았다.

"아빠, 아빠!"

집에 들어오자 훅, 따뜻한 기운이 나를 감쌌다.

내 목소리가 다급하게 들렸던 게 틀림없었다. 어머니와 아버지가 동시에 무슨 일인가 놀라서 방에서 뛰어나왔으니까.

"아빠, 아빠. 고양이 아저씨가 맞고 있어요."

그뒤로 자세한 것은 기억나지 않는다. 나는 아마 울면서 아버지에게 내가 목격한 것을 설명한 것 같다. 아저씨의 얼굴이 어떻게 부어 있었는지. 그의 몸이 발길질에 어떻게 둥그렇게 말렸다가 다시 가까스로 펴졌는지. 그리고 피가, 피가 어떻게 흘러내렸는지에 대해서. 나는 아버지가 내 이야기를 다 들으면 옷을 챙겨 입고 밖으로 뛰어갈 것이라고 생각했다. 경찰을 부르고, 사람들을 불러서 어떻게든 상황을 해결해줄 거라고. 그러나 놀랍게도 아버지는 내 이야기를 듣더니 어머니에게 "애 물 좀 떠다줘. 숨넘어가겠네"라고 말했다. 그리고 내 쪽을 바라보면서는 이렇게 천천히 덧붙였을 뿐이다.

"얼굴이 꽁꽁 얼었다. 따뜻한 아랫목에 가서 몸 좀 녹여라."

나중에 안 일이지만 재개발 추진이 지연되는 데 대한 분풀이로 독극물을 주입한 닭고기를 동네 여기저기에 뿌려둔 것은 찬성파 중 누군가였다. 수십 마리의 고양이들이 그것을 먹고 골목 곳곳에서 죽어나갔다. 아버지는 그것을 이미 알고 있었을까. 어쩌면 아버지는 성정상 싸움에 끼어들고 싶지가 않았던 것뿐일지도 몰랐다. 아버지는 그저 우리 가족을 위해 서울로 이사를 왔을 뿐이고, 그런 갈등을 겪게 될 줄은 상상도 하지 못했을 테니까. 그렇지만 이상하게도 나는 어머니가 건네준 물을 받아 마시고도, 시키는 대로 방 아랫목에 이불을 덮고 앉아 있으면서도, 눈물이 멈추지 않았다. 한참을 울고 까무룩 잠이 들었다가 퉁퉁 부은 눈을 가까스로 떴을 때는 이미 캄캄한 밤이었다. 나는 자리에서 일어나 앉았다. 머리가 깨질 듯이 아팠다. 어머니와 아버지는 이미 잠들었는지 집안이 조용했다. 그렇게, 어두운 방안에 무거운 눈을 끔벅이며 잠시 앉아 있는데, 어떤 이유에서인지 갑자기 집 앞에 죽어 있던 고양이를 묻어줘야겠다는 생각이 들었다. 그것은 정말 이상한 생각이었다. 나는 한 번도 고양이를 만져본 적이 없었고, 무엇인가의 사체를 묻어본 적은 더더욱 없었으니까. 그렇지만 어디에 어떻게 묻어야 할지도 모르면서 나는 입고 있던 옷 위에 파카를 걸쳤다. 고양이는 차가운 바닥에 아직 그대로 있을 거였고, 그렇게 내버려둘 수는 없었다. 나는 사람들이 그저 구경만 하고 있던 고양이 아저씨를 떠올렸고, 안방으로 들어가던 아버지의 뒷모습을, 내 얼굴을 자꾸만 쓸어내리면서 한숨 자라고 나를 토닥이던 어머니를 떠올렸다. 나는 파카의 지퍼를 올렸다. 아버지나 어머니가 깰까봐 전등을 켜지 않고 주변을 손으로 더듬으며 거실로 나가면서, 고양이를 수건 따위로 감싸서 공터 옆 화단에 묻어주면 되지 않을까, 그런 생각을 했다. 꽤 괜찮은 생각인 것 같았고, 기분이 한결 나아졌다. 그런데, 현관 앞에 서자 갑자기 한기가 느껴졌다. 문틈으로 찬바람이 들어오는 모양이었다. 밤이 되었으니 바깥은 낮보다 기온이 더 떨어져 있을 것이었다. 며칠째 영하 십오 도 안팎의 강추위가 계속되고 있었다. 나는 신발장에서 운동화를 꺼내기 위해 현관으로 발을 내디뎠다. 현관 바닥에 맨발이 닿자 생각보다 너무 차가워 몸서리가 쳐졌다. 고양이가 아직 그대로 있긴 한 건가. 옷을 너무 얇게 입은 것 같다는 생각이 들었다. 사실 누군가가 벌써 치워버렸을지도 모르는데. 우리가 살던 집의 현관문 윗부분에는 바깥을 내다볼 수 있도록 동그랗게 유리창이 나 있었다. 실내와의 온도 차 때문에 유리창에 김이 서려 바깥은 아무것도 보이지 않았다. 나는 운동화를 구겨 신은 채 창을 손바닥으로 쓱쓱 문질렀다. 일단 고양이 사체가 아직 골목에 버려져 있는지만 살짝 확인하고 나갈 생각이었다. 내 손자국을 따라 투명해진 차가운 유리창에 이마를 가만히 대었다.

"세상에."

그 순간 나도 모르게 탄성이 튀어나왔다. 창밖에는 커다란 눈송이가 떨어져내리고 있었다. 깃털처럼 부드러운 눈송이가. 역청빛 어둠을 덧칠한 이웃집의 지붕 위에도, 옥상 위의 장독대와 비탈 아래쪽의 앙상한 나무초리 위에도, 고요하게. 얼마나 아름다웠는지. 그것은 정말 내가 태어나서 단 한 번도 본 적이 없는 커다란 눈송이였다. 마른눈. 자국눈. 가랑눈. 국어사전에서 내가 발견했던 무수한 단어로도 형용하기가 충분치 않던 눈송이. 그토록 숨막히는 광경을 나는 그전에도 그 이후에도 본 적이 없었다. 그리고 나는 차가운 유리창에 이마를 댄 채 그렇게 한동안 서 있었다. 구겨진 신발 위에, 양말도 없이, 까치발을 한 채로. 돌이켜보면 그것이 내 인생의 결정적인 한 장면은 아니었을까 하는 생각이 든다. 앞으로 나는 평생 이렇게, 나가지 못하고 그저 문고리를 붙잡은 채 창밖을 기웃거리는 보잘것없는 삶을 살게 되리라는 사실을 암시하고 있었으니까. 그러나 내가 그 장면의 의미를 이해하게 된 것은 아주 먼 훗날의 일이고, 그때 나는 창밖으로 떨어져내리는 아름다운 눈송이를 그저 바라보고만 있을 뿐이었다. 모든 것을 까

맣게 잊어버리고. 집집마다 매달려 펄럭이는 붉은 깃발들 사이로
새하얀 눈송이가 떨어져내리는 풍경을, 그저 황홀하게.

* 소설의 제목은 바실리 칸딘스키의 그림 〈고요한 사건Évènement doux〉(1928)
에서 빌려왔다.

폭설

그녀가 열한 살이었을 때 엄마는 그녀를 떠났고, 모든 것이 바뀌었다. 그렇게 말할 때마다 엄마는 그녀를 떠난 것이 아니라 아빠를 떠난 것이라고 정정했지만 열한 살은 그런 것을 구분할 수 있는 나이가 아니었다. 지금은 이혼율이 꽤 높아졌지만 그때만 해도 엄마, 아빠가 이혼한 아이는 전교에 그녀 하나였다. 당시 그녀가 다니던 학교는 대규모 아파트 단지 한가운데에 위치한 신생 초등학교였다. 서울의 인구문제 해결 차원에서 베드타운처럼 조성되었던 그 지역에는 대부분 비슷한 경제력과 학력을 가진 부모들이 모여 살았다. 그 동네에 사는 젊은 아버지들은 의사이거나 약사, 아니면 서울에 본사를 둔 대기업이나 은행의 직원이었고, 엄마들은 대체로 학군이나 부동산 시장에 관심이 많은 가정주부였다. 같은 초등학교를 나와, 별다른 이변이 없으면 한 블록 떨어진 중학교를 다니게 되어 있던 아이들은 비슷비슷한 학원에 몰려다녔다. 그런 동네였기 때문에 그녀 부모의 이혼 소식이 몇 개월 지나지 않아 굉장한 가십거리로 떠오른 것은 어찌 보면 당연한 일이었다. 그녀는 엄마와 아빠가 이혼한 이후 어디를 가더라도 수군거리는 소리를 들어야 했다. 슈퍼나 미용실에서 친구들 엄마를 만나 인사하고 돌아서면 항상 그녀의 뒤통수에 대고 "쟤가 걔야" 하며 낮게 속삭이는 목소리가 들려왔다. 그전까지는 활발한 편이었던 그녀가 초등학교 졸업 즈음을 기점으로 지극히 내성적으로 변한 것은 아마도 그 영향이었을 거다. 사람들은 부모의 이혼에도 불구하고 학업에 충실하고, 엄마를 대신해 집안일을 열심히 돕고, 어른들에게 예의바르게 대하는 그녀를 보며 철이 들었다고 칭찬했다. 하지만 사실 그런 행동들이 결국 자신을 보호하기 위한 방편이었을 뿐이라는 것을 그녀는 이제 안다. 그녀는 누구의 입에도 오르내리지 않기 위해, 안 그래도 활활 타오르는 소문들에 풀무질할 거리를 제공하지 않기 위해, 필사적으로 몸을 숨기면서 그 시간을 버텼다.

엄마와 아빠의 이혼 사유에 대한 다양한 추측들, 사실은 별 관심도 없으면서 그녀를 향해 던지던 동정 어린 위로들, 견고한 벽처럼 옴짝달싹 못하게 한 모든 말들 중에서 그녀를 가장 괴롭힌 것은 엄마에 대한 안 좋은 소문들이었다. 소문 속에서 엄마는 가정이 있는 남자를 유혹해 불륜을 저지른 부도덕한 여자였다가, 결혼하고도 옛 애인과 부적절한 관계를 유지해온 불성실한 아내였고, 남자에 눈이 멀어 가정을 내팽개친 이기적인 엄마였다. 자세한 사정을 모르면서도 이혼하자마자 사람들이 아빠는 빼놓고 엄마에 대해 수군거리기 시작한 것은 아마도 그녀의 엄마가 그곳에 사는 다른 여자들과 달랐기 때문일 거다. 엄마는 달랐다. 여러 면에서. 그녀의 엄마가 남들과 다르다는 건 검은 강물 위를 부유하는 사금처럼, 창백한 겨울밤에 댕겨진 불꽃처럼, 명백한 사실이었다.

그녀의 엄마는 특별했다. 엄마의 특별함은 외양에서부터 두드러졌는데, 우선 엄마는 미인이었고, 대학원에서 독문학을 공부하고 싶었지만 임신 탓에 일찍 결혼한 터라 또래 엄마들보다 젊고, 날씬했다. 뿐만 아니라, 엄마는 다른 엄마들이 엄두도 내지 않는 차림새를 즐겨 했다. 민소매 셔츠나 미니스커트를 입었고, 눈에 띄는 귀걸이를 착용했으며, 새빨간 립스틱을 바르고 학부형 모임에 나타나기도 했다. 하지만 그녀가 기억하는 한 엄마의 특별함은 그런 것들로는 충분히 설명되지 않는다. 그녀의 엄마는 첫눈이 오면 수업중에 찾아와 집에 일이 있다는 핑계로 그녀를 조퇴시켜서 바다에 데려갔고, 비가 오는 날에는 집안 가득 탱고 음악을 틀어놓고 그녀와 춤을 췄다. 엄마와 함께했던 그 모든 일들은 그녀에게 애틋한 기억으로 남아 있지만 천둥 번개가 치거나 아빠가 야근해서 엄마와 같이 잘 때마다 그녀를 재우기 위해 엄마가 이야기를 들려주던 그 밤들만큼 그녀에게 근사한 기억은 없었다. 그 이야기들은 대개 『백설공주』나 『잠자는 숲속의 미녀』 같은 것들이었는데, 엄마가 들려주는 이야기 속의 공주들은 원작과 달리 왕자의 도움을 받지 않고도 행복하게 잘살았다.

그녀는 그런 엄마의 특별함을 사랑했다. 그것은 그녀가 기억하는 한 아빠도 마찬가지였다. 엄마가 사계절 내내 미풍에도 빛깔을 달리해 반짝이는 잎이었다면 그녀의 아빠는 조용하고 균형잡힌 나무 같은 사람이었다. 야근이 많은 직업 특성상 평일에는 아빠를 보기가 어려웠지만 대신 주말에는 언제나 아빠와 함께 시간을 보낼 수 있었다. 아빠는 그들과 함께 장을 봤고, 그녀에게 자전거와 롤러스케이트 타는 법을 알려주었고, 엄마가 습관처럼 창밖을 내다보며 상념에 빠져 있으면 그 옆에서 조용히 야구 중계를 보았다. 기억 속 그녀의 가정에는 아무런 문제도 없었다. 그렇기 때문에 그녀가 열한 살이 된 그해, 엄마가 그녀를 앉혀놓고 더이상 엄마와 아빠는 함께 살지 않기로 했으니 누구와 살지 선택하라고 그녀에게 말했을 때 그녀는 엄마가 무슨 말을 하는 것인지 좀처럼 이해할 수가 없었다.

그녀의 엄마는 그해 가을 집을 떠나 미국으로 갔다. 열한 살은 많은 일들을 이해할 수 없는 나이였지만, 동시에 관계를 깨뜨리고 떠나는 사람이 엄마이고, 관계를 유지하려 노력했으나 결국 남겨진 사람이 아빠라는 것 정도는 눈치챌 수 있는 나이이기도 했다. 그녀가 아빠 곁에 남은 것은 그 때문이었다. 엄마가 떠난 밤, 아빠가 그녀를 끌어안았을 때, 그녀는 그때 처음으로 어른들은 눈물을 흘리지 않고서도 울 수 있다는 사실을 알았다.

엄마가 재혼한 것은 그해 겨울이었다. 굳이 결혼을 다시 하고 싶지는 않았지만 영주권인가 시민권인가 때문에 어쩔 수 없는 선택이었다고 엄마는 훗날 그녀에게 말했다. 결혼식조차 없는 행정적인 결혼이었다고도 말했다. 어쨌거나 그녀는 엄마의 재혼 소식을 들은 날 쓸쓸히 식탁에 앉아서 소주를 마시던 아빠를 기억했다. 엄마가 집을 떠난 이후 외가 쪽 식구들은 자주 만나지 않았다. 그녀의 졸업식이며 입학식마다 엄마를 대신해서 찾아온 것은 친할머니나 고모였다. 안개꽃 사이로 장미가 듬성듬성한 꽃다발을 들고 사진을 찍은 후 그녀는 아빠와 친할머니, 고모와 함께 돈가스나 함박스테이크를 먹었다. 친가 쪽 식구들과의 식사는 번번이 엄마를 흉보는 것으로 끝났기 때문에 그녀는 그 시간이 싫었지만 아빠를 위해 내색하지 않았다. 엄마는 그녀의 졸업식과 입학식에 찾아오지 않았지만 대신 초콜릿이나 향수, 책가방 같은 선물을 보내왔다. 그녀는 아빠가 친할머니나 고모를 옆에 세워놓고 찍어준 사진 속에서 자신만 도려내어 엄마에게 우편으로 보냈다. 빨갛고 파란 줄무늬의 국제우편 봉투. 그땐 아직 이메일이 생활화되기 전이었으므로 그녀는 때마다 국제우편 봉투에 By Airmail이라고 볼펜으로 꾹꾹 눌러쓴 다음 우표를 붙여 엄마에게 편지를 보냈다.

엄마가 재혼해 사는 곳은 시카고 근교의 글렌뷰라는 백인 중산층이 모여 사는 도시였다. 그녀는 열두 살이 되던 해 여름방학 때 그곳으로 엄마를 보러 갔다. 평소에는 아빠와 한국에서 지내더라도 여름방학 때만큼은 엄마와 지내는 것으로 어른들끼리 합의한 결과였다. 그녀가 열두 살이었을 때는 부모가 이혼한 아이도 흔치 않았지만, 방학 때 미국에 가는 아이도 흔하지 않았다. 비행기를 처음 타는 거였던데다가 LA에서 환승해야 했기 때문에 출국 날이 다가올수록, 그녀는 국제미아가 되는 것이 아닐까 불안해 잠을 잘 수가 없었다. 일 년 만에 엄마를 만나 그런 이야기를 했을 때, 엄마는 "니가 내 딸인데 국제미아가 될 리가 있냐"라며 그녀의 볼을 꼬집었다. 엄마와 재회한 것은 눈부신 여름이었고, 그녀는 엄마가 운전하는 차를 타고 글렌뷰로 향했다. 엄마는 반가웠지만 차창 밖의 크고 높은 건물은 생경하고, 운전하는 엄마도 엄마의 벽돌색 마즈다 왜건도 낯설어서 이상하게 자꾸 울고 싶은 기분이 들었던 것을 그녀는 기억한다. 흰토끼를 따라 굴속으로 빨려들어갔다가 순식간에 몸이 작아져버린 앨리스처럼 모든 것이 어리둥절해 그녀는 자꾸 엄마를 쳐다봤다.

엄마가 사는 집은 그림책에서 본 것 같은 잔디밭이 딸린 이층

집이었다. 엄마의 집 주변으로 비슷비슷하게 생긴 이층집들이 울타리를 사이에 두고 늘어서 있었다. 그들은 현관문을 열고 집안으로 들어섰다. 한국 집의 몇 배나 되어 보이는 커다란 집은 채광이 좋아 온통 환했다. 집에서 그녀를 기다리고 있던 엄마의 새 남편이 그녀의 짐을 받아들었다. "처음 보지? 이쪽은 케빈이야." 엄마는 몰랐지만 그녀는 케빈을 본 적이 있었다. 그것은 아직 열 살이었던 그녀가 엄마 몰래 학원을 땡땡이치고 인적이 드문 후문을 통해 아파트 단지 안으로 들어왔던 어느 평일 오후였다. 그녀는 그날 엄마와 케빈을 봤다고 누구에게도 말하지 않았는데, 학원 빠진 것 때문에 혼날까 두려워서만은 아니었다. 그녀는 케빈을 처음 보는 게 아니라고 말하는 대신 어색하게 헬로, 라고 말하며 고개를 숙였다.

엄마가 그해 여름 바란 것은 무엇이었을까? 그녀가 케빈과 사이좋게 지내는 것? 엄마의 딸이 아무런 결핍감을 느끼지 않고 잘 크고 있음을 눈으로 확인하는 것? 엄마는 그녀를 버리고 갔지만 그녀는 엄마를 예전과 동일한 크기와 양으로 열렬히 사랑하고 있다는 증거를 발견하는 것? 엄마가 바란 것이 무엇이었는지는 몰라도 그녀가 그해 여름 원했던 것은 분명히 있었다. 하지만 처음부터 그것이 무엇이었는지 정확히 알지는 못했다. 다만 그녀는 일 년간 받아야 하는 사랑을 한 달 안에 미리 당겨 받으려는 사람처럼 엄마의 뒤꽁무니만 쫓아다녔다. 엄마 역시 함께 있는 동안만큼은 그녀에게 최선을 다하려 애썼다. 그들은 매일매일 함께 시카고 곳곳을 돌아다녔다. 링컨스퀘어 같은 곳에 가서 볼링을 치거나 전시회를 볼 때도 있었지만 그들은 주로 멕시코 이민자들이 몰려 사는 필센이나 동남아 이민자들 지역인 아가일 일대를 돌아다녔다. 그 지역에서는 그녀가 그때까지 한 번도 맡아본 적 없는 향신료 냄새가 났고, 낯선 높낮이의 언어가 들려왔다. 엄마는 비록 백인들이 모여 사는 글렌뷰에 거주하지만 그녀에게 미국이 다양한 인종들이 섞여 사는 나라라는 것을 보여주고 싶어했다. "세상은 다양한 사람들이 서로 도우면서 사는 곳이란 걸 아는 사람으로 네가 크면 좋겠어." 엄마는 고수와 박하가 잔뜩 들어간 베트남 국수의 국물을 떠먹으며 그녀에게 그렇게 말했다. "너는 그런 세상을 이루는 작은 일부란 걸 잊지 말렴."

엄마는 그녀가 미국에 오던 여름방학 때마다 적어도 한 번 이상 시카고 인근을 벗어나 더 멀리 가는 여행을 계획했다. 시카고에서는 케빈이 그들과 함께할 때도 많았지만 그 여행에는 엄마와 그녀 단둘뿐이었으므로 그녀는 여행을 기다렸다. 그들은 과일과 햄에 그 샌드위치, 감자칩 따위를 싸서 차에 탔다. 운전하는 엄마의 모습은 정말 생경했다. 한국에 있을 때 그녀의 엄마에게는 면허증이 없었다. 엄마는 음악을 크게 틀고 선글라스를 낀 채 차를 몰았다. 열어놓은 창문을 타고 바람이 불어와 엄마의 머리카락이 물결치듯 너울댔다. 미국에서 보냈던 첫번째 여름, 그들은 이른아침에 출발해 여섯 시간이 넘도록 남서쪽으로 달려서 마크트웨인국유림에 갔다. 다른 것은 다 잊어버렸지만 가도 가도 끝이 없이 펼쳐진 옥수수밭과 드넓은 하늘, 그리고 다섯 시간을 달려야만 겨우 빠져나갈 수 있는 한 주州의 광활함에 압도당했던 사실은 오랫동안 그녀의 기억에 각인되어 있었다.

엄마는 숲을 좋아했고 그녀의 눈에는 다 똑같아 보이는 나무들을 잘 구별하곤 했는데, 그것은 외할아버지의 영향이었다. 그녀의 외할아버지는 시골의 농업학교를 나와 임업직 공무원으로 평생을 살았다. 느지막이 숲에 도착한 엄마와 그녀는 광채에 휩싸인 나무들 사이를 걷거나, 일제히 날아오르려는 나비떼처럼 군락을 이룬 색색의 야생화들을 보며 오후를 보냈다. 날씨가 맑아서 하이킹하러 온 사람들이 종종 눈에 띄었지만 동양인은 거의 없었다.

얌전히 있을 때보다 까불거릴 때를 엄마가 더 좋아했기 때문에 그녀는 야생 조랑말처럼 여기저기를 뛰어다녔다. 작은 보트를 타는 사람들이 저멀리 보이는 커다란 호숫가에 이르렀을 때 엄마는 한쪽에 자리를 잡은 후, "이거 좀 먹어" 하며 배낭에서 붉고 탐스런 사과를 꺼내어 그녀에게 건넸다. 그녀는 엄마 옆에 쪼르르 달려가 털썩 주저앉았다. 수면에 반사된 초록빛이 여린 눈꺼풀을 간지럽게 어루만지는 호숫가에 앉아서, 그녀는 같은 종의 나무들은 뿌리를 통해 서로 양분을 나눠주며 배려를 해준다거나, 그렇지만 다른 종의 나무들과는 서로 더 많은 빛과 물을 차지하기 위해 치

열하게 다툰다거나 하는 유의 이야기들을 들었고, 새끼 새처럼 엄마가 주는 것들을 받아먹었다. 그날 다시 글렌뷰로 돌아가기에는 시간이 촉박했으므로 그들은 세인트루이스에서 하룻밤을 잤다. 돌아가는 차 안에서 엄마는 또 커다랗게 음악을 틀었다. 지나가는 차를 어쩌다 한 번씩 겨우 볼 수 있는 넓고 넓은 땅을 그들은 달리고 또 달렸다. 엄마와 둘만 있는 동안 그녀는 엄마와 아빠가 이혼했다는 사실을 까맣게 잊었다. 그렇지만 까무룩 잠이 들었다가 깨어 도착한 글렌뷰의 집에서 그들을 맞이하러 나온 것은 케빈이었고, 엄마의 남편이 아빠가 아니라 케빈이라는 사실은 변함없는 현실이었다.

아빠가 엄마를 밤마다 때렸거나 엄마와 할머니 사이에 심각한 고부간의 갈등이 있었다면, 아니면 아빠가 누군가의 빚보증을 잘못 서줬거나 사채를 써서 집을 날렸다면, 엄마가 그녀를 떠날 수밖에 없었던 까닭에 대해서 그녀가 납득하기가 훨씬 쉬웠을 거라고 그녀는 오랫동안 생각했다. 하지만 엄마가 그녀를 떠난 이유는 그런 것들이 아니었다. "엄마가 아빠 아닌 다른 사람을 사랑하게 되었단다." 엄마는 떠나기 전 그녀에게 분명히 그렇게 말했다.

엄마는 대체 언제 케빈과 사랑에 빠진 걸까? 그 당시 그녀가 케빈에 대해서 아는 것은 많지 않았다. 케빈이 아빠의 회사에서 삼

년 동안 같이 근무한 동료였고, 회사에서 주최한 연말 파티에서 케빈과 엄마가 처음 만났다는 이야기를 그녀가 듣게 된 것은 훨씬 많은 시간이 지난 이후였다. 만약 케빈이 엄마의 남편만 아니었다면 그녀는 좀더 케빈에게 우호적으로 대할 수 있지 않았을까? 케빈은 좋은 사람이었고, 아이를 잘 다룰 줄 알았고, 그녀의 아빠와는 다른 종류의 다정함, 예를 들면 아침을 먹는 도중 식빵에 눈, 코, 입을 뚫어서 보여준다든지, 그녀가 거실로 오면 뉴스를 보고 있다가도 은근슬쩍 만화영화가 나오는 채널로 바꿔놓고 눈을 찡긋한다든지 하는 종류의 다정함을 가지고 있었다. 케빈은 미트볼 스파게티나 맥앤치즈 같은 것을 만들 줄 알았고, 고장난 변기를 능숙하게 고칠 수 있었으며, 엄마가 흥얼거리면서 유리창을 닦으면 그 옆에 서서 엉덩이를 흔들며 춤을 출 줄 알았다. 그녀는 영어를 거의 할 줄 몰랐기 때문에 케빈과 의사소통을 제대로 할 수 없었지만 그는 인내심을 가지고 그녀에게 이런저런 질문들을 하곤 했다. 한 달의 시간이 흐른 후 그녀가 약간이나마 영어로 대화를 주고받을 수 있게 된 것은 전적으로, "즐거웠니?" 하고 물으며 과장되게 웃는 표정을 지어 보인다거나 "지난밤 잘 잤니?" 같은 걸 물으며 자는 시늉을 하던 그의 덕이었다. 그렇지만 케빈은 그녀의 아빠가 아니었기 때문에 그가 엄마의 뺨에 입을 맞추거나 손을 잡으면 그녀는 케빈이 미웠고, 엄마와 케빈의 오붓한 사이를 방해하는 혹이 된 것 같은 기분에 쉽게 사로잡혔다.

하지만 그녀가 기억하는 한 미국에서 보낸 두 번의 여름 동안 그녀를 지배했던 감정은 행복감이었다. 그녀는 엄마가 그리웠고, 엄마와 함께 매일매일 붙어 있을 수 있다는 사실에 취해 다른 감정들을 돌아볼 겨를이 없었다. 그러나 한 달은 금세 흘렀고, 그녀는 한국으로 돌아가야 했다. 학교에 갔다가 엄마가 없는 텅 빈 집에 홀로 돌아와, 할머니가 이 주일에 한 번씩 냉장고에 쟁여놓고 가는 반찬들을 꺼낸 뒤 찬밥을 전자레인지에 돌려 홀로 저녁을 먹는 일상이 또다시 시작되었다. 매일같이 엄마와 붙어 있던 날들과 혼자 지내야 하는 날들의 간극은 시차보다 더 적응하기 어려웠다. 빨리 여름이 되었으면 좋겠다고 생각했지만 시간은 더디게 흘렀고, 여름만을 기다리는 시간은 아무도 찾아가지 않는 행운의 편지처럼 초라했다. 내가 미국에서 엄마와 같이 산다고 하면 어떻게 될까? 가끔 그런 질문을 스스로에게 던지는 날이 늘어났는데 그럴 때마다 그녀는 죄책감에 휩싸였다. 그 증상은 두번째 여름의 끝에 더욱 심해졌다. 엄마 역시 노골적으로 그녀와 함께 살고 싶은 티를 내기 시작했다. 엄마는 그녀가 미국의 이웃집 아이들과 친구가 되기를 바랐고, 영어를 배우기를 바랐다. 일 년 사이에 엄마는 미국 생활에 좀더 적응해 있었고, 영어도 더 능숙해져 있었다. 그녀는 엄마가 이웃의 친구들과 시간을 보내는 동안 그 집의 아이들과 마당에 놓인 트램펄린 위에서 뛰었고, 원반을 던졌고, 술래잡기를 했다.

엄마와 헤어지는 공항에서는 어김없이 울었다.

　그러나 한번 더 해가 바뀌자 부풀어올랐던 거품이 일순 꺼지는 것처럼 순식간에 무엇인가가 가라앉아버렸다. 그해 그녀는 또래 아이들처럼 인근의 여자중학교에 입학했는데 그곳에서는 누구나 촌스러운 붉은색 체크무늬 교복을 입고 귀 밑 이 센티미터까지 오는 단발머리를 해야만 했다. 그녀는 아빠를 닮아서 얼굴형이 둥근 편이었기에 단발머리로는 자르기가 싫었다. 이 주일에 한 번씩 국제전화를 걸어오는 엄마는 그런 규율이 구시대적 유물이라며 혀를 쯧쯧 찼다. 입학식 하루 전날까지 머리를 자르지 않은 그녀를 미용실에 끌고 간 것은 아빠였다.

　어쩌면 그것이 시작이었을까? 그녀는 어른이 되고 난 이후에도 중학생 시절을 회상할 때마다 그때가 그녀 인생의 암흑기였던 것 같다고 말하곤 했는데 이유는 정확히 알 수 없었다. 중학교 생활을 잘해나가기 위해서는 튀지 않는 것이 무엇보다 중요했지만 그녀는 자주 다른 아이들과 자신이 다르다고 느꼈고, 그 탓에 쉽게 주눅이 들었고, 불행하다고 생각했다.

　발육이 늦은 편이었던 그녀가 브래지어를 착용하기 시작한 것은 1학년 중간고사가 지난 이후였다. 가슴 멍울의 통증 탓에 엎드려 잘 수 없게 된 지는 한참 지났지만 언제부터 브래지어를 해야 하는지 몰랐기 때문이었다. 그녀에게 브래지어를 착용해야 될 것 같다고 말해준 사람은 그녀의 반을 담당하던 영어 선생이었다. 영어 공부를 열심히 한다는 이유로 예뻐하던 선생이 어느 날 그녀를 교무실로 부르더니, 내일부터는 브래지어를 하고 왔으면 좋겠다고 말했다. 그녀는 브래지어 치수와 컵에 대한 개념도 당시엔 없었다. 하지만 영어 선생은 어떤 브래지어를 어떻게 구입하라고 알려주는 대신 브래지어를 착용하더라도 블라우스 속에 반드시 러닝셔츠를 입으라는 사실을 알려주었다. 브래지어가 비치면 너무 야해서 이웃 학교 남자애들이 너를 술집 여자처럼 볼 텐데, 그런다면 러닝셔츠를 안 입은 그녀의 책임이라고도 말했다. "쟤가 엄마가 없잖아." 교무실을 빠져나오기 전에 그녀는 영어 선생이 누군가에게 하는 말을 들었다. 그녀는 술집 여자로 오해받기 싫었으므로 러닝셔츠를 잊지 않고 언제나 챙겨 입었다.

열세 살에서 열네 살로 넘어갈 무렵부터 그녀의 몸은 빠르게 변했고 그녀는 신체에 일어나는 변화들이 두려웠다. 그녀는 열세 살의 가을부터 열네 살의 봄까지 십 센티미터도 넘게 자랐고, 그 바람에 무릎이 아프고 엉덩이의 살이 텄다. 어느 날은 화장실에서 오줌을 누고 일어나다가 몸에 자란 음모를 발견하고 소스라치게 놀란 적도 있었다. 그녀는 자신에게 일어나는 변화에 대해서 누군가와 상의하고 싶었지만 엄마는 너무 멀리 있었다. 친구들이 그런 일들을 모두 엄마와 공유하지 않는다는 사실을 알면서도 그녀는 당혹감을 느낄 때마다 이 모든 것이 엄마가 그녀 곁에 있어주지 않기 때문이라고 생각하기 시작했다.

그해 여름 그녀와 재회한 엄마가 그녀를 보며 놀란 것은 당연한 일이었다. 물론 엄마는 그녀에게 이런저런 변화가 생겼다는 것을 전화로 들어 알고 있었다. 하지만 훌쩍 커버린데다가 머리카락이 턱없이 짧아지고 가슴이 봉긋해진 그녀와 오헤어공항에서 실제로 마주했을 때 엄마는 한동안 말을 잃었고, 잠시 후 폭소를 터뜨렸다. 엄마의 웃음에 악의가 없다는 것은 알고 있었다. 하지만 당시 그녀는 자신의 몸이 창피했다. 그녀는 아빠를 빼다 닮았기 때문에 엄마처럼 미인도 아니었고, 미성숙과 성숙이 공존하는 몸은 어딘지 불균형했다.

그녀는 미국에 머무는 내내 엄마와 자주 다퉜다. 엄마는 그녀에게 신발끈을 똑바로 묶으라든가, 채소를 먹으라든가, 밥을 먹으면 이를 닦으라고 끊임없이 잔소리했는데, 그녀는 엄마가 자신을 아이 취급하는 것 같아서 짜증이 났다. 미국에 머무는 내내 그녀는 어디를 가든 항상 엄마와 동행해야만 했다. 자동차를 운전하는 고등학생 남자들과 화장하고 플라스틱 귀걸이를 매단 채 시내를 배회하는 그녀 또래의 미국 아이들과 달리, 그녀는 촌스러운 단발머리에 안경을 쓰고 있었다. 당시는 미국 경제의 호황기였고 엄마 말대로 미국에는 다양한 인종의 사람들이 어울려 살았지만, 아무리 채널을 돌려봐도 그녀가 보는 텔레비전 속 어떤 드라마에서도

아시아계 여자 주인공이 백인이나 흑인 남자와 사랑에 빠지지는
않았다.

지금은 그녀가 이름을 잊어버린, 케빈의 흑인 친구 가족과 공원
에 영화를 보러 간 것은 7월의 마지막 주 토요일이었다. 여름밤 시
카고에는 커다란 스크린이 설치되어 무료 영화를 관람할 수 있는
공원들이 많이 있었다. 그들은 음료수와 초콜릿, 작게 썬 멜론과
커다란 비치 타월을 가지고 공원에 갔다. 공원은 여름밤을 즐기려
는 사람들로 만원이었고, 풀밭 여기저기에는 그녀보다 조금 더 나
이가 많아 보일 뿐인 어린 연인들이 서로 부둥켜안은 채 진하게
입을 맞추고 있었다. 그녀가 키스하는 사람들을 현실에서 본 것은
그때가 처음이었다. "저 집도 재혼 가정이야." 그녀의 엄마가 영
화가 시작하기 전에 흑인 부부를 눈으로 가리키며 속삭이듯 말했
다. 엄마는 한국과 달리 미국에는 이혼 가정도 재혼 가정도 아주
많다고 했다. 그녀를 향해 몸을 숙인 엄마의 얇은 민소매 셔츠 안
으로 가슴골이 보였다. 엄마는 러닝셔츠를 입지 않았고, 태어나서
처음으로 그녀는 엄마와 케빈이 서로 입술을 부비는 모습을 상상
했는데, 구역질이 났다. 그 여름밤, 어른들은 맥주를 마셨고, 그녀
는 어린 흑인 아이와 잔디밭에 타월을 깔고 나란히 앉아 소다수를
마셨던 그 밤, 공원에서 상영되던 영화가 가족용 코미디 영화여서
엄마는 많이 웃었다.

엄마는 한국에 있을 때보다 더 행복해 보였다. 적어도 그날의

그녀 눈에는. 그리고 행복한 엄마를 보자 반사적으로 아빠가 떠올랐다. 그녀가 엄마와 함께 있는 동안 혼자 현관문을 열고 집에 들어가 혼자 형광등을 켜고, 또 혼자 텔레비전을 틀 아빠가.

열두 살에 처음 미국을 방문한 이후 엄마는 한결같이 원한다면 언제든 함께 미국에서 살 수 있다고 그녀에게 말했다. "사람들은 누구나 자신의 삶을 선택하며 사는 거야." 그녀의 입에 묻은 크림을 닦아주거나, 어깨에 다정히 팔을 두르면서. 열두 살의 그녀는 엄마를 사랑하는 마음만으로 가득했기에 엄마가 하는 모든 말들을 믿었다. 하지만 사춘기에 접어든 그녀는 모든 사람이 엄마와 아빠 중 한 명을 선택해야만 하는 상황에 처하지 않는다는 사실을 알 만큼은 영리해졌다. 오랜 시간이 흐른 후 그녀는 어쩌면 미국에 갈 때마다 자신이 원했던 것은 엄마의 불행한 모습을 보는 것이 아니었을까 하는 생각을 했다. 엄마가 사라지고 난 이후 그녀에게 생긴 커다란 구멍처럼 엄마에게도 메워지지 않는 구멍이 생겼음을 확인하고 싶었던 것일지도. 그녀는 엄마가 한순간 잘못된 선택을 했지만 실은 그녀를 떠난 것을 후회하고 있기를 바랐다. 그렇지만 어느 순간, 엄마 역시 선택을 했다는 것이, 그 선택의 순간에 그녀는 우선순위에서 밀렸다는 것이, 세상의 모든 엄마들과 달리 엄마는 자식보다 자신을 더 사랑한다는 것이 그녀에게 명확해졌다. 그녀는 열네 살의 여름방학을 끝으로 더이상 미국에 가지 않기로 결심했다.

그녀가 엄마를 보러 가지 않았기 때문에 그후로는 엄마가 그녀를 보러 한국에 왔다. 엄마는 외갓집에 한 달가량 머물면서 그녀를 데리고 영화관이나 백화점 같은 데를 갔다. 엄마는 그녀의 옷을 골라주었고, 필요한 책을 사주었고, 고등학생 때는 한의원에 데려가 녹용이 들어간 보약을 지어주기도 했다. 하지만 엄마가 베푸는 모든 것들이 그녀에게는 엄마라면 누구나 자식에게 당연히 해줘야 하는 일일 뿐이었다. 해를 거듭할수록 엄마는 허리와 배에 조금씩 군살이 붙었고, 눈가에 주름이 선명해졌다. 엄마가 만드는 한국어 문장에는 언젠가부터 영어 단어가 반드시 섞여 있었다. 엄마는 시카고 근처의 대학에서 청강을 시작했는데, 어느 해인가는 엘프리데 옐리네크의 〈벽〉 같은 작품으로 리포트를 썼다고 자랑스럽게 말하기도 했다. 하지만 그녀가 성인이 된 후에는 엄마가 한국에 오는 횟수가 줄었고 그녀가 엄마를 보는 시간 역시 빠르게 줄어들었다.

그녀와 아빠가 서울로 이사한 것은 그녀가 고등학교에 입학하기 직전이었다. 그곳에서 그녀는 고등학교를 다녔고, 대학교를 졸업했다. 이십대 초반에 그녀는 계단에서 헛발을 디뎌 굴러떨어질 것만 같은 두려움에 자주 휩싸였고 또 그만큼 자주 계단 앞에 걸어가는 사람을 그녀가 밀어 넘어뜨릴 것만 같은 충동에 사로잡혔다. 언젠가 더이상 그런 공포를 견딜 수 없어져 찾아간 심리상담가는 테이블 건너편에 앉아 언제부터 그런 마음을 느꼈나요, 하고 그녀에게 물었다. 언제부터였던가? 그녀의 심리상담가는 세상의 모든 심리상담가가 그러듯 그녀에게 엄마에 대한 이야기를 끌어내기 위해 노력했다. 하지만 그녀는 엄마에 대해 아무런 이야기도 하지 않았고, 상담은 별다른 성과 없이 끝났다.

그녀가 엄마를 보기 위해 한번 더 미국에 간 것은 상담을 받고 한참의 시간이 더 흐른 후였다. 그 무렵 그녀는 이십대 후반에 들어서야 처음 사귄 애인과 몇 개월 만에 이별한 상태였고, 여자라는 이유로 입사 동기 중에서 유일하게 계약 해지 통보를 받아 괴로운 시기를 보내고 있었다. "삼십 세에 접어들었다고 해서 어느 누구도 그를 보고 더이상 젊지 않다고 말하지는 않으리라."[*] 그녀의 스물아홉번째 생일에 맞춰 보내준 엄마의 카드에는 틀림없이 그런 문장이 적혀 있었다. 하지만 서른이라는 숫자는 그녀를 조급하게 했다. 그녀가 엄마에게 여행을 떠나자고 제안한 것은 그런 시기를 통과하던 어느 날이었다. 그녀가 그런 제안을 한 것은 어쩌면 엉망진창이 되어버렸다고 생각되는 자신의 삶을 조금이라도 고쳐보고 싶은 마음에서였을 것이다. 아니면, 엄마에게 위로가 받고 싶었거나.

---

[*] 잉게보르크 바흐만, 『삼십세』, 차경아 옮김, 문예출판사, 1995.

이유야 어쨌든 그녀는 그렇게 십오 년 만에 다시 오헤어공항에 내렸다. 공항은 예전만큼 그녀를 두렵게 하지는 않았다. 시카고의 가을은 처음이었지만 그곳의 높은 건물들도 더이상 위협적으로 보이지 않았다. 엄마와 케빈은 예전의 그 집에 그대로 살고 있었다. 머리숱이 많이 없어진 케빈과 낡은 포치만이 세월이 흘렀음을 알게 해줄 뿐이었다. 몇 년 만에 만난 엄마는 청바지에 점퍼를 걸치고 있어서 나이보다 젊어 보였다. "머리가 많이 짧아졌구나." 엄마가 처음 건넨 말은 그것이었다. 엄마와 그녀는 시카고에서 하룻밤을 보낸 뒤 옐로스톤국립공원까지 차를 몰고 가기로 되어 있었다. 옐로스톤까지 가보지 않겠느냐고 제안한 것은 엄마였다. "여행을 할 거라면 더 늙기 전에 딸이랑 한번 더 로드 트립을 하고 싶구나." 엄마가 말했다. 더 늙기 전에. 엄마는 그렇게 말했다. 이제는 그녀 역시 운전할 수 있었으므로 불가능한 거리는 아니었다. 그들이 계획한 것은 중간에 래피드시티에서 하루 정도 머물며 도시를 둘러본 뒤, 그랜드티턴국립공원에서 하루 더 숙박을 하고 나서 옐로스톤공원까지 가는 여정이었다. 여름마다 그녀가 묵었던 이층의 방에는 예전에 없던 다리미판이 놓여 있었다. 고작 하룻밤만 자면 되는데도 그날 밤 그녀는 그 방에서 잠을 설쳤다. 엄마를 만나러 가면서 그녀는 기대한 것이 많았다. 엄마에게 물어보고 싶은 것들이, 들려주고 싶은 이야기들이 많이 있었다. 어쩌면 엄마와 나도 이제 좋은 친구가 될 수 있지 않을까? 앞으로의 삶을 생각하면서 그녀가 막연히 느끼는 불안감, 공포, 두려움을 해소할 수 있게 될지도 몰랐다. 몇 시간씩 운전하며 엄마와 붙어 있어야 한다는 사실이 부담스럽기는 했지만 한편으로는 그렇게 같은 공간에 계속 있는 일이 필요할지도 모른다는 생각이 들기도 했다. 엄마 역시 그런 생각으로 로드 트립을 제안한 것일 수도 있다고 그녀는 생각했다.

그들은 다음날 일찍 출발했다. 엄마의 마즈다 왜건은 이제 한없이 낡아 있었다. 먼저 운전대를 잡은 것은 엄마였다. 내비게이션에 목적지를 찍고 그들은 시카고를 벗어났다. 그녀는 엄마가 어떤 일로 여행을 가자고 제안했는지를 물어오길 바랐다. 그러면 좀더 수월하게 그녀의 감정에 대해서 말할 수 있을 것 같았다. 하지만 엄마는 그런 질문은 하지 않았다. 대신 엄마는 고지서조차 읽을 줄 모르는 이민자 여성들과 그 아이들에게 영어를 가르쳐주고 크리스마스에는 한 편의 연극을 공연하는 단체에서 몇 년째 희곡을 쓰는 봉사활동을 하고 있다고 이야기하기 시작했다. 생김새와 피부색이 제각각인 아이들과 연극을 하는 엄마의 모습을 그녀는 좀처럼 상상할 수 없었다. 그녀와 엄마는 주의 경계를 넘어 계속 달렸다. 대체로 날씨가 맑았고, 여행은 순조로울 것 같았지만, 땅이 넓은 탓인지 가끔씩 예측할 수 없이 하늘은 바뀌어 돌연 소나기가 쏟아질 때도 있었다. 그녀는 엄마에 대해 아는 것이 거의 없었다. 그녀는 아빠와 결혼을 결심할 때의 일화라든가, 엄마의 유년 시절이 알고 싶었다. 하지만 며칠간의 여행 내내 그런 대화를 시도할 용기는 나지 않았다. 엄마의 어린 시절에 대해서 들려달라고 그녀가 청한 것은 광활한 화산 고원지대인 옐로스톤공원에 도착하고 나서였다. 꿩처럼 생긴 그라우스와 멸종 위기에 처했다는 검은 버펄로가 떼 지어 지나가는 대자연 앞에 서자 그녀에게 그동안 없던 용기가 생겼다. 그녀는 외할아버지와 외할머니가 서로 얼굴도 모른 채 혼인을 했고 아무런 애정도 없이 살았다는 이야기를 그곳에서 처음 들었다. 그렇다고 둘의 사이가 나빴던 것은 아니었다고 엄마는 말했다. 외할아버지와 초등교육도 채 마치지 못한 외할머니 사이에 접점이 없었을 뿐이었다. 외할머니가 외할아버지와 평생 입도 한 번 맞춰보지 못한 채 아이를 일곱이나 낳았다는 것도 그녀는 그때 들었다. "그게 말이 돼?" 그녀가 놀라 묻자 엄마는 "얘는, 애를 입으로 낳니?" 하고 재미있는 농담이라도 하는 듯이 웃었다. 그 모습을 보며 그녀는 다른 엄마들에게서 볼 수 없는 엄마의 이런 외설스러움을 자신이 경멸해왔다는 것을 깨달았다. 엄마는 대체 왜 다른 엄마들처럼 평범할 수가 없었던 걸까? 엄마가 외갓집에 머물며 한국에서 지내던 언젠가, 외할머니와 엄마 그리고 그녀 이렇게 셋이서 고기를 먹으러 간 날이 떠올랐다. 외할머니는 석쇠 위의 고기가 구워질 때마다 허겁지겁 고기를 집어다가 엄마와 그녀의 밥 위에 올렸다. 외할머니는 체구가 작고 살집이 전혀 없었다.

그녀와 엄마는 옐로스톤공원 안에서 사흘을 머물렀다. 엄마는 아침 일찍 일어나 그녀를 깨웠고, 아침을 먹었고, 그다음에는 테이블 위에 지도를 펼쳐놓은 후 가보고 싶은 곳을 형광펜으로 표시했다. 엄마와 그녀는 지도에 표시한 대로 축축한 대지를 누볐다. 도로 위를 가로지르는 엘크떼, 화산 탓에 보랏빛 연기가 부드럽게 흐르는 침엽수림, 폭발하는 용암처럼 창공을 향해 치솟고, 치솟다가, 기어이 더 치솟는 간헐천의 물줄기.

"정말 놀랍지 않니?"

엄마는 감탄 어린 얼굴로 태초의 대지를 닮은 풍경을 향해 달려갔다. 중력에도 자유로워 보이는 새처럼 엄마는 언제나 주저함이 없었다. 항상 신중하고, 조심하고, 몸을 사리는 것은 그녀였다.

"이런 걸 보면 인간들의 삶이나 고민은 다 하찮게 느껴지지?"

엄마가 곁으로 다가오는 그녀를 향해 물었다. 하지만 엄마는 여행 내내 그녀의 삶에 대해서는 아무것도 묻지 않았다. 그녀가 어떻게 살고 있는지, 어떻게 살아왔는지는 전혀 알고 싶지 않은 것 같았다. 왜 엄마는 나에 대해 궁금한 게 없는 걸까? 자신이 엄마의 인생에 아무런 의미도 없는 건 아닌지, 그녀는 기이하게 생긴 분천탑과 신비로운 빛깔의 온천수가 흐르는 거대한 계단식 지형 앞에서 사진을 찍는 가족 단위 여행객들을 마주칠 때마다 자문했다. 그녀는 혹시 임신 때문에 학업을 중단하고 결혼해야 했던 일로 엄마가 자신을 원망하거나, 아빠를 빼닮아서 미워하는 것은 아닐까 두려웠다. 아니면 엄마는 그녀가 아빠와 살기로 결정했기 때문에 그녀를 비난하는 것일지도 몰랐다. 하지만 애당초 가족의 불행에 원인을 제공한 것은 엄마였다. 엄마가 아빠에게 이혼을 요구했을 때, 이모와 외할머니조차 엄마 편을 들어주지 않았다는 사실을 그녀는 나중에 누군가를 통해 들었다. 그녀는 여행의 마지막날 숙소에서 쉽게 잠들지 못하고 뒤척였다. 엄마는 낮게 코를 골고 있었는데 그녀는 엄마가 잘 때 코를 곤다는 사실조차 알지 못했다. 나는 대체 왜 이렇게 멀리까지 날아온 걸까? 그녀는 이불을 끌어당겼다.

다음날, 그들은 래피드시티로 돌아가기 위해 북쪽 매머드핫스프링스 쪽 출구로 나가기로 결정했다. 먼저 엄마가 운전하고 중간 지점에 이르면 그녀가 교대할 계획이었다. 창밖으로는 비가 부슬부슬 내리기 시작했다. 그녀는 무리 지어 있으나 동시에 각자 홀로 서 있는 침엽수들이 그들을 덧없이 스쳐지나가는 풍경을 보았다. 엄마가 그녀에게 이런저런 말을 붙여왔지만 그녀는 건성으로 대꾸했다. 그녀가 깜박 잠이 든 것은 엄마가 걸어놓은 시디 속의 가수가 Like a baby stillborn/ Like a beast with his horn/ I have torn everyone who reached out for me*라고 읊조리

---

*Leonard Cohen, 〈Bird on the wire〉에서.

기 시작할 즈음이었다. 한 삼십 분 잤을까? 그녀가 다시 눈을 떴을 때 도로는 말 그대로 눈에 완전히 뒤덮여 있었다. "이게 대체 어찌 된 일이야?" 그녀는 놀라서 엄마를 바라봤다. 분명히 그들은 조금 전까지만 해도 눈 한 점 볼 수 없는 길을 달리고 있었는데. 백발의 보초병처럼 눈을 뒤집어쓴 숲을 걱정스럽게 바라보며 그녀는 이게 어떻게 된 상황인지를 이해하려고 애썼다. "갑자기 아까부터 눈이 퍼붓더라고. 그래도 조금만 더 가면 금세 언제 눈이 왔나 싶은 지대가 나타날 거야." 엄마가 태연한 목소리로 말했다. "스노체인은 있어? 이렇게 계속 가다가 사고 나는 거 아냐?" 불안해하는 말투에 엄마는 걱정하는 그녀가 우습다는 듯이 머리를 쓰다듬더니 "사고가 왜 나. 이런 게 다 여행의 재미지. 걱정하지 마" 하고 말했다. 다행히 눈은 더이상 내리지 않았다. 주변을 살펴보니 눈길이기는 해도 움직이지 못할 정도로 보이지는 않았다. 날은 흐렸지만 아직 해가 하늘 끝에 걸려 있었다. 어쩌면 정말 엄마 말대로 조금만 지나면 다시 눈이 없는 지대가 나타날지도 몰랐다. 미국은 크고 넓으니까. 하지만 그렇게 생각하는 순간 덜컹, 하더니 몸이 앞으로 기울었다. "무슨 일이야?" 그녀가 놀라서 소리를 질렀다. 차가 눈에 박혀버린 거였다. "도로에 움푹 파인 곳이 있었나 봐." 차에서 내려 살펴보고 돌아온 엄마가 말했다. "백 미터만 가면 돌아가든 앞으로 가든 가능할 것 같아." 하지만 엄마의 말과는 달리 차는 눈 속에 푹 빠져버렸고 꼼짝하지 않았다. 그들이 빠진 지점은 숲 가장자리에 붙어 있는 어느 국유림 도로였으므로 주변에는 지나가는 차도 없었고, 인가도 없었고, 사람도 전혀 없었다. 그들의 차는 구릉 위에 멈춰 섰는데, 엄마 쪽으로는 회백색 호수가 얼음처럼 빛나고 있었고 그녀 쪽으로는 거대한 산이 솟아 있었다. 그들은 도움을 청할 사람이 있을지 찾기 위해 밖으로 나갔다. 그곳이 마침 트레일이 시작하는 지점이었는지 도로 한쪽으로 눈 덮인 표지판이 서 있었다. 'Beartooth Lake Trail'이라는 이름이 적힌 표지판이었는데, 그것을 보자 그녀는 곰이 나오면 어쩌나 덜컥 겁이 났다. 지대가 높아 도로 아래가 훤히 내려다보였다. 호수 저편으로도, 도로 아래로도 불빛은 전혀 없었다. 기후 탓인지 아니면 그들이 너무 외진 곳에 있는 탓인지 휴대전화 신호마저 잡히지 않았다.

도움을 청할 사람은 어디에도 없는 것 같았다.

그녀는 차 뒤로 가서 바퀴 주변의 눈을 손으로 팠다. 차를 밀어봤지만 갇힌 것처럼 꿈쩍도 하지 않았다. 눈은 멎었지만, 바람이 심하게 부는 탓에 쌓인 눈가루가 날아와 얼굴을 때렸다. 바람에 숨쉬기도 어렵고 앞이 보이지 않았다. 하는 수 없이 그들은 차로 돌아와 잠시 앉아 있다가 바람이 잦아들 때면 나가서 눈을 치우거나 후진을 시도해보았고, 바람이 심하게 불면 차 안으로 다시 들어와서 숨어 있기를 반복했다. 장갑이 없어서 손이 꽁꽁 얼었고, 얼음 결정 섞인 바람이 할퀴는 탓에 볼이 쓰라려왔다.

우리는 어쩌다 이런 곳에 버려진 걸까.

버려졌다고 생각하자 익숙한 서글픔이 그녀에게 밀려왔다.

자동차의 배터리가 방전될까봐 시동을 끌 수가 없어서 기름이 조금씩 줄어갔다.

"근데, 넌 왜 연애를 안 하니?"

엄마 역시 무서웠기 때문에 아무 말이나 꺼낸 것일까? 아니면, 지나치게 무서워하는 그녀의 주의를 분산시키기 위해 태연을 가장했거나? 하지만 엄마의 그 질문은 그때까지 가까스로 눌러왔던 그녀의 감정을 건드렸다.

"엄마한테는 세상에서 연애가 가장 중요해?"

"가장 중요한지는 모르겠지만 적어도 취업보다야 연애가 훨씬 중요하지. 사랑받고 사랑하는 법을 배우는 건데."

엄마는 정말 모르는 걸까?

서서히 드리우는 어둠의 장막 위로 눈송이가 돌풍을 타고 솟구쳐오르다가 떨어지기를 반복했다. 그녀는 엄마에게 제대로 사랑을 받지도 못한 사람이 누군가를 사랑하는 법을 배우긴 했겠느냐고 말하기 시작했다. 그럴 생각이 아니었는데 한번 말을 꺼내자 감정이 걷잡을 수 없이 고조되었다. 그녀는 엄마가 얼마나 이기적인 사람인지를 비난하기 시작했다. 엄마의 그 대단한 사랑이 그녀와 아빠를 얼마나 고독하게 만들었는지에 대해서 퍼부었다. 이제와 엄마가 아무리 노력한다 해도 어떤 것들은 이미 그녀 안에서 훼손이 되어버려 두 번 다시 돌이킬 수 없을 것이라고도 그녀는 울음을 삼켜가며 말했다.

만약 엄마가 화를 냈다면, 변명을 했다면, 평소에 늘 그러듯 엄마라고 해서 모든 것을 희생해야 하는 것은 아니라고 당당한 얼굴로 말했다면, 그녀는 엄마에게 마음껏 더 화를 냈을 것이다. 비 오는 하굣길, 모든 엄마들이 우산을 가지고 아이를 찾으러 올 때마다 그녀가 내리는 비를 바라보며 엄마와 아이들이 손을 잡고 하나둘 사라지는 풍경을 어떤 마음으로 바라봤는지, 처음 생리를 시작했던 날, 생리대를 어떻게 사용하는지 물어볼 사람이 없어서 그녀가 얼마나 외롭고 당황스러웠는지 같은 것들에 대해 퍼부으면서. 그렇지만 그 순간 엄마는 그냥 앉아 있었다. 아랫입술을 문 채 유리 파편 같은 눈송이가 황량한 도로 위에서 소용돌이치는 모습을 바라보면서. 눈을 깜빡이지 않으려고 노력하면서. 저 멀리서 그들을 구조해주기 위해 차 한 대가 헤드라이트 불빛을 밝히며 달려올 때까지.

트럭의 헤드라이트 불빛을 그녀보다 먼저 발견한 것은 엄마였다. "추우니까 너는 안에서 기다려." 엄마가 차문을 열고 바람에 눈가루가 나부끼는 바깥으로 나갔다. 어떻게 그들의 존재를 발견했는지는 모르지만 그들을 구해주기 위해 어디선가 온 구조대가 큰 삽을 들고 트럭에서 내렸다. 한참 주변의 눈을 치운 뒤, "액셀을 밟아!" 엄마가 소리를 질렀다. 엄마가 사내들과 차를 뒤에서

미는 사이 그녀는 운전석으로 건너가 액셀러레이터를 밟았다. 차가 미끄러지듯 순식간에 자리에서 벗어났다. 구조대는 그들을 구해주고 유유히 사라져버렸고, 그들은 다시 달리기 시작했다. 차도 없고, 인가도 없고, 그날따라 날이 흐린 탓에 달도 보이지 않아 어느새 어둠의 바다 깊숙이 가라앉아버린 밤길을. 달린 지 십 분도 지나지 않아 눈이라고는 찾아볼 수도 없는 도로가 나타났다. 마치 여름밤처럼. 그러자 눈발에 젖은 머리카락을 손가락으로 정리하며 창밖을 바라보던 엄마가 "봐, 정말 거짓말처럼 눈이 없는 길이 나왔지?" 하고 웃었다. 아무 일도 없었다는 듯. 그들은 그날 밤 결국 래피드시티까지 가지 못하고 중간에 길을 빠져나가 다른 도시에서 하룻밤을 함께 보내게 될 거였다. 비록 그것은 예정에서 벗어나는 것이었으나 그 도시에도 따뜻한 물이 나오고 푹신한 침대가 갖춰진 숙소는 있을 거였다. 하지만 그 밤 그 도로는 한 치 앞을 내다볼 수 없을 만큼 아직 어두웠고, 헤드라이트 불빛에 간신히 의지해 달리는 암흑 저 멀리로 여우와 사슴 따위가 겁도 없이 자꾸 도로 위로 뛰어들었으므로 그녀는 운전하는 내내 두려웠다. 혹시 그녀의 부주의로 여린 짐승을 치기라도 할까봐. 그날 밤, 눈에 빠진 차 안에서 엄마에게 퍼부었던 말들 대신 오래전 학원 갔다 오는 길, 엄마와 케빈이 함께 있는 것을 처음 봤던 날에 대해 말했더라면 우리의 관계는 어떻게 달라졌을까? 그녀는 가끔 생각했다. 그녀가 엿봤던, 그날 밤의 그녀보다 겨우 네댓 살 더 많았을 뿐이었던 엄마의 얼굴, 사랑에 빠져버린 그 여자의 얼굴이 실은 얼마나 아름다웠는지에 대해서 말했더라면. 하지만 그 밤 그녀는 끝내 그런 이야기를 하지 못했다.

그녀가 엄마에 대한 이 모든 이야기들을 그에게 처음으로 털어놓은 것은 상서로운 눈이 내린다던 소설小雪의 밤이었다. 그 밤, 열한 시간의 진통 끝에 아이를 낳은 그녀는 주체할 수 없는 호르몬 때문에 한번 시작한 이야기를 멈출 수 없었다. 농밀한 어둠 속에서 그의 옆얼굴 윤곽이 간신히 보였다. "그래서 이제는 엄마를 이해할 수 있게 됐어?" 긴 시간 동안 그녀 옆에 누워 이야기를 듣던 그가 그녀 쪽을 향해 돌아누웠다. 그녀는 그것에 대한 답을 말하는 대신 그저, 우리는 침묵 속에서 어둠의 도로를 달릴 뿐이었어, 라고 말했다. 그리고 드문드문 불빛이 켜진 인가가 있는 곳으로 마침내 접어들었을 때, 두껍게 내려앉은 침묵을 깨고 엄마가 이렇게 말했다고도. "짐승을 한 마리도 치지 않고 빠져나올 수 있었으니 우린 참 운이 좋구나."

아직 집에는
가지 않을래요

"일요일엔 당신이 잔디를 깎는 거지."

"좋아. 그럼 당신은 맥주와 고기를 사와. 바비큐를 해 먹게."

정체가 심한 도로 위, 동요 메들리가 흘러나오는 차 안에서 그녀와 남편은 대화를 주고받았다. 그들이 살고 있는 아파트 단지 인근의 단독주택들 중 그녀가 가장 좋아하는 붉은 지붕의 집에서 그들이 사는 삶을 함께 공상하기. 그 집에 대한 이야기를 꺼내는 것은 언제부터인지 대화할 거리가 줄어든 남편에게 그녀가 말을 거는 한 가지 방법이었다. 그녀가 그 붉은 지붕의 집을 발견한 것은 그들이 이사하고 얼마 지나지 않아 첫째 아이를 하원시키기 위해 어린이집을 처음으로 찾아갔던 지난봄이었다. 어린이집에 가기 위해 굳이 동네 한쪽의 고급 주택가를 지나쳐갈 필요는 없었지만 그녀는 언제나 일부러 돌아가는 길을 택했다. 잘 가꾸어진 정원과 근사한 포치가 있는 이층집들을 구경하며 걷는 것은 둘째 아이를 낳은 이후 집밖을 나갈 일이 거의 없는 그녀에게 커다란 낙이었기 때문이다.

"엄마, 우리 이사가?"

뒷좌석에 앉아 동요를 따라 부르던 첫째 아이가 참견했다.

"아니, 나중에."

운전석 뒤쪽의 카 시트에서 쌀과자를 손에 꼭 쥔 채 잠들어 있는 둘째 아이의 얼굴은 평온해 보였다. 그들은 주말을 맞이해 모처럼 동물원에 다녀오는 길이었다.

"나중에 언제?"

"글쎄, 나중에 언제일까?"

그녀는 운전하는 남편을 바라보며 웃었다. 조금이라도 빨리 그런 집에 살기 위해서는 일을 그만두지 않는 게 나았을까? 하지만 그런 생각이 잠깐 들다가도 육아 도우미를 부르는 비용 같은 것들을 생각하면 계속 일하는 것이 경제적으로 큰 이득이 되지 않으며 그저 욕심에 불과하다는 결론에 이르렀다. 첫째 아이를 낳고 유산을 두 번이나 한 끝에 둘째 아이를 가졌기 때문에 남편은 예전부터 그녀가 회사를 그만두길 원했다. 일하는 엄마를 둔 아이들은 초등학교에 가면 따돌림을 당한다던데, 아무리 종종거리며 점심시간에 준비물을 사러 다니고, 하루종일 보고 싶었던 아이를 오분이라도 일찍 보기 위해 환승역에서부터 뛰어봤자 아이와 친정 엄마에게는 언제나 죄인일 뿐이라던데, 하는 선배들의 이야기를 귀에 못이 박히게 들어왔으므로 그녀는 둘째 아이가 생기자마자 퇴사를 결심했다.

"나는야, 춤을 출 거야. 헤이!"

첫째 아이가 카 오디오에서 흘러나오는 동요를 다시 따라 부르기 시작했다.

"참, 한나씨한테 안부 전해줘."

다음날은 그녀가 처음으로 아이들을 두고 혼자 저녁 외출을 하는 날이었다. 한나가 레스토랑의 개업식 겸 파티를 열고 싶다며 친구들을 초대했기 때문이다. 한나와 그녀는 흔히 말하는 단짝이었다. 그녀가 한나와 붙어다니던 대학 시절, 그들에게는 각기 맡은 확실한 역할이 있었다. 미용실의 잡지나 텔레비전 프로그램 혹은 인터넷 사이트를 보고 유명한 식당과 카페를 찾아두거나 볼만한 영화가 상영되는 극장의 리스트를 만드는 것이 한나의 몫이었다면 한나가 가자고 제안한 여러 장소 중에서 가볼 순서를 정하는 것은 그녀의 역할이었다. 그런 분담은 꼭 카페나 식당, 혹은 영화관을 정하는 문제에만 한정되지 않았다. 같이 먹을 음식의 메뉴부터 나중에는 여행지를 고를 때도 그들은 자신에게 주어진 역할을 충실히 이행했고 둘 중 누구도 불만을 갖지 않았다. 한나는 하고 싶은 일이 언제나 너무 많은 사람이었고, 그녀는 누군가가 정해준

틀 안에서 무언가를 결정하는 것이 편한 스타일이었으므로 둘은 그들이 이룬 균형에 만족했다. 둘은 새내기 시절 같은 과에서 만나 친구가 된 이후 줄곧 함께였다. 졸업 후 각자 다른 회사에 취직한 뒤에는 횟수가 줄어들긴 했지만 일 년에 몇 번씩 군산이나 통영 같은 곳으로 여행을 가기도 했다. 그녀가 결혼하고 한나가 파인 다이닝 요리를 배우겠다며 이탈리아로 떠나기 전까지. 요리를 배운 후 현지 식당에서 일하던 한나는 사 년 만에 한국으로 돌아와 레스토랑을 차렸다. 그녀가 한나를 마지막으로 본 것은 첫아이를 낳고 막 복직했을 때였고, 그녀는 얼른 첫째 아이를 키워놓고 보러 갈 테니 기다리고 있으라며 한나에게 호언장담을 했다. 둘째 아이를 낳을 거라고는 생각조차 하지 않았던 때였다.

*

레스토랑은 작지만 운치 있었다. 그녀가 처음 레스토랑 안에 들어섰을 때, 가장 먼저 느껴진 것은 식당의 온기였다. 그다음엔 향기. 고소하고 달콤한. 조도가 낮은 식당 안은 이미 사람들로 가득했다. 그중에는 그녀가 아는 얼굴도 있었고, 이름만 들어본 사람도 있었다. 하지만 모두 한나의 가까운 지인들이었고, 친구의 개업을 축하해주려는 공통의 목적이 있었으므로 그들은 금세 낯선 상대를 향한 경계심을 풀었다. 머메이드 스타일의 원피스를 입고 붉은 립스틱을 바른 한나는 요리사라기보다는 만찬의 호스트처럼 보였다. 그것도 딱히 틀린 표현은 아니었지만. 사람들 틈에 섞여 있던 한나는 그녀를 보며 환히 웃었고, 그녀 쪽으로 다가와 끌어 안으며 "와줘서 고마워" 하고 말했다.

"음식이 정말 너무 맛있죠?"

한나의 이전 직장 동료라고 자기를 소개한 여자가 몸을 그녀 쪽으로 기울이며 물었다.

"네, 정말 맛있네요."

트러플 마요네즈를 곁들인 카르파초부터 흰목이버섯을 넣은 탈리올리니 파스타까지 모든 것이 완벽했다.

"정말 한나씨는 대단한 것 같아요. 계획도 없이 회사를 그만둔다고 했을 때는 사실 다들 걱정이 많았거든요."

같은 테이블에 앉은 한 사람이 포도주를 한 모금 마시며 말했다. 모처럼 맛있는 음식을 먹다보니 그녀 역시 탐스러운 빛깔의 포도주를 한잔 마시고 싶은 유혹을 느꼈다. 하지만 그녀는 집에 돌아가서 수유를 해야 한다는 사실을 잊지 않았고, 와인 잔 대신 물잔을 들었다.

식탁 위의 음식들이 거의 사라질 무렵, 한나가 "난 요리랑 결혼한 거니까, 나가기 전에 카운터 위 상자에 알아서들 내고 가요. 내 축의금 받고 결혼한 사람들은 모른 척 나가면 찜찜할 거야"라고 농담조로 말하자 사람들이 와하하, 웃었다. 한나는 사람들이 기분 나쁘지 않게 진심을 농담처럼 전하는 데 능했고, 한나의 그런 면을 그녀는 좋아했다. 그녀는 미색 커튼이 양옆에 우아한 곡선을 그리며 묶인 커다란 창밖으로 이미 짙게 깔린 어둠을 내다보면서, 충만한 기쁨에 사로잡혔다. 낯선 나라에서 요리를 배워서, 목표했던 것같이 이토록 근사한 자기만의 식당을 연 친구가 자랑스러웠다.

이제 사람들의 대화는 어느새 부동산 쪽으로 흘러갔다. 어느 지역의 땅값이 오를 것이고 어느 지역의 아파트 가격이 하락했다는 그런 내용의 이야기들이었다. 이런 이야기를 들으러 아이들을 두고 나온 것은 아닌데. 그녀는 엄마가 외출 준비를 하자 자지러지게 울음을 터뜨리던 둘째 아이를 떠올렸다. 지금쯤이면 남편이 아이를 달래 놀아주고 있겠지만, 그녀는 마치 버림받은 것처럼 숨을 헐떡이며 울던 아이가 떠올라 죄책감에 고통스러운 기분이 들었다. 먼저 일어난다고 말할까 생각하며 어딘가에 있을 한나를 찾으려 두리번거리고 있을 때, 식당의 문이 열리고 한 남자가 들어왔다.

깔끔한 세미 정장 차림을 한 남자였는데, 군살이 전혀 없어 날렵해 보였다. 남자는 탐스러운 장미 꽃다발을 들고 있었다. 평소에 쉽게 볼 수 없는 연자주색 장미로만 이루어진 다발이었다.

"축하해요."

남자는 들어오자마자 한나 쪽으로 성큼성큼 걸어갔고 그녀에게 커다란 장미 다발을 안겼다. 이제 꽃다발은 카운터 옆 원목 콘솔 위, 가장 잘 보이는 화병에 꽂혔다. 한나가 남아 있는 음식들을 데 워 오고, 그녀의 맞은편에 자리잡은 남자는 주변 사람들과 인사를 나누며 유쾌하게 대화를 주고받기 시작했다. 그녀가 한 번도 본 적 없고 이름도 들어본 적 없는 남자였다. 스물여섯? 많아봐야 스 물여덟?

"아, 저 친구예요, 이 식당의 이름을 지어준 사람이."

한나가 갑자기 그녀를 가리키며 말해 사람들의 시선이 일제히 그녀에게 쏠렸다.

"이 이름의 작품이 대학 다닐 때 저 친구랑 같이 본 영화에도 등장하거든요. 전 우리가 그 영화를 같이 봤던 것도 잊어버리고 있었는데, 내가 요리를 배워서 식당을 열겠다고 말했을 때, 희주 가 그렇다면 식당 이름은 '카페 뮐러'로 하라고 추천해줬어요."

사람들의 시선을 받는 것이 불편해 그녀는 어색하게 웃었다. 예 전에는 사람들과 있는 것에 이 정도로 서툴지 않았는데, 지난 십 여 개월간 아이들과만 지내다보니 그녀는 낯선 사람들과 사교하 는 데 필요한 모든 규칙을 잃어버린 것만 같았다. 그 순간, 남자가 말했다.

"어쩐지…… 무용하셨죠?"

"아뇨, 전혀요."

"안타깝네요."

"뭐가요?"

갑자기 내밀한 곳을 함부로 침범당한 것 같은 당혹스러움에 그녀는 본의 아니게 날카로운 말투로 되물었다. 어떤 상처는 시간이 아무리 흘러도 사라지지 않고 잠복해 있다가 작은 자극에도 고무공처럼 튀어올랐다.

"아, 무용하셨어도 정말 좋았을 골격을 가지셨거든요. 기분 나쁘셨다면 죄송합니다."

그가 정말 미안해하는 표정으로 말해, 이번에는 그녀 쪽에서 미안해졌다.

"네가 이해해, 직업병이야."

어린 시절 엄마를 따라 간 미용실 창가에서 건너편 건물의 발레 교습소 풍경을 본 이후부터 그녀는 줄곧 발레리나를 동경해왔으나 부모님이 허락하지 않아 무용을 배워볼 수조차 없었다. 그 사실을 알고 있는 한나는 어색해진 분위기를 풀기 위해 장난스러운 말투로 말하면서도 손을 뻗어 그녀의 어깨를 어루만졌다.

"죄송해요."

그녀가 화장실에 갔다 오는데 남자가 그녀의 곁으로 다가와 말을 걸었다.

"기분이 상하신 것 같아 사과드리고 싶었어요."

"아니에요. 별일도 아닌걸요. 무용을 하시나봐요?"

"네."

갓 면도한 듯 보이는 남자의 턱선은 매끄러웠고, 구김살 없는 이십대 특유의 자신만만함이 느껴지는 그에게서는 은은한 향수 냄새가 풍겼다. 가까이에서 본 남자는 더 어려 보였다. 그리고 남자는 그녀에게 몇 마디 말을 더 했다. 자신만만해 보이던 남자는 그녀와 대화하면서 수줍은 것처럼 자꾸 눈을 내리깔았는데 그럴 때마다 소년 같아 보였다. 그녀는 결국 남자에게 기분이 풀렸다는 것을 보여주고 싶은 마음에 그가 따라주는 포도주를 받아 마셨다. 남자가 미소를 지었고 포도주 탓에 홍조를 띤 얼굴로 그녀도 남자를 따라 웃었다.

*

매일 아침 그녀의 일과는 똑같이 시작한다. 둘째 아이가 칭얼대기 시작하면 일어나 젖을 물리고 남편을 깨운 후 첫째 아이를 깨워서 등원 준비를 시키는 것. 둘째 아이가 〈상어 가족〉 노래를 듣는 동안 잽싸게 첫째 아이 옷을 갈아입히고 삶은 계란이나 고구마를 먹이면, 둘째 아이는 유아용 플라스틱 미끄럼틀 위로 기어오르거나 텔레비전 장을 두드리며 저 혼자 사랑스러운 저지레를 친다. 첫째 아이와 남편을 배웅할 때까지의 일은 하나의 의식처럼, 기계적으로 빠르게 이루어지기 때문에 그녀는 남편과 첫째 아이가 집을 나서고도 한참이 지나 둘째 아이를 낮잠 재우기 위해 젖을 물릴 때에야 비로소 지난밤, 자신이 집이 아니라 카페 뮐러에 있었다는 사실을 기억해냈다. 단 두 잔뿐이었지만 포도주를 마셨기 때문에 간밤에 모유를 짜서 버렸는데도 조금 걱정이 되었기 때문이다. 아이가 이미 초등학생인 선배에게서 술을 마시고 어쩔 수 없이 젖을 먹인 적이 있으나 아이가 무탈하게 컸다는 문자메시지를 받고 나서야 그녀는 안심이 되었다.

'핸드백 안에 유축기가 있었다는 것은 상상도 못했겠지?'

그녀가 유축하기 위해 핸드백을 들고 화장실에 들어갔다 나오는데 남자가 그녀를 따라와 말을 붙였던 순간을 떠올리자 웃음이 났다. 그녀는 잠든 아이를 가만히 눕혔고, 간단하게 점심을 먹은 후 집을 치웠다. 핸드백 안에서 휴대용 유축기를 꺼내다가 남자의 이름을 검색해보았다. 남자는 생각한 것만큼 어렸고 생각보다 더 유명한 현대무용 발레리노였다. 한국 최초의, 최연소, 국내 초연. 둘째 아이가 다시 잠에서 깨어 울음을 터뜨렸다.

"엄마 여기 있어, 여기 있단다."

그녀는 휴대전화를 놓고 아이에게 돌아가 땀을 닦아주었다.

첫째 아이를 하원시키기 위해 아기띠로 둘째 아이를 안고 밖으로 나왔다. 봄날의 오후 세시는 온화했고, 모처럼 공기도 맑았다.

벌꿀색의 햇살이 그녀의 손등과 아이의 엉덩이 위로 흘러내리듯 떨어졌다. 아이는 사랑스럽게 계속 무언가를 옹알거렸다. 매일 비슷하게 유지되던 정갈한 풍경에서 변화를 감지한 것은 붉은 지붕의 집이 있는 골목에 들어섰을 때였다. 트럭들이 서 있었고, 인부들이 근처를 서성이고 있었다. 이사를 가려는 걸까? 트럭들에 반쯤 가려진 붉은 지붕의 집 담장 한쪽에는 새빨갛고 탐스러워 보이는 덩굴장미들이 만개해 있었다. 그녀는 잠시 멈춰 서서 마당 안을 살폈다. 정말 이사를 나가는 것인지 집은 조금 황량해 보였다. 하지만 인부들이 왔다갔다하는 정원의 한쪽, 커다란 밤나무 옆에는 그네가 매어져 있었다. 이런 집에 산다면 얼마나 행복할까? 그것은 정말 이상적인 집이었다. 그녀는 늘 그랬듯 언젠가 이런 집을 마련해 아이들과 함께 사는 중년의 인생을 상상하기 시작했다. 그네를 두 개 매달면 초등학생이 된 아이들이 마당에서 나란히 그네를 타겠지. 엄마, 발을 굴러 하늘까지 올라갔다가 내려오면 왜 배꼽 위가 간지러워, 하고 깔깔대며 웃을지도 몰랐다. 여름날에는 남편이 말한 것처럼 숯을 사다가 바비큐를 해도 좋을 거였다. 남편은 주말이면 차고에서 세차를 하고 그녀는 마당의 수도에 호스를 끼워 장미에 물을 줄 것이었다. 어느 날은 한나도 초대해야지. 그녀는 아이를 낳은 이후 친구들을 만나는 일이 거의 없었다. 그나마 첫째 아이를 낳고 복직한 이후에는 점심시간을 이용해 시내에서 일하는 친구들을 짧게 본 적이 있지만 저녁에 근사한 분위기의 레스토랑에서 친구와 느긋하게 시간을 보낸 것은 언제가 마지막인지 기억도 잘 나지 않았다. 간밤의 외출로 기분전환을 한 덕인지 그녀는 기분이 무척 좋았다. 깨우지 않기 위해 팔 킬로그램에 달하는 아이를 앞에 둘러멘 채 좌변기에 앉아 볼일을 보는 것조차 견딜 만하다는 생각이 들었다. 그녀는 기본적으로, 자신이지금 누릴 수 없는 것에 대해 괴로워하기보다는 인생의 단계 단계에 걸맞은 역할을 수용하는 것이 성숙한 태도라고 생각하는 편이었다. 그녀는 결혼 전 한나와 곱씹을 수 있는 추억을 많이 만들어두었다는 것만으로 충분히 감사하고 행복했다. 이를테면 같이 중앙도서관 지하의 어두컴컴한 미디어실에서 발레 실황 디브이디를 보던 기억 같은 것들.

사실 한나와 처음 친구가 된 데는 그녀의 노력이 조금 더 컸다. 대학교 입학을 앞두고 신입생 오리엔테이션을 받던 2월의 어느날, 볼이 빨갛고 아직은 촌스러운 고등학교 졸업생들이 빈 강의실에 둘러앉아 스물한 살짜리 선배들을 우러러보며 수강신청 방법과 학회 따위에 대한 설명을 듣고 자기소개를 하던 그날, 그녀는이미 한나와 친구가 되고 싶다고 생각했다. 한나가 예고 출신으로고등학교 2학년 때까지 발레를 했다는 이야기를 했기 때문이다. 비록 그만두었다지만, 그녀에게 한나는 처음으로 가까이에서 본발레리나였다. 한나는 다리를 다치는 바람에 인문계로 전향해 재수까지 한 후에야 대학에 입학했지만, 그녀가 상상하던 것과 다르

게 발레에 대한 미련도, 발레를 계속하지 못하는 것에 대한 큰 상
처도 없었다. "아쉽지. 그치만 후회는 없으니까." 다쳐서 그만두
고도 어떻게 계속 발레 공연을 같이 보러 갈 수 있느냐고 그녀가
언젠가 물어보았을 때 한나는 그렇게 말했다. "사실, 난 발레만 하
느라 다른 건 해본 적 없거든. 그래서 이젠 해보고 싶은 걸 다 할
수 있으니 그게 좋아." 그들은 이십대 초반을 온전히 함께 보냈다.
딱 한 번 미팅을 같이 하기도 했는데, 미팅에 나온 인근 대학의 남
자들은 하나같이 시시했다. 마침 월드컵 기간이라 인근 맥줏집
의 커다란 스크린으로 월드컵 경기를 보다가 헤어진 게 전부였지
만. 결혼 후 언젠가 예능 프로그램에서 3대 짬뽕집이라고 군산의
한 식당이 소개되었을 때, 그녀는 남편의 어깨를 두드리며 말하기
도 했었다. "여보, 여보. 저기가 내가 한나랑 같이 갔던 곳이야."
재미있는 시절이었지, 그녀는 어린이집 앞에서 아이가 그녀를 발
견하고 뛰어오는 것을 바라보며 생각했다. 이제 첫째 아이는 제법
커서 아이가 온몸을 던져 다리를 끌어안자 그녀의 몸이 뒤로 밀렸
다. "아이고, 그러면 엄마 넘어져." 그녀가 웃음을 터뜨리며 아이
의 둥근 머리를 쓰다듬었다.

"그 집, 이사가는 것 같아."
그날 밤, 그녀는 아이들을 재운 후 남편에게 말했다.
"그래?"

남편은 맥주를 들이켜며 물었다. 첫째 아이를 가졌을 때 그녀는 남편 혼자만 맥주를 마시는 게 억울해 울거나 화를 내곤 했지만 이젠 남편이 맥주를 사오면 그냥 눈을 흘기는 걸로 그쳤다. 그는 그녀가 너그러워진 거라고 생각할까? 하지만 사실은 그런 게 아니었다. 어차피 울고불고해봤자 바뀌지 않는 일에 에너지를 쏟기에 그녀는 매일 너무 피곤했으므로 프랜차이즈 성형외과의 페이 닥터인 남편이 힘든 수술을 한 날엔 맥주가 필요하다고 주장하는 것을 수용하고 넘어가는 것뿐이었다. 어쨌든 여느 남편들보다는 훨씬 가정적인 사람이니까. 출산 직후엔 그녀가 젖몸살을 앓을까봐 가슴 마사지를 해주기도 하고 그녀의 손목이 시릴까봐 걸레를 대신 짜주던 사람. 남편은 아이들을 재우기 전 첫째 아이의 이를 닦아주었는데, 이를 닦을 때마다 아이는 일부러 그러는 것처럼 말이 유난히 많아졌지만 남편은 그녀가 아침마다 그러듯 이제 그만 좀 말하라고 다그치는 법이 없었다. 그녀는 남편 앞에 앉아 그가 안주로 먹는 감자칩을 집어먹으면서 휴대전화의 잠금 버튼을 풀었다. 아이들과 놀아주고 저녁을 먹이고 목욕을 시키느라 몰랐는데 한나가 전화를 걸었던 기록이 휴대전화에 남아 있었다. 이미 늦은 시간이라 내일 다시 걸어야지, 생각하면서 그녀는 휴대전화를 탁자 위에 올려놓았다.

"우리는 못 사겠지? 알아나 볼까?"

"알아볼래?"

"아냐, 관둘래."

"왜?"

"분명 턱도 없이 비쌀 텐데."

남편이 장난스러운 말투로 물었다.

"그럼 슬프니까?"

"그럼 슬프니까."

그녀가 웃으며 답했다.

그녀가 한나와 통화를 한 것은 그로부터 일주일도 훨씬 지난 어느 월요일이었다. 그녀는 바로 한나에게 전화를 걸 생각이었으나 막상 다음날이 되자 아이들과 씨름을 하느라 까맣게 잊어버렸다. 이튿날 아침 첫째 아이는 세탁기 안에 들어가 있는 옷을 입겠다고 떼를 쓰며 자지러지게 울었고, 둘째 아이는 어느 틈엔가 책꽂이의 그림책을 다 꺼내놓고 현관에 놓인 신발을 빨고 있었다. 그 비슷한 일들이 계속 반복되었기 때문에 그녀는 아이들을 재우고 새로운 부재중 메시지를 볼 때에야 겨우 한나의 존재를 떠올렸고, 그러다 보니 일주일이라는 시간이 순식간에 지나가버린 것이다.

그 월요일 오후 첫째 아이를 데리러 가는 길, 그녀가 카페 뮐러에서의 밤을 떠올리지 않았다면 그보다 더 늦어질 수도 있었을 것이다. 그날, 어린이집까지 가는 길엔 붓으로 곧게 그린 듯한 나무들 위로 작은 새들이 분주히 날아다녔다. 주말 동안 비가 온 터라 화창한 늦봄의 대기는 어린 시절 그녀의 엄마가 밥솥으로 갓 쪄낸 카스텔라처럼 따뜻하고 부드러웠다. 우편배달부가 느린 속도로 오토바이를 탄 채 지나가는 골목을 그녀가 아이를 안고 따라 걸으면 간혹 어떤 대문들 안쪽에서는 이미 친숙해진 커다란 개들이 점잖게 짖었다.

그러다 그녀는 다시 붉은 지붕의 집 근처에 다다랐고, 낯선 웅성거림을 들었다. 소리의 정체를 알게 되기까지는 긴 시간이 필요하지 않았다. 중국인 인부들이 알아들을 수 없는 말을 주고받으며 집을 부수고 있었다.

'어떻게 이럴 수가 있지?'

주말 전까지만 해도 집은 아무렇지도 않았다. 그녀는 며칠 밤 사이의 변화에 놀라, 아이를 안은 채 담장 안을 넘어다보았다. 포클레인이 점령한 집은 어느새 대문이 사라지고 벽의 일부마저 허물어져 있었다. 그 모습을 넋을 놓고 보고 있는데 뒤에서 인기척이 들려왔다. 공사 현장으로 들어가려는 젊은 중국인 인부였다. 외국인 특유의 어눌한 억양으로 비켜요, 라고 말하고는 그녀 곁을 스치며 정원 안으로 들어선 그의 키 크고 군살이 전혀 없는 근육질의 뒷모습은 카페 뮐러에서 말을 나눴던 남자를 연상시켰다.

그녀는 한쪽 손으로 아이 입 주변에 흐른 침을 거즈로 닦아주면서 한나에게 전화를 걸었다.

"어쩌면 이렇게 통화가 안 되냐?"

서운해하는 한나의 목소리가 들려오고, 그들은 안부를 주고받았다.

"내 고등학교 후배야."

그리고 한나는 그 발레리노와 어떻게 알게 되었는지 경위를 한동안 이야기했다. 하지만 아이가 알 수 없는 이유로 칭얼대기 시작했기 때문에 그녀는 집중해서 귀를 기울일 수 없었다. 그녀의 귀에 분명히 들린 것은 "안 그래도 걔가 너한테 미안하다며 같이 놀러오라고 공연 초대권을 보내줬어" 하는 문장이었다.

"초대권?"

"응, 나는 레스토랑 때문에 못 갈 거 같으니까 너한테 두 장 보낼게."

그리고 한나는 특유의 장난기 어린 목소리로 "네가 애엄마라는 건 말 안 했으니까, 남편이랑은 가지 마. 나, 잘했지?"라고 말하고는 깔깔대며 웃었다.

"뭐야, 그게."

하지만 기분이 썩 나쁘지는 않았다.

"한나 이모는 참 바보 같지?"

그녀는 웃으며 둘째 아이의 동의를 구하듯이 물었다. 예전에 클럽에 같이 다닐 때처럼. 금요일에서 토요일로 넘어가는 새벽, 클럽 인근에서 택시를 잡으며, 봐봐, 저 남자애가 이제 내가 열까지 세기 전에 우리한테 말 걸어 올 거다, 하고 말하며 조그맣게 숫자를 세던 때처럼.

"나 못 가. 애들은 어쩌고."

"잠깐 맡기고 다녀와. 어떻게 맨날 애만 보냐."

그녀는 한나가 그녀를 위해 그렇게 말한다는 것을 이해했다. 하지만 아이들을 잘 키우기 위해 일까지 그만둔 이상 아이를 완벽하게 키우지 않으면 안 될 것만 같아 자꾸만 조바심 나는 마음을 한나에게 설명하는 것은 어려운 일이었다.

"안 힘들어?"

"괜찮아."

집중해 젖을 빠느라 미간을 살짝 찌푸리는 둘째 아이의 옆얼굴을 가만히 내려다볼 때, 둘째 아이를 꼭 껴안고 잠든 첫째 아이의 얼굴을 볼 때 말로 표현할 수 없을 만큼 행복하지만, 동생만 예뻐해주지 말라고 떼쓰는 첫째 아이를 잠시 돌보는 사이 화장실의 두루마리 휴지를 전부 풀어놓거나 쓰레기통을 엎어놓고 해맑게 웃는 둘째 아이를 보면, 아이들을 그대로 변기에 집어넣고 레버를 내려버리고 싶은 충동이 일기도 한다는 것을 설명할 수 없었으므로 그녀는 그냥 괜찮다고 말했다.

"그래도 한번 가보면 좋을 텐데. 너 무용 좋아했잖아."

첫째 아이를 찾아서 집으로 돌아오는 길에 그들은 붉은 지붕의 집 앞을 한번 더 지났다.

"엄마, 엄마. 여긴 왜 부수는 거예요?"

첫째 아이가 놀란 눈을 하고 물었다.

"그러게."

여러 명의 인부 중에서 아까 그 젊은 남자는 유난히 눈에 띄었다. 리드미컬하지만 대담한 움직임으로 벽을 부수는, 싱싱하게 젊고 군살이 전혀 없는 근육질의 남자.

*

"초대권이 생겼는데 다음주 금요일에 현대무용 보러 갈래?"

그녀가 퇴근한 남편에게 그렇게 물은 것은 저녁을 먹으며 한나가 보내준 남자의 공연 동영상을 보았기 때문이었다.

"애들은?"

그는 골프 채널을 보며 물었다. 싱크대에는 저녁때 미처 하지 못한 설거짓거리가 여전히 쌓여 있었다.

"당신 어머니께 부탁하면 안 될까?"

"요즘 팔 아프신 거 알잖아."

"그러면 나 혼자라도 가고 싶어."

그녀는 그렇게 말하며 사실은 그곳에 남편과 함께 가고 싶지 않았다는 걸 깨닫고 조금 놀랐다.

"또?"

남편의 말에 악의가 없다는 것은 알았다.

"집을 부수고 있었어."

그녀는 그의 옆에 가만히 앉아 단조로운 골프장의 풍경을 바라보다가 불쑥 말했다.

"그래?"

집을 부수는 장면을 보았을 때는 뜻밖의 광경에 그저 놀랄 뿐이었는데, 막상 그 문장을 입 밖으로 꺼내자 견딜 수 없이 슬프고 두려운 감정이 밀려왔다.

"집을 부수고 있었다니까?"

"또 짓겠지, 뭐."

"당신은 왜 아무렇지도 않아?"

"뭐가?"

그는 하루종일 수많은 이의 복부와 허벅지, 팔뚝에서 지방을 긁어내느라 지쳐 있었다. 그녀가 왜 그렇게까지 그 집에 집착하는지 알 수 없었다. 또 호르몬 탓인가? 순간적으로 피곤하다는 생각이 들었다. 그는 그녀가 자리에서 말없이 일어났을 때 "그럼 금요일에 갔다와, 친구랑. 내가 애들 볼게" 하고 말했다.

하지만 그녀는 결국 공연을 보러 가지 못했다. 공연이 있던 금요일, 남편이 열한시쯤 전화를 했고 갑작스러운 수술 스케줄이 잡혀서 제때 퇴근하기 어려울 것 같다고 말한 것이다.

"알았어."

그녀는 전화를 끊고, 둘째 아이를 업은 채 하다 만 설거지를 다시 시작했다. 싱크대를 마른행주로 닦고 고무장갑의 물기를 탁탁 털어 싱크대 위 찬장 손잡이에 걸었다. 전날 정리하지 못한 채 잠이 들어 거실 바닥에는 플라스틱 냄비와 식기, 크레용으로 알 수 없는 형상을 그려놓은 스케치북이 아무렇게나 널브러져 있었고 유아용 플라스틱 책상 위에는 색색의 클레이가 말라비틀어져갔다. 집은 놀라울 만큼의 고요 속에 더 놀라울 만큼의 난장을 이루고 있었다.

그녀가 바닥의 물건들을 하나둘 집어 반투명 플라스틱 수납함 안에 넣다가 소파에 앉았을 때 문득 거실 벽이 눈에 띄었다. 이사온 지 얼마 안 되었지만 색이 바래 누르스름해진 벽지 위에 똑같이 반복되는 무늬들. 벽지의 한쪽 구석에는 아이들의 낙서가 있었다. 마치 그녀가 오래전 그렸던 낙서들처럼. 어린 시절, 그녀는 엄마의 눈을 피해 오빠와 집안의 방문마다 사인펜으로 낙서를 하곤 했다. 분명히 엄마 몰래 한다고 생각했는데 엄마는—이제 생각하면 당연한 일이지만—매번 귀신같이 알아채고 오빠와 그녀를 야단쳤다. 하지만 그런 일로 눈물이 쏙 빠지게 혼난 적은 한 번도 없었다. 그때 엄마는 몇 살이었지? 어깨에 닿는 파마머리를 하나로 묶고 빨래를 삶거나 화장실의 타일을 수세미로 닦다가 그녀를 향해 돌아보며 "저리 가서 오빠랑 놀고 있어" 하던 엄마. 엄마에 대해서 이야기할 때면 한나는 언제나 그녀를 부러워했다. 한나의 엄마는 무용하는 딸의 체중을 관리하기 위해 매일 아침 몸무게를 재고, 저염식 다이어트 도시락을 싸주고, 매일 밤 연습실 앞까지 차로 데리러 왔다. "그런 관심이 정말 지긋지긋했어." 한나는 고개를 절레절레 저었다. 한나는 그녀의 엄마처럼 조금쯤 무심하고, 적당히 다정한 엄마를 원했다고 말했다. "하지만 우리 엄마는 내 미래엔 관심도 없었고 조금의 투자도 하지 않았는걸?" 그녀의 엄마는 매일 그녀의 방을 청소해주었고, 계절마다 제철 채소를 사다가 국을 끓여주었고, 그녀가 조금이라도 아프면 모든 일을 제쳐두고 병원에 데리고 갔지만, 오빠만 학원에 보내주었고, 그녀의 재수를 반대했으며, 첫째 아이를 낳았을 때는 언제 직장을 그만둘 거냐고 물었다.

주말은 언제나 그렇듯이 정신없이 지나갔다.

그리고 다시 월요일, 그녀는 늘 그러듯 둘째 아이를 안고 첫째 아이를 데리러 갔다. 그녀는 다 허물어져버렸을 붉은 지붕의 집을 보고 싶지 않아 다른 길로 갈 생각이었지만 잠시 딴생각을 하는 사이 다시 그 앞에 서 있었다. 그리고 그녀는 보았다. 창문도 외벽도 없이 뼈대만 드러나 있는 집을. 집의 곳곳은 철근이 드러나 있었고, 절반 이상 허물어진 담벼락에는 낡고 더러운 천이 매달려 있었으며, 모든 것은 엉망이었다. 하지만 황폐해진 집은 5월의 빛 속에서 군더더기가 생략된 무대처럼 아름다웠다.

휴식시간인지, 사방은 적막에 싸여 있었다. 가림막이 쳐져 있지 않은 대문이 있던 자리는 마치 누군가가 읽고 펼쳐둔 초대장처럼 활짝 열려 있었다. 그녀는 잠시 망설이다가 무언가에 이끌린 듯 아이를 안고 정원 안쪽으로 들어갔다. 자세가 불편한지 아이가 칭얼대 그녀는 "쉿―" 하며 아이를 달랬다.

그토록 여러 번 집 앞을 지나고 정원을 기웃거렸으나 안으로 들어간 것은 처음이었다. 철근과 벽돌 더미, 바닥에 함부로 놓인 공구들로 어지러운 정원에 막상 들어서자 그녀는 두려움을 느꼈다. 무언가를 태웠는지, 공기 중에는 흐릿하지만 매캐한 냄새가 섞여 있었다. 하지만 한쪽에, 그네 옆에 있던 커다란 밤나무와 아직 부수지 않은 뒤편 담벼락의 붉은 덩굴장미는 그대로 있었다.

아무도 없는 줄 알았는데 그곳에는 그 남자도 있었다. 남자는 사물들로 어질러진 정원이 아니라 집의 깊숙한 곳, 예전에는 틀림없이 창문이었을 테지만 이제는 유리창도 없이 그저 뻥 뚫린 사각형에 불과한 틀의 안쪽에서 정원을 향해 서서 홀로 식사를 하고 있었다. 남자가 거기에 있다는 것을 안 그녀는 너무 놀라 소리를 지를 뻔했다. 액자의 프레임 같은 사각형 안쪽, 땀에 젖은 민소매 차림으로 얼마 전까지는 창틀이었을 부분을 식탁 삼아 국수를 먹던 남자는 인기척에 고개를 들고 그녀를 바라보았다.

그리고 그들은 잠시 동안 서로 말을 않고 쳐다보고만 있었다. 이마를 가리는 덥수룩한 고수머리 탓인지 앳되어 보이는 남자의 눈빛은 폭군처럼 강렬해 보였지만, 또 동시에 순진해 보이기도 했다. 그녀는 자신이 도망치고 싶은지 그곳에 조금 더 머물기를 원하는지 몰라 혼란스러웠다.

남자는 어깨를 곧게 펴고 그녀를 향해 정면으로 섰다. 흰색 레오타드 같은 민소매 셔츠를 입고 맹수처럼 벽을 부수던 남자의 단단한 등 근육을 그녀는 기억했다.

"너무 아름다운 골격을 가지셔서 그랬어요. 정말 아름다워요. 그 말을 꼭 해드리고 싶었어요."

단단한 등 근육을 떠올리는 순간, 한나의 레스토랑 화장실에서 유축을 하고 나왔을 때, 남자가 그렇게 말하고는 수줍은 듯 눈을 내리깔았던 장면이 머릿속을 스쳤다. 아이가 원하면 언제고 풀어헤쳐 꺼내놓는 그녀의 젖가슴, 유두가 헐고, 갑자기 팽창했다가 쭈그러든 후 다시 팽창하기를 반복해 살이 트고 처진 그녀의 젖가슴 안쪽 무언가를 마치 꿰뚫어보듯. 잊어버린 줄 알았는데, 그녀는 남자들의 그런 표정이 무엇을 의미하는지를 기억하고 있었다.

여자는 그의 옷을 벗기기라도 할 것처럼 남자를 맹렬히 쳐다보았다. 창틀 아래로 드러나지 않은 남자의 몸을 상상했다. 그녀는 이토록 더럽고 위험한 곳에서 낯선 남자에게 성적인 충동을 느낀다는 사실에 당혹감과 수치심을 느꼈다. 아이를 낳은 이후, 남편이 손을 뻗어올 때도 무언가를 느낀 적은 없었다. 나체의 집 위로 오후의 햇살이 쏟아졌고 지붕은 불타오르는 듯 이글거렸다.

최초의, 최연소, 국내 초연.

그는 틀림없이 욕망하는 것을 이루기 위해 목숨을 걸어봤겠지? 불현듯 그녀는 자신이 지금껏 누구에게도 떼쓰지 않았음을 깨달았다. 일찍 철이 든 척했지만 그녀의 삶은 그저 거대한 체념에 불과했음을.

그녀는 숨을 깊이 들이쉬었다. 매캐한 냄새 사이로 머리를 어지럽히는 장미 향이 섞여들었다. 향기 속에서 그녀는 잊고 있었던 일을 떠올렸다. 〈카페 뮐러〉가 등장하는 그 영화를 본 후 극장 근처의 사층짜리 카페에서 오렌지 아이스티를 마셨던 어떤 오후를. 반짝이던 유리컵, 향긋했던 오렌지 조각, 투명하게 찰랑거리던 각얼음. 깊고 맑은 하늘이 펼쳐진 창가의 자리에서 한나는 영화 속의 그것은 사랑이 아니라고 아주 단호하게 말했다. "사랑이 아니지, 그런 게 어떻게 사랑이야." 그렇다면 사랑은 무엇이지? 그녀는 생각했다. 남자가 다시 고개를 숙인 채 느릿느릿 국수를 먹기 시작하고, 영원처럼 정지한 듯한 풍경 위로 헐벗은 그림자가 침묵 속에서 간혹 움직였다. 나는 사랑을 몰라. 그것은 그때나 지금이나 마찬가지였다.

*

    그날 밤, 그가 퇴근해 집에 들어왔을 때 뛰어와 그를 반긴 것은 첫째 아이였다. 거실 한쪽에서 동생에게 그림책을 읽어주고 있던 아이는 잠금장치가 열리는 소리를 듣고 달려가 아빠의 다리에 매달렸다. 아내는 거실에 앉아서 바닥에 어질러진 색색의 블록들을 정리하고 있었다.

    "나 왔어."

    지난 금요일에 공연을 보러 가지 못하게 한 것이 미안했던 그가 사온 치킨 냄새에 첫째 아이가 신이 나 팔짝팔짝 뛰면서 거실을 한 바퀴 돌았다. 기저귀를 찬 둘째 아이도 우우우 소리를 지르며 식탁 쪽으로 뒤뚱뒤뚱 기어갔다.

    "오늘 별일 없었지?"

    그가 유아용 의자에 기어오르려는 둘째 아이를 번쩍 안아 의자에 앉히며 물었다.

    "응. 똑같지, 뭐."

    아내는 아이들을 식탁 앞에 앉히고 찬장에서 접시와 컵을 꺼냈다. 그가 치킨 박스를 열자 짭조름한 기름 냄새가 사방으로 흩어졌다. 기분이 좋아진 첫째 아이가 둘째 아이에게 "이건 치킨이고, 이건 치킨 무야" 하고 설명해주기 시작했다. 치킨맛도 모르면서 둘째 아이가 달라고 떼를 쓰는 사이, 첫째 아이는 아빠가 건네주는 치킨 다리를 집어 한입 크게 베어 물었다. 아내는 보채는 아이를 달래기 위해, 미리 만들어둔 단호박 퓌레를 냉장고에서 꺼내왔다. 아내는 어쩐지 말수가 적은 것 같았는데, 그는 아내가 토라져 그런 걸 거라고 이해했다.

"이제 그 집 완전히 부서졌더라."

그는 주말부터 시무룩해 보였던 아내의 기분을 풀어주기 위해 말을 꺼냈다. 아이를 낳은 이후 지쳐 집에 돌아와봤자 아내는 별것도 아닌 걸로 짜증을 내거나 납득할 수 없는 타이밍에 화를 내기 일쑤였지만 그는 아내를 다정히 대하기 위해 노력했다.

"이제 곧 더 근사하게 다시 짓는대."

그가 말하지 않아도 그녀 역시 집이 곧 새로 지어지리라는 것은 알았다.

"응."

하지만 그 집은 그녀가 알던 집과는 완전히 다를 것이다. 그날 오후에 그녀가 보았던 집과도.

"이젠 상관없어."

둘째 아이의 입에 퓌레를 떠먹이며 그녀가 말했다. 그렇게 말하자 형언할 수 없는 고통과 기쁨이 동시에 그녀 안에 차올랐다. 그 순간, 그들의 삶의 각도가 미세하게 어긋났지만 남편은 아무것도 알아챌 수 없었으므로 그저 첫째 아이가 내미는 컵을 받아 쥐었다. 한순간이지만 엄마가 자신을 완벽히 잊을 수 있음을 알아버려

한나절 만에 조숙해진 둘째 아이만이 엄마의 평상시와 다른 아름
다움이 낯설어 갑자기 울음을 터뜨렸다.

* 소설의 제목은 피나 바우슈의 〈왈츠Walzer〉에 나오는 대사 "와인 조금만 더. 그
리고 담배 한 개비만. 하지만 아직 집에는 가지 않을래요"의 일부를 차용했다. 요
헨 슈미트, 『피나 바우쉬』, 이준서 옮김, 을유문화사, 2005, 15쪽.

흑설탕 캔디

지난밤 할머니를 꿈에서 본 건 아마도 상우가 한 말 때문일 것이다. 할머니의 네번째 기일을 맞이해 온 가족이 모여 성묘를 갔던 날, 나는 남동생인 상우로부터 할머니에 관한 놀라운 이야기를 하나 들었다.

　"누나, 그 할아버지 기억해?"

　가을볕이 좋은 토요일 오후였고, 공원묘지에는 잠자리들이 한가롭게 날아다녔다. 아직 어린 조카들은 소리를 지르며 뛰어다니고, 햇살에 비석들이 반질거리며 빛났다. 오랜만에 할머니를 보러 오기엔 여러모로 딱 좋은 날이었다.

　"누구?"

　"왜, 예전에 우리가 프랑스에 살았을 때, 아파트 일층에 살던 할아버지 있잖아. 키 크고, 보청기를 끼던."

벌초를 마친 어른들과 올케가 풀밭에 둘러앉아 담소를 나누는
사이, 호숫가를 같이 산책하던 상우가 나에게 물었다.

"아, 브뤼니에 씨? 그런 이름이었던 것 같은데? 아닌가?"

"그런가? 나는 기억이 안 나."

"아마 맞을걸? 브뤼노 씨였나? 뜬금없이, 왜?"

우리 가족이 프랑스에 살았던 것은 내가 열세 살 때부터 열여섯
살 때까지니까 벌써 이십 년 가까이 된 일이었다.

"할머니가 그 할아버지랑 사귄 거 맞지? 갑자기 생각이 나서."

"무슨 말도 안 되는 소리야?"

나는 눈을 동그랗게 뜨고 돌아보았다.

"누나도 몰랐어?"

상우가 재미있다는 듯 웃었다.

"그러니까 무슨 소리냐고?"

"사실 나, 우리가 프랑스에 살았을 때, 할머니랑 그 할아버지가
손잡고 벤치에 앉아 있는 거 집 근처 공원에서 본 적이 있거든."

그날 밤, 모두와 헤어진 후 혼자 사는 집으로 돌아오자마자 나
는 붙박이장 깊숙한 곳에서 할머니의 유품을 넣어둔 커다란 상자
들을 꺼냈다. 할머니의 노리개나 금반지 같은 것이 들어 있는 그
상자 안에서 무엇보다 압도적인 부피를 차지하는 것은 수십 권에

달하는 일기장들이었다. 모양도, 크기도 제각각인 노트마다 단기 4283년 서기 1950년, 단기 4293년 서기 1960년, 이런 식으로 적혀 있던 할머니의 일기들. 자식들 돌잔치 때 받았던 '나이롱 양말'이나 '돈 500환'까지도 세세히 적혀 있는 할머니의 일기를 차마 버릴 수 없어 유품 정리하던 날 내가 전부 받아 오긴 했지만, 나는 그때까지 할머니의 프라이버시를 존중해 그것들을 한 번도 찬찬히 읽어본 적이 없었다. '이름'을 '일홈'이라고 쓰고 '서른'을 '설흔'이라고 쓰던 나의 할머니. 나는 수많은 일기장 틈에서 우리가 프랑스에 살던 시절 할머니가 일상을 적어둔 노트를 발견했다.

*

나의 할머니가 우리와 함께 살기 시작한 것은 내가 다섯 살, 상우가 세 살 때의 일이다. 할아버지가 오랜 투병 끝에 돌아가신 뒤 할머니의 딸인 나의 두 고모들이, 혼자 살려면 쓸쓸할 테니 맏아들 집─그러니까 나의 큰아버지 집─과 합치는 게 어떻겠냐고 권유했을 때에도 싫다고 단박에 거절했던 할머니가─"이제야 겨우 자유의 몸이 되었는데, 앞으론 아들 며느리 눈치를 보고 살라는 말이냐"─둘째 아들 집에 들어와 살기로 결심한 것은 내가 다섯 살이 되던 그해 7월에 우리 엄마가 교통사고로 갑작스럽게 세상을 떠났기 때문이다. "네 아버지가 집까지 찾아와서 무릎을 꿇잖니." 오래전 할머니에게 왜 우리를 키워주기로 결심했냐고 물었을 때, 할머니는 그렇게 답했다. 산처럼 덩치가 커다란 아버지가 할머니 앞에서 무릎을 꿇는 모습은 상상이 잘 가지 않았다. 어쨌든 그해 가을, 할머니는 단출하게 짐을 싸서 우리집으로 들어왔다. 이사, 라고 말하는 것은 적절치 않은데 그 이유는 상우가 초등학교에 입학할 때까지만 함께 살 생각으로 할머니는 당신의 집을 처분하지 않은 채 대부분의 짐을 두고 왔기 때문이다. 한 달에 몇 번씩 정기적으로 할아버지와 살던 스무 평 아파트로 돌아가 쓸고 닦던 할머니가 그 집을 팔고 우리집에 완전히 정착한 것은 내가 아홉 살, 상우가 일곱 살 때의 일이다. 오랫동안 돌아갈 집을 마음에 품고 있던 할머니가 돌연 생각을 바꾼 이유는 무엇이었을까? 그러고 보면 나는 단 한 번도 할머니에게 그것에 대해서 물어본 적이 없다. 이제 와 생각해보면 그것은 나 나름대로 나를 보호해온 방식이었을지도 모르겠다. 나는 할머니가 언제라도 짐을 싸서 떠날 수 있다는 걸 알았고, 언제나 나의 마음속 한구석에는 할머니가 우리만 남겨두고 사라져버릴지도 모른다는 두려움이 웅크리고 있었다. 그렇다고 할머니가 우리―나와 내 동생―를 사랑하지 않는다고 생각했다는 뜻은 아니다. 그러기엔 할머니가 나와 내 동생에게 베풀어준 애정이란 각별한 것이었고, 나는 할머니가 우리와 한시도 떨어져 있고 싶지 않을 만큼 정들었기 때문에 같이 살기로 마음을 먹었다고 굳게 믿어왔다. 그리고 그것은 틀림없는 사실이었을 것이다. 하지만 이제 나는, 할머니가 할머니의 집을 포기하고 우리와 같이 살기로 한 가장 결정적인 이유는, 무엇보다 우리가 할머니를 필요로 했기 때문이었다는 것 또한 안다.

할머니는 일제강점기의 한 개항 도시에서 규모가 큰 양장점을 하던 부모의 삼남 삼녀 중 장녀로 태어났다. 나는 오래전, 어린아이였던 할머니가 세일러복 교복을 입고 어느 담벼락 앞에 서 있는 사진을 본 적이 있다. 여덟 살, 많게 봐야 아홉 살에 불과해 보이는 사진 속 소녀의 얼굴 위에는 삶에 대한 그녀의 태도를 머지않아 결정할 자존심과 호기심 같은 것이 이미 어른거리고 있었다. 자식 여섯 명이 모두 신식 교육을 받은 것은 신문물에 밝고 충분한 재력을 지닌 부모의 덕이었을 테지만, 고등학교만 마친 다른 자매들과 달리 할머니만 유일하게 부모를 설득해 대학에 입학했다는 사실은 할머니 성격의 중요한 일면을 드러낸다. 할머니가 돌아가셨을 때, 장례식장을 찾은 사람들은 대체로 할머니를 '그런 식'—고집, 이라든가 누군가는 허영이라는 단어를 쓰기도 했다—으로 회상했다. "아이고, 너네 할머니는 하고 싶은 대로 다 하고 산 여자잖냐." 식어빠진 육개장과 말라가는 편육을 앞에 두고 사람들이 할머니에 대해서 다 아는 듯이 말할 때마다 나는 점점 불쾌해졌는데 이유는 알 수 없었다. 생각해보면, '하고 싶은 대로 다 하고 산 여자'라는 일면 무해해 보이는 표현 속에 감춰져 있는 뾰족하고 날카로운 무언가가 나는 거슬렸던 것 같다. 할머니가 다른 자매들과 달리 대학에 입학했다는 사실은 사람들에게 이야깃거리가 되지만, 그토록 원해 진학한 대학을 전쟁이 터지기도 전에 중퇴했다는 사실은 사람들에게 그다지 기억되지 않는다. 내게 할머니는 대학에 입학하더라도 결혼하면 그만둬야 했던 당시 여자대학의 규정을 몰랐을 리 없었으면서 결국엔 일 년도 채 되지 않아 부모의 뜻대로, 평생 지루해할 남자와 선을 봐 결혼하고 마는 그런 종류의 사람이다.

백육십 센티미터의 키에 사십구 킬로그램 내외의 체중을 수십 년째 유지하고 가지런한 백발의 단발머리를 고수하던 나의 할머니. 할머니가 동년배의 다른 할머니들과 다르다는 점은 어린 시절 나를 늘 우쭐하게 만들었다. 할머니는 일본어에 매우 능숙했고, 계란말이와 계란찜을 일본식으로 달짝지근하게 만들었으며, 〈에델바이스〉를 영어로 부를 줄 알았다. 다른 할머니들과 달리 교육수준이 높은 할머니 덕택에 나와 내 동생은 엄마의 부재를 상대적으로 덜 느낄 수 있었다. 초등학교를 졸업할 때까지 할머니는 다른 엄마들이 그러는 것처럼 알림장을 검사해서 준비물을 챙겨주었고, 영양 균형을 고려하여 도시락을 싸주었으며, 덧셈 뺄셈이나 구구단 같은 것을 직접 가르쳐주었다. 피아니스트가 되고 싶어 음악학부에 진학했던 할머니는 나와 동생에게 직접 바이엘 상하권을 가르쳐주기도 했다. 〈아빠와 크레파스〉나 〈과수원 길〉 같은 곡을 시범 삼아 연주해 보이던 할머니의 꼿꼿했던 등과 우아했던 팔의 곡선. 초등학교도 제대로 마치지 못한 다른 할머니들과 달리 나의 할머니는 언제나 세련되고 기품이 있었는데, 나는 그런 할머니를 동경하는 눈빛으로 우러러보곤 했다.

어린 시절, 건축 일로 항상 바빴던 아버지를 대신해서 우리를 재워준 사람 역시 할머니였다. 밤이 되면 우리는 바닥에 요를 세 채 깔고 나란히 누웠다. 할머니는 언제나 가운데에 누웠고 나와 내 동생은 각각 할머니의 오른쪽과 왼쪽 요를 차지했다. 누우면 금세 곯아떨어지는 동생과 달리 쉽게 잠에 들지 못하는 나를 재우기 위해 할머니는 얼마나 많은 옛날이야기를 들려주었던지. 할머니는 레퍼토리가 다 떨어지면 아는 이야기들을 뒤섞어 새로운 이야기로 재창조해내는 능력이 뛰어났다. 할머니가 들려주었던 수많은 이야기들 중 지금껏 내가 기억하는 것은 호랑이에게 잡아먹히는 빨간 망토 소녀에 대한 이야기다. 할머니의 이야기 속에서 엄마의 심부름으로 떡이 가득 든 바구니를 들고 여러 고개를 넘어 이웃 마을로 가야 하는 빨간 망토의 소녀는 고개를 넘을 때마다 호랑이를 만난다. "꼬마야, 꼬마야, 네가 가진 떡을 다오." 빨간 망토의 소녀는 호랑이가 요구하는 대로 처음엔 떡을 주고, 그다음엔 바구니를 주고, 망토를 벗어 주고, 구두까지 벗어 주지만 결국엔 호랑이에게 집어삼켜진다.

"할머니, 이 이야기는 너무 무서워."

처음 그 이야기를 들었을 때, 나는 할머니의 품을 파고들며 그렇게 말했을 것이다. 모든 것을 다 주고도 잡아먹혀버리는 어린 소녀라니. 그건 너무 무서운 이야기였으니까. 그러자 할머니는 웃으며 나의 앞머리를 손등으로 쓸어넘기고는 동생이 깨지 않도록 조그맣게 말했다.

"아니야. 이건 무서운 이야기가 아니야. 호랑이 뱃속에 들어가서도 살아남은 아주 용감한 아이에 대한 이야기지."

할머니의 이야기 속에서 호랑이에게 통째로 잡아먹힌 어린 소녀는 아무도 몰래 주먹 속에 꼭 쥐고 감춰두었던 아주 작은 흑요석 조각으로 호랑이의 배를 가르고 밖으로 나온다.

할머니가 우리 가족과 떨어져 살 수 있었던 마지막 기회는 아마도 아버지의 프랑스 체류가 결정되었을 때가 아니었을까? 아버지가 온 가족을 불러모아 파리의 주재원으로 파견 가게 되었다는 이야기를 전했던 어느 저녁, 할머니의 첫마디는 한국에 혼자 남고 싶다는 말이었다. "여기엔 매주 예배를 보러 갈 교회도 있고, 일주일에 두 번씩 수업을 들으러 가는 구민대학도 있고, 한 달에 한 번씩 참석하는 여고 동창 모임도 있잖니." 하지만 할머니는 결국 우리와 함께 프랑스로 떠나는 국적기를 탔다. "아이들은 내가 없으면 안 되니까요." 사람들에게 프랑스로 떠나게 되었다는 소식을 전할 때마다 할머니 안에 존재했을, 낯선 나라에서의 삶에 대한 불안이나 두려움에 대해서 말하는 대신 할머니는 그저 그렇게 말했다. "효자 아들 덕에 외국에서도 살게 되네요." 할머니는 자신의 약점이나 불행을 타인에게 드러낼 줄 몰랐고 남에게 동정을 살 바에야 죽어버리는 편이 낫다고 공공연히 말하곤 했다. 할아버지와 평생 사이가 썩 좋지 않으면서도 부부동반 모임에 가서는 할아버지에게 존댓말을 쓰며 웃어주었던 할머니.

물론, 그랬다고 해서 프랑스에 간다는 사실이 할머니에게 싫기만 한 건 아니었을 것이다. 할머니는 그때까지 한 번도 서구의 나라에 가본 적이 없었고, 프랑스는 할머니가 오랫동안 동경해왔던 예술가들의 나라였으니까. 할머니는 언제라도 에펠탑이나 몽마르트르 언덕 같은 것들에 감탄할 준비가 되어 있었다. 파리에 도착하고 첫 이 주, 아직 나와 동생도 새로운 학교에 전학 수속을 밟지 않았고 아버지 역시 주재원 업무를 본격적으로 시작하지 않았던 무렵, 아버지의 인솔에 따라 온 가족이 찾아간 쇼팽의 무덤 앞에 꽃을 올려놓으며 황홀해하거나 미라보 다리 앞에서 사진을 찍어달라고 말하는 사람은 프랑스에 대한 동경을 품기엔 너무 어렸던 나나 동생이 아니라 할머니였다.

솔직히 말해 당시 나에게 프랑스란 그저 나의 평화로운 일상을 앗아간 나라에 불과했다. 나는 파리의 모든 것에 실망할 준비가 되어 있었는데, 한강에 비하면 턱없이 볼품없는 센강이나, 관처럼 비좁은 엘리베이터, 악취가 풍기는 지하철 환승 통로는 내 마음을 바꾸는 데 조금도 도움을 주지 못했다. 그런 이유로, 프랑스에 도착하고 처음 몇 달 동안 우리가 찍은 사진—대부분 아버지가 찍은 사진으로 나와 동생 그리고 할머니가 에펠탑이나 베르사유궁전 앞에 서 있다—속 나의 얼굴은 커다란 챙이 달린 모자를 쓰고 환히 웃는 할머니나 마냥 해맑기만 한 동생의 얼굴과 달리 하나같이 뿌루퉁해 있었다. 당시 나는 어린 나이에 외국에서 사는 경험을 두고 특권이라고 말하는 사람을 만나면 누구든 주먹으로 코를 때려주려는 마음으로 가득차 있었고, 나의 삶을 송두리째 바꿔버린 아버지에 대한 불만을 감추지 못했다. 한마디도 알아들을 수 없는 수업을 버티면서 느끼던 굴욕감. 제대로 의사를 표현하지 못해 놀림을 받을 때마다 이 시간이 얼른 지나가길 바라며 견디던 모멸감. 인종차별이 나쁜 것임을 아직 충분히 학습하지 못한 아이들의 무구한 장난이란 얼마나 잔인한 것인지. 그 무렵 나는 수업이 끝나면 언제나 집으로 도망치듯 서둘러 돌아왔다. 감자를 삶아놓거나 고구마탕 같은 것을 만들어놓고 기다리는 할머니가 있는 집은 나에게 가장 안전한 곳이었다. 그리고 그것은 할머니에게도 마찬가지였겠지. 할머니가 혼자 지하철을 타고 갈 수 있는 곳은 동아시아 식재료를 파는 일본 식품점밖에 없었고, 대부분의 시간 동안 할머니는 집에서 청소를 하고 빨래를 하면서 나와 동생이 돌아오기를 기다릴 뿐이었으니까. 우리 남매는 집에 오면 할머니가 차려준 간식을 먹은 후 할머니와 나란히 소파에 앉아 텔레비전을 보았다. 조금도 알아들을 수 없는 프랑스어로 더빙된 일본 만화영화나 한국에서도 방영해 줄거리를 대충 알고 있던 미국 영화들을 볼 때도 있었지만—프랑스 텔레비전에서는 알몸의 여자가 광고에 등장하는 일이 많았고, 그때마다 우리는 기겁을 하며 채널을 돌렸다—우리가 주로 시청한 것은 일요일마다 일본 식품점에 가서 잔뜩 빌려오는 비디오테이프에 녹화된 한국 드라마였다. 아버지가 퇴근해서 돌아와 "너희들 숙제는 하고 그러는 거야?" 하고 물어볼 때까지 대사를 암기할 정도로 몇 번이고 되풀이해서 보았던 미니시리즈들, 주말 연속극들. 그 시절, 우리 셋 사이에는 무언가가 존재했다. 말하자면, 세상으로부터 고립된 섬에서 살아남은 생존자들 사이에 존재할 법한 달콤하고 아늑한 유대감 같은 것. 하지만 시간은 흘렀고, 일 년쯤이 지나면 나와 동생은 낯선 환경을 거부하는 단계를 넘어, 새로운 생활에 어떻게든 적응하기 위해 애쓰는 단계로 접어들어버린다.

할머니는 점점 더 늘어나는 혼자만의 시간을 어떻게 채웠을까? 처음에 할머니는 집안일을 다 하고도 시간이 남으면 혼자 녹차를 한 잔 끓여놓고 식탁에 앉아 한국에서 가져온 성경책을 읽었다. 그러다 집에만 있는 것이 지루해지자 집 근처를 산책하기 시작했다. 지하철을 혼자 타는 것은 길을 잃을까봐 두려웠지만, 동네를 걷는 것 정도는 할 수 있을 것 같았다. 할머니는 아버지가 사다준 남색의 포켓용 지도책을 작은 손가방 안에 넣고 매일 조금씩 집에서 더 먼 곳까지 걸어갔다. 그렇게 걷다가 마음에 드는 공원을 발견하면 다음번에 다시 찾아올 수 있도록 지도 위에 작은 동그라미를 그려두었다. 어느새 프랑스어를 제법 구사하게 된 나와 동생과 달리 할머니의 프랑스어 실력은 조금도 늘지 않았다. 가끔 할머니는 우리 책장에 꽂혀 있는 기초 프랑스어 교재를 꺼내어 뒤적여보았지만, 기억할 수 있는 프랑스어라고는 겨우 몇 가지 인사말과 '한국에서 왔습니다' '프랑스어는 하지 못합니다' 같은 기본적인 말들뿐이었다. 학창시절 할머니는 일어와 영어를 쉽게 습득하는 편이었으므로 좀처럼 프랑스어 실력이 늘지 않는다는 사실에 무력감을 느꼈다.

프랑스어로 말할 수 없었으므로, 집을 벗어나면 할머니가 이야기를 나눌 수 있는 사람은 거의 없었다. 누구의 탓인지 모르겠지만, 자매처럼 사이좋던 우리 남매는 그즈음 텔레비전 채널 주도권 같이 시시한 걸 빌미로 툭하면 소리지르며 다투기 시작했다. 그러므로 집에선 항상 울거나 소리지르기 일쑤인 나나 동생과 할머니가 제대로 된 대화를 하는 것은 불가능했고, 아버지는 프랑스에서조차 회식이나 출장이 잦았다. 한국엔 PC 통신이 유행하기 시작했지만 프랑스엔 아직 인터넷 개념조차 모르는 사람들이 허다한 시절이었다. 할머니는 가끔 한국의 고모들이나 친구들과 전화 통화를 했지만, 국제전화 요금이 무서워 할말을 다 하기도 전에 서둘러 끊었다. 한번은 아버지가 무료해하는 할머니를 위해 주재원 부인들의 모임을 알아오기도 했다. 집집마다 돌아가면서 서로를 초대하던 그 모임의 젊은 주재원 부인들은 모두 친절했지만 지나치게 예의가 발랐고, 할머니는 그들에게 자신이 그저 대하기 어려운 노인에 불과하다는 걸 알았다.

시간이 갈수록 할머니 안의 고독은 눈처럼 소리 없이 쌓였다. 처음엔 곧 녹을 수 있을 듯 얇은 막으로. 하지만 이내 허리까지 차오를 정도로 두텁고 단단한 층을 이루었겠지. 그렇지만, 나는 가까스로 생긴 친구들 눈에 지나치게 심각하고 유머 감각이 없는 전형적인 아시아 여자애로 보이지 않기 위해 안간힘을 쓰느라, 할머니가 막 생리를 시작한 나에게 생리대를 사주기 위해 슈퍼에 갔지만 탐폰들만 잔뜩 늘어선 진열장 앞에서 그것들이 무엇인지 몰라 망연자실하게 서 있었다는 것을 알지 못했고, 긴긴 하루를 견디다 지루해지면 누군가와 대화를 나누기 위해 일부러 일본 식품점에 가지만 일본인 주인과 유창하게 의사소통할 때마다 자긍심과 수치심을 동시에 느꼈다는 사실 역시 미처 알지 못했다.

할머니가 브뤼니에 씨를 알게 된 것은 그런 식의 날들이 쌓여 프랑스에 온 지 어느새 이 년쯤 되었을 때였다. 브뤼니에 씨는 우리 아파트 일층에 사는 주민이었지만, 그때까지 우리와 마주칠 일이 거의 없었다. 아내와 사별한 이후 파리의 집을 비워둔 채 보르도 지방에 있는 별장에서 주로 생활을 했기 때문이라는 사실을 나에게 알려준 사람은 아파트 관리인이었을 것이다. 포르투갈 출신 이민자인 관리인은 그 건물 전체에서 그녀의 가족을 제외하고 유일하게 이방인이었던 우리 가족에게 친절했고, 내가 프랑스어를 조금 할 줄 알게 된 이후부터는 한국의 친구들로부터 받은 소포를 찾으러 갈 때마다 동네 사람들에 대한 이야기를 즐겨 들려주었다. 소포가 도착해 있다는 쪽지를 들고 관리인의 집 초인종을 누르면 천천히 문을 열어주던 셀리나 부인의 얼굴. 무표정할 땐 엄격해 보이지만 입을 여는 순간 눈빛이 상냥해지던. 언젠가 집에서 스파크가 일며 정전이 났을 때, 부족한 언어로 에둘러 표현하느라 턱없이 길어진 나의 설명을 끊지 않고 다 듣더니, "그건 '누전'이라고 하는 거야"라고 프랑스어 단어를 가르쳐주던 그녀의 목소리 같은 것들은 왜 이토록 오랜 시간이 흘렀는데도 여전히 떠오르는 걸까?

이쯤에서 당시 우리가 살던 아파트의 건물 배치에 대해서 설명해야겠다. 우리 아파트는 가운데에 있는 사각형의 작은 뜰을 네 개의 건물이 둘러싼 형태로 이루어져 있었다. 우리가 살던 집은 대로에서 가장 안쪽에 있는 건물이었기 때문에 외출을 하려면 반드시 안뜰을 통과해 맞은편 건물의 현관문을 열고 나가야만 하는 구조였다. 관리인의 집은 그 현관문, 결국 모든 주민이 통과해야만 하는 현관문이 있는 건물 일층에 있었다. 그리고 브뤼니에 씨는 그 건물과 우리 건물 사이를 잇는 건물들 중 하나의 일층에 살고 있었고.

내가 이렇게 아파트의 건물 배치에 대해서 설명하는 이유는 우리 할머니가 그해 봄의 초입, 브뤼니에 씨 집 앞을 지나게 된 것이 필연적이라는 이야기를 하기 위해서다. 하루종일 집에만 있는 것이 답답해져 동네를 산책하려던 할머니는 안뜰로 나서다가 발걸음을 멈췄다. 어디선가 피아노 소리가 들려오고 있었다. 훌륭한 실력이었는데, 그것은 아주 가까운 곳에서 들렸다. 피아노 선율이 흘러나오는 곳은 브뤼니에 씨의 집이었다. 활짝 열어놓은 창 너머로 백발의 남자가 피아노 앞에 앉아 등을 구부린 채 연주하는 모습이 보였다. 〈사랑의 꿈〉 3번 A플랫 장조. 아, 이것은 리스트야. 곡명을 떠올리자 그 곡을 처음으로 쳐봤던 날의 기억이 갑자기 할머니의 머릿속에 떠올랐다. 고등학교 음악실에 있던 검은색의 야마하 피아노. 그리고 그와 동시에 건반 위에 손가락을 올렸을 때의 감촉이 순식간에 할머니의 몸속에서 되살아났다. 그것은 감전이 된 것처럼 놀랍고 갑작스러운 일이었다. 그래서 할머니는 그렇게 그 자리에서 연주가 끝날 때까지 창밖, 제라늄 화분 세 개가 창틀에 놓여 있는 브뤼니에 씨의 응접실 창밖에 서 있었다. 할머니를 발견한 브뤼니에 씨가 창가로 다가와 "Bonjour" 하고 인사를 건넬 때까지.

그날 밤, 할머니는 나의 방문을 두드렸다.

"왜?"

어느새 방문을 걸어 잠그고 혼자 있는 시간이 중요해진 내가 문틈 사이로 머리만 내밀고 할머니에게 물었다.

"라디오 안 쓰면 좀 빌려줘."

책상 서랍 안에 방치해둔 워크맨을 찾는 동안 방문이 조금 더 열렸다.

"학생이 매니큐어가 다 뭐냐."

책상 위에 올려놓은 색색의 매니큐어들—펄이 들어간 핑크와 하늘색 같은 것들—과 아세톤을 보며 할머니가 못마땅한 듯 말했다.

"여기선 다 발라."

나는 할머니에게 워크맨을 건네며 짜증스럽게 대꾸하고는 문을 다시 닫았다. '여기선 다 이래'는 할머니를 꼼짝 못하게 하는 마법의 말이었고, 나는 언젠가부터 그것을 즐겨 사용하고 있었다.

할머니는 방으로 돌아가 침대에 걸터앉은 뒤 워크맨의 라디오 기능을 켰다. 그리고 인내심을 발휘하여 한참 주파수를 맞춘 끝에 클래식 음악만을 전문으로 틀어주는 채널을 찾아냈다. 음악과 음악 사이에 흐르는 디제이의 멘트는 하나도 알아들을 수 없었지만 음악을 듣는 데는 아무런 지장이 없었다. 누구도 깨지 않게 음량을 최소로 한 채 라디오에 귀를 대고 잠을 청하자 잊어버렸던 기억들이 밀물처럼 할머니의 침대 위를 덮쳤다. 피아노를 연습하기 위해 방과후에 남아 있던 음악실 낡은 마룻바닥의 삐걱거림, 장작을 넣는 난로 위의 구릿빛 주전자, 물이 끓으면서 나던 주전자 뚜껑의 달그락 소리와 한없이 조용했던 그 음악실 창밖, 상록수 위로 쏟아지던 석양의 황금빛.

다음날, 할머니는 산책을 하고 돌아오는 길에 저 멀리에서 바게트를 사가지고 집으로 돌아가는 듯한 브뤼니에 씨를 발견했고, 며칠 후에는 신문 가판대 앞에 서 있는 브뤼니에 씨의 뒷모습을 보았다. 한가한 노인들의 동선이라는 게 거기서 거기인 모양이야, 할머니는 속으로 생각했다. 예전에도 브뤼니에 씨와 마주치는 일이 있었겠지만 그전까지 할머니에겐 브뤼니에 씨의 존재를 주목할 이유가 없었을 것이다. 하지만 이제 브뤼니에 씨는 어디서든 눈에 띄었다. 할머니는 브뤼니에 씨를 볼 때마다 피아노 앞에 앉아 있던 그의 옆모습을 떠올렸고, 안뜰을 지날 때면 피아노 선율이 들려오지 않을까 기대하며 브뤼니에 씨의 창가 앞에 멈춰 섰다. 날이 화창해질수록 브뤼니에 씨가 창을 열어놓고 피아노를 치는 날들은 늘어났다. 브뤼니에 씨는 할머니가 자신의 연주를 듣는다는 것을 알고 있었을까? 알고 있었을 것이다. 가끔 할머니가 안뜰에 서 있으면 연주를 멈추고 창가로 다가와 불쑥 말을 걸어 할머니를 놀라게 하곤 했으니까. "나는 프랑스어를 할 줄 몰라요." 그럴 때면 할머니는 할머니가 아는 몇 안 되는 프랑스어 문장을 내뱉고는 수줍은 얼굴로 도망치며 다시는 창가 앞에 서 있지 말아야지 다짐했다. 하지만 피아노 소리를 들으면 할머니는 어김없이 창가 앞에 멈춰 섰고, 피아노를 치고 싶다는 욕망에 시달렸다.

사방에 꽃이 만개하고, 할머니와 브뤼니에 씨는 서로의 존재를 분명히 의식하기 시작했다. 우연히 길에서 마주쳐 같이 아파트까지 돌아오기라도 하는 날이면 브뤼니에 씨는 할머니의 보폭에 맞춰서 천천히 걸어주었고, 할머니가 지나갈 때까지 현관문을 연 채로 기다렸다. 초반에 인사를 먼저 건네는 쪽은 언제나 브뤼니에 씨였지만 얼마 후부터 할머니는 매번 먼저 인사하지 않는 것이 너무 무례한 일은 아닌가 하는 생각을 하기 시작했고, 그를 우편함 앞에서 마주쳤던 어느 날 용기를 내어 인사를 건넸다. 한번은 장을 봐서 돌아오는 길에 아파트 현관문 앞에서 만난 브뤼니에 씨가 할머니의 바퀴 달린 장바구니를 엘리베이터 앞까지 대신 끌어주기도 했다. 가끔은 나와 할머니가 외출을 했다가 집으로 돌아오거나 외출하러 나가는 길에 브뤼니에 씨를 현관 입구에서 맞닥뜨릴 때도 있었다. 그럴 때면, 내가 프랑스어를 할 줄 안다는 것을 알아챈 브뤼니에 씨가 우리에 대해 이것저것 물어보거나 자신에 대한 이런저런 이야기를 늘어놓곤 했다. 지금 생각해보면 그것은 할머니에게 내가 대신 전해주길 바라고 한 말들이었을 것이다. 하지만 당시 나로서는 알 길이 없었고, 브뤼니에 씨와 헤어질 때마다 할머니가 나에게 "뭐라고 하더냐?"라고 묻는 이유에 대해서도 짐작조차 하지 못했다. 그러므로 나는 그가 했던 말들을 최대한 간략하게 요약하거나—"우리더러 베트남 사람이내"—많은 이야기를 생략하고는—"몰라. 그냥 다 쓸데없는 이야기"—나의 세계로 되돌아갔다.

열흘 내리 비가 왔다. 프랑스에 산 지 삼 년째가 되었지만 봄이 이토록 변덕스럽고 우중충한 계절이라는 것에 할머니는 여전히 적응하지 못했다. 산후조리를 잘못한 탓에 비가 오면 손목과 무릎을 유난히 시려하는 할머니는 열흘 내내 외출을 삼가고 집에만 있었다. 그러다 마침내 해가 나자 공원에 나갔고 벤치에 앉아 나무들을 올려다보며 눈부신 여름이 얼른 왔으면 좋겠다고 생각했다. 여름이 되면 공원의 분수에서 발가벗은 아이들이 물줄기를 맞으며 큰 소리로 웃곤 하는데. 그런 풍경은 얼마나 아름다운지. 여리고 향기로운 아이들의 몸. 할머니는 주먹을 쥐고 있던 손을 가만히 펼쳐보았다. 엄지와 검지로 가만히 손등의 살갗을 집어보면, 탄력을 잃은 탓에 집었던 부위는 아주 서서히 원래의 모양으로 펴졌다.

할머니가 브뤼니에 씨를 발견한 것은 벤치에 앉아 워크맨으로 음악을 들으며 코바늘뜨기를 하고 있을 때였다. 베이지색 코르덴 바지에 벽돌색 셔츠를 입은 브뤼니에 씨가 공원 안쪽으로 들어오고 있었다. '몇 살쯤이나 됐을까?' 할머니는 백인의 나이를 좀처럼 가늠하지 못했다. 그것은 상대도 마찬가지였겠지만. 브뤼니에 씨는 키가 훤칠하게 컸지만 나이에 걸맞게 약간 구부정했고, 걸음걸이가 어딘가 약간 기우뚱했다.

'아, 설마 내 쪽으로 오는 건가?'

눈이 마주친 브뤼니에 씨가 살짝 미소를 짓더니 할머니를 향해 걸어와 할머니는 긴장하기 시작했다. 그리고 인사만 하고 지나갈 줄 알았던 그가 손짓을 하며 옆에 앉아도 되냐고 물었을 때는 심장이 쿵쾅거려 정신이 아득해졌다. 브뤼니에 씨가 다시 무언가 말을 걸었다. 할머니는 알아들을 수 없었으므로 하는 수 없이 "나는 프랑스어를 할 줄 몰라요"라는 말을 다시 한번 반복했다. "베토벤." 브뤼니에 씨는 할머니가 틀어놓은 워크맨을 가리키더니 또 한번 천천히 발음했다. 라디오에서는 베토벤의 피아노 소나타 23번 F단조가 흘러나오고 있었다.

"아, 베토벤."

할머니가 알아들었다는 뜻으로 고개를 끄덕였다.

그후로 그들은 우연히 공원에서 마주치면 나란히 벤치에 앉기 시작했다. 말이 통하지 않았으므로 그저 앉아 있을 뿐이었다. 브뤼니에 씨와 앉아서 음악을 같이 듣노라면 매번 심장이 울렁거렸는데, 할머니는 그것이 낯선 남자와 함께 앉아 있기 때문인지 피아노를 치고 싶은 충동 때문인지 분간할 수 없었다. '내일은 피아노를 쳐보게 해주겠냐고 물어봐야지.' 매일 밤 자기 전, 할머니는 클래식 채널을 들으면서 생각했다. 그러기 위해서는 나나 동생, 아니면 아버지에게 프랑스어로 문장을 번역해 적어달라고 해야만 했다. 하지만 할머니는 어쩐 일인지 누구에게도 브뤼니에 씨와 피아노에 대해서는 말하고 싶지 않았다. '도대체 어쩐 일일까?' 할머니는 워크맨에 귀를 갖다대며 생각했다. '참 이상한 일도 다 있지.'

"Can I play your piano?"

할머니가 용기를 내어 옆에 앉아 있던 브뤼니에 씨에게 물은 것은 그로부터 이 주일 정도가 흐른 후였다. 풀밭의 한쪽에선 어린아이의 생일 파티라도 하는지, 누군가가 나무에 매달아둔 색색의 파스텔톤 풍선이 바람에 흔들리고 있었다. 바람이 불 때마다 할머니가 가장 아끼는 잔꽃 무늬 치마의 끝단이 할머니의 맨종아리를 스쳤다. 영어를 단 한 마디도 할 줄 모르는 브뤼니에 씨가 무슨 소리냐는 듯이 할머니를 쳐다보았다. 할머니는 그럴 줄 알았다는 듯이, 조금은 의기양양한 표정으로 손가방에서 일부러 챙겨온 두꺼운 한불·불한사전을 꺼냈다. 그리고 호기심 어린 눈으로 할머니를 바라보는 브뤼니에 씨 앞에서 단어들을 차례대로 찾아 펼쳐 보였다. '나 je' '원하다 vouloir' '연주하다 jouer' '당신 vous' '피아노 piano'. 인내심을 가지고 할머니가 보여주는 단어들을 하나씩 들여다보던 브뤼니에 씨가 마침내 할머니가 말하는 바를 알아들었다. 그리고 돋보기 속 푸른 눈을 빛내면서 웃으며 말했다. "아,

피아노!"

그렇게 그날 오후 할머니는 처음으로 브뤼니에 씨 집에 들어갔다. 혼자 사는 남자의 집, 그것도 외국인 남자의 집에 방문하는 것은 난생처음이었고, 할머니는 브뤼니에 씨가 열쇠 구멍에 열쇠를 꽂고 돌리는 동안 바보 같은 짓을 하는 게 아닐까 잠시 후회했다. 현관 앞에서 구두를 벗으려던 할머니는 브뤼니에 씨가 신발을 그대로 신은 채 양탄자를 딛는 것을 보고 깜짝 놀랐다. 외출하면서 덧창을 모두 닫아두어 실내는 어두웠는데, 덧창을 열고 커튼을 열어젖히자 어둠 속에 웅크리고 있던 사물들의 윤곽이 차례로 드러났다. 루이 15세 스타일의 고가구들. 새와 꽃이 그려진 벽지. 헝겊이 씌워진 안락의자와 괘종시계. 대리석 벽난로 위에는 커다란 도자기 화병이 여러 개 놓여 있었는데, 아마 아내가 살아 있었다면 풍성히 꽃이 담겼을 화병은 비어 있었다.

"Puis-je vous offrir une tasse de thé?"

브뤼니에 씨가 응접실에 우두커니 서 있는 할머니의 겉옷을 받아 옷걸이에 걸며 물었지만 할머니는 알아들을 수 없었다. 할머니가 손가방에서 사전을 다시 꺼내어 건네자, 브뤼니에 씨가 'thé 차'라는 단어를 찾아 보여주었고, 할머니는 브뤼니에 씨가 '차를 원하냐'고 물었다는 것을 이해했다. "아니요." 할머니는 고개를 저었다. 브뤼니에 씨의 그랜드피아노—플레옐Pleyel사에서 만든 1930년산이었다—는 응접실의 창가 쪽에 우아하고 도도한 자태로 놓여 있었다.

　이제 할머니는 피아노 의자에 앉는다. 의자의 높이는 할머니에
게 맞춘 듯 꼭 맞고 페달까지의 거리마저도 완벽하다. 딱딱한 의
자의 감촉을 엉덩이로 느끼며 할머니는 피아노 뚜껑을 열고 하얀
건반을 하나씩 엄지와 검지로 지그시 누른다. 도— 레—. 차갑고
매끄러운 건반. 그저 손가락으로 피아노 건반을 눌렀을 뿐인데 어
린 시절 교회에서 처음으로 크리스마스트리를 보았을 때 같은 경
이롭고 황홀한 느낌이 할머니의 몸안 가장 깊은 곳에서 피어오른
다. 내가 열 살 때까지는 비록 단순한 곡들이었지만 할머니가 내
게 연주 시범을 보이곤 했으므로, 피아노를 마지막으로 쳐본 지는
오 년 정도밖에 되지 않았다. 그렇지만 할머니는 그날 피아노를 치
면서 아주 오랜만에, 영겁의 세월 만에 건반을 만져보는 것 같은 기
분에 휩싸인다. 할머니는 기억을 더듬어 좋아하던 슈만의 〈크라이
슬레리아나〉의 두번째 곡을 연주하기 시작한다. 오랜만에 치는 터
라 처음엔 손가락이 마음대로 움직이지 않지만, 몸은 놀랍게도 익
숙한 습관을 곧 기억해내고 손가락들이 천천히 건반 위를 미끄러
진다. 할머니가 연주를 하는 동안, 브뤼니에 씨는 약간 어안이 벙
벙한 표정으로 그 옆에 서 있었을 것이다. 어쩌면 그는 피아노를
연주하는 아시아 여자를 그때까지 단 한 명도 본 적이 없었을지
도 모른다. 할머니의 연주가 계속될수록, 놀람과 당혹이 뒤섞였

던 브뤼니에 씨의 눈빛에는 온화함과 설렘이 깃들 테지만 할머니는 그의 존재를 잠시 잊는다. 약간의 흥분 속에서, 할머니가 떠올리고 있는 사람은 여고 시절 짝사랑했던 유부남 음악 교사이기 때문이다. "난실아, 너는 음악에 특별한 재능이 있으니까, 음악을 많이 들어야 해." 전축도 피아노도 귀하던 시절, 여고생 난실에게 방과후 피아노를 가르쳐주던 음악 교사. 그는 어느 날, 언제든 듣고 싶은 음악을 들을 수 있도록 전축이 있는 음악실의 열쇠를 아무도 모르게 난실에게 건네준다. 다른 친구들은 사랑 같은 것은 꿈꾸지도 못하던 시절이었다. 하굣길 모찌빵을 사 먹기 위해 빵집에 들렀다가 인근 학교의 남학생들과 마주치면 큰일이라도 난 것처럼 눈을 떨구며 뺨을 붉히던 친구들. 하지만 여고생 난실은 달랐다. 그녀가 갈망하던 것은 무엇이었나. 뭔가 특별한 것, 고양시켜주는 것, 그녀를 다른 세계로 데려다줄 그 무언가. 음악 교사와 교환하던 편지들. 악보 사이에 끼워 몰래 주고받던. 밤마다 그녀를 불면으로 이끌었던 것은 윤심덕과 김우진, 슈만과 클라라 같은 연인들의 이야기였다. 그녀는 앞으로 펼쳐질 인생에 놀라운 사건들이 가득할 거라는 사실을 의심치 않았고, 자신에겐 인생을 하나의 특별한 서사로 만들 의무가 있다고 믿었다.

할머니는 그 이후 주기적으로 브뤼니에 씨의 집을 찾아가 피아노를 친다. 과일이나 주스를 답례로 사 들고서. 프랑스에서는 타인의 집을 방문할 때 그런 것들을 사가지 않는다는 것을 모르는 할머니는 그릇에 담아 가는 사과나 멜론, 병에 든 오렌지주스 같은 것들 앞에서 브뤼니에 씨가 왜 어리둥절한 표정으로 웃음을 터뜨리는지 이해하지 못한다. 할머니는 처음엔 피아노만 치고 일어났지만 시간이 조금 더 흐르면서 응접실에 앉아 차를 마시기 시작한다. 초반엔 브뤼니에 씨가 차에 설탕이나 우유 혹은 레몬 조각을 넣지 않겠느냐고 묻는 것을 이해할 수 없고, 그의 취향이 괴상하게만 느껴졌지만—차에 우유라니!—이제 할머니는 차에 우유 한 방울과 각설탕 두 알을 넣는 브뤼니에 씨를 자연스럽게 받아들인다. 언어가 통하지 않지만 차를 마시면서 그들은 사전을 사이에 두고 더듬더듬 대화를 시도하기도 한다. 관사나 전치사, 부사 같은 것은 생략한 채 동사와 명사, 이따금 형용사 한두 개로 이어지는 대화들. 사전을 사이에 둔 대화이기 때문에 무슨 말을 하든 그들이 주고받는 동사는 시제 없이 원형으로밖에 표현되지 않는데, 어느 날 문득 할머니는 동사를 사전에서 찾다가 삭제된 시제들이 대부분 과거형이며 할머니에게 미래형 동사를 써서 표현할 것은 거의 없다는 사실을 깨닫는다. 그런 식으로 할머니는 아주 천천히, 브뤼니에 씨는 아내—그녀의 이름은 엘리안이다—가 사 년 전 암으로 죽었다는 것을, 대대로 재산이 많아 변변한 직업을 가진 적이 없다는 것을, 프랑스의 식민지였던 베트남에서 살았던 적이 있으며, 이름이 장폴이라는 것을 알게 된다. 브뤼니에 씨가 할머니는 이름이 박난실이며, 한국인이고, 인생이 고독하다는 사실을 알게 되듯이.

응접실에 앉아 대화를 주고받거나 간혹 볕이 좋은 날이면 함께 산책을 나가기도 하지만 할머니가 브뤼니에 씨의 집에서 가장 많이 하는 일은 시디플레이어로 바흐나 모차르트의 음악을 듣는 것이다. 브뤼니에 씨가 시디를 틀고 차를 끓여 내오면, 할머니와 브뤼니에 씨는 응접실의 의자에 일정한 사이를 두고 앉은 채 약속이나 한 것처럼 한 곡이 끝날 때까지 각자 할일을 하며 음악을 듣곤 했다. 그러고 있노라면 오래된 기억들이 두서없이 떠올랐고 할머니는 음악이 인도하는 대로 몸을 맡긴 채 먼 여행을 떠났다. 희미한 포격 소리를 들으며 떠났던 피난길, 어느 들판에 서서 보았던 먼 곳 어딘가의 불길과 하늘을 덮은 검은 연기, 봇짐을 든 채 유령처럼 걷던 사람들의 행렬처럼 보는 순간에도 영원히 각인될 줄 알았던 장면들이 떠오르기도 했지만, 어딘가에 남아 있는 줄조차 몰랐던 과거의 사소한 기억들이 불쑥 눈앞에 펼쳐지기도 했다. 결혼식 날 맨살에 닿았던 하얀 저고리의 감촉과 거품처럼 보이던 레이스 면사포의 흰 무늬나—할머니는 부모의 뜻을 끝까지 거스르지 못한 대가로 자신이 무엇을 얻고 무엇을 잃을지를 당시 정확히는 알지 못했다—식당마다 2할 이상 잡곡을 섞어 밥을 지어야 했던 오래전의 어느 날 보았던 빗줄기 같은 것. 매일 똑같은 일상에 숨이 막혀 죽을 것만 같던 어느 날 아직 어린 아이들을 이웃집에 부탁하고 시내로 달려가 중부극장에서 보았던 영화는 아마도 〈폼페이 최후의 날〉이거나 〈비 내리는 밤의 기적〉이었을 것이다. 영화가 무엇이었는지는 확실치 않지만 그날 느꼈던 감각만은 이상하리만큼 선명했다. 극장에서 나와 홀로 거리를 걷다가 처마밑에서 소나기가 그치길 기다리며 맡았던, 어느 가게의 생선구이 냄새. 뺨에 닿았던 습기의 감촉과 와아아 떨어지던 빗소리. 살아 있다는 감각과 동시에 찾아오던 이미 너무 늙어버린 것 같다는 느낌. 아, 그토록 오랜 시간이 흘렀는데 기억들은 어째서 이렇게나 생생할까?

돌이켜보면 할머니는 그즈음 눈에 띄게 아름다웠다. 프랑스에 온 이래 그만두었던 화장을 하기 시작하고, 내 방에 놓여 있는 향수—아버지를 졸라 생일에 받은 캘빈클라인이었다—를 가끔 나 몰래 뿌리다 들키기도 했지만 그런 이유 때문만은 아니었다.

"할머니 요즘 무슨 일 있어?"

모처럼 평화롭게 남동생과 나란히 식탁에서 숙제를 하다 말고 내가 할머니에게 물어본 것이 그런 날들 중 하루였을 것이다. 하지만 할머니는 "일은 무슨 일" 하고는 아무런 말도 덧붙이지 않고, 나 역시 다시 숙제를 하기 위해 펼쳐놓은 사전 쪽으로 고개를 돌린다.

어느 겨울 오후였다. 할머니는 브뤼니에 씨의 집 응접실에 앉아 있었고, 시디플레이어에서는 브람스가 흘러나오고 있었다. 오후의 빛이 뜨개질하는 손 위로 어른거려, 할머니는 고개를 들고 옆에 앉아 있던 브뤼니에 씨를 바라보았다. 너무 조용해 졸고 있을 거라고 생각했는데 그는 뜻밖에도 팔까지 걷어붙인 채 테이블 위에 각설탕들을 탑처럼 한 줄로 쌓고 있었다. 마치 대단히 중요한 일을 하는 사람처럼 심각한 얼굴로, 열중해서. 도대체 저건 뭐하는 짓일까? 뭘 먹을 때마다 음식물을 바지춤에 흘리기 일쑤고 이따금씩 도무지 영문 모를 행동을 하는 이 불가해한 남자. 각설탕을 쌓는 브뤼니에 씨의 팔, 할머니처럼 검버섯이 피어 있지만 한국 남자의 것과 달리 은빛 털로 뒤덮여 있는 그의 팔을 바라보는데, 브뤼니에 씨를 할머니는 영원히 이해할 수 없으리라는 사실이, 그 역시 할머니에 대해서 끝내 알지 못하리라는 사실이 실감 났고 그러자 놀랍게도 가슴 안쪽에서 통증이 느껴졌다.

오래전, 스스로 너무 늙었다고 느꼈지만 사실은 아직 새파랗게 젊던 시절에 할머니는 늙는다는 게 몸과 마음이 같은 속도로 퇴화하는 일이라고 생각했다. 몸이 굳는 속도에 따라 욕망이나 갈망도 퇴화하는. 하지만 할머니는 이제 알았다. 퇴화하는 것은 육체뿐이라는 사실을. 그런 생각을 할 때면 어김없이 인간이 평생 지은 죄를 벌하기 위해 신이 인간을 늙게 만든 건 아닐까 하는 의문이 들었다. 마음은 펄떡펄떡 뛰는 욕망으로 가득차 있는데 육신이 따라주지 않는 것만큼 무서운 형벌이 또 있을까? 꼼짝도 못하는 육체에 수감되는 형벌이라니. 나이를 점점 먹으면서 할머니를 가장 두렵게 하는 것은 치매나 언젠가 차게 될지 모르는 오줌 주머니가 아니었다. 할머니의 악몽에까지 찾아오는 공포는 언젠가 남편이 입원해 있던 요양병원에서 보았던 뇌졸중 환자처럼 전신이 마비되고도 또렷한 의식을 지닌 채 울부짖으며 여생을 살면 어떻게 하나 하는 것이었다.

그럼에도 이런 겨울 오후에, 각설탕을 사탕처럼 입안에서 굴리면서 아무짝에 쓸모없는 각설탕 탑을 쌓는 일에 아이처럼 열중하는 늙은 남자의 정수리 위로 부드러운 햇살이 어른거리는 걸 보고 있노라면 할머니는 삶에 대한 갈망과 미래에 대한 기대가 또다시 차오르는 것을 막을 도리가 없었다.

인생에 무언가를 기대한다니. 얼마나 바보 같은 일인가. 그렇게 평생 동안 배신을 당해놓고도. 젊음을 다 바쳐 아이들을 길러봤자, 딸들은 평생 아들들만 끼고도는 엄마 때문에 상처를 받았다고 잊을 만하면 한 번씩 돌아가며 말을 했고, 아들들은 누나들보다 잘나지 못했다는 이유로 무시하는 엄마 앞에서 평생 주눅이 들었다고 술만 마시면 소리를 질렀다. "엄마는 어차피 우리집 남자들이 숨쉬는 방식까지도 못마땅하잖아요!" 언젠가는 손주들 또한 빚쟁이처럼 당당하게 비난해오겠지. 그런 상념에 빠져 있다보면 자연스럽게 지금은 브뤼니에 씨가 여기에 있고, 할머니는 그와의 사이에 무언가, 공감이라든지 이해, 생의 가장자리로 떠밀려온 사람들 사이의 연약한 연대나 우정 같은 것이 존재한다고 믿고 있지만, 브뤼니에 씨는 할머니와의 시간에 아무런 의미도 부여하지 않을지 모른다는 생각이 들었다. 누가 알겠는가? 그에겐 말이 통하는 다른 친구들이 있을 테고, 심지어 애인이 있을지도 모르는데.

"난실!"

음악 재생이 끝난 줄도 모른 채 그런 상념에 빠져 있다 깜빡 졸고 있는데 갑자기 브뤼니에 씨가 할머니를 불렀다. 할머니가 눈을 떴을 때 발견한 것은 테이블 위에 놓여 있는 엄청난 높이의 각설탕 탑이었다. 켜켜이 쌓인 높다란 각설탕 탑.

"와!" 할머니가 탄성을 질렀다. 마치 경이로운 일을 난생처음 목격한 사람처럼.

할머니의 반응에 신이 난 브뤼니에 씨가 부엌에서 언제 가져왔는지 모를 설탕 상자 안의 남은 각설탕들을 테이블 위에 아주 조심스럽게 마저 부었다. 테이블 위로 쏟아지는 정육면체의 갈색 설탕들. 할머니는 각설탕들을 바라보다가 가까운 쪽에 놓인 하나를 집어 입안에 넣었다.

'아이, 달아.'

이런 천진한 달콤함이라니. 각설탕을 입안에서 굴리자, 단맛이 서서히 퍼지고, 할머니의 머릿속에는 아주 어릴 때의 기억이 떠올랐다. 무슨 일인가로 혼난 후, 양장점 입구 앞 흙길에 앉아 울고 있던 어느 초봄, 할머니가 보았던 여자 손님의 우아했던 보라색 클로시 모자. 인력거에서 내린 그녀가 할머니 손에 쥐여줬던 흑설탕 캔디. 난생처음 맛보았던 그 황홀하도록 달콤한 맛. 그 기억에 대해서도 브뤼니에 씨에게는 영원히 말할 수 없을 거란 생각이 들었다. 누군가와 함께 있어도 낯선 섬에 홀로 표착한 것 같았던 할머니의 일생이나, 하루가 너무 길 때마다 차라리 빨리 죽여달라고 신에게 간구하지만, 막상 죽음 이후를 상상하면 어김없이 찾아오는 극심한 공포에 대해서 결코 말할 수 없을 것이듯. 하지만 어쩌겠는가? 우습게도 느닷없이 아무래도 좋다는 마음이 들었다. 예상치 못했던 일이 주는 즐거움. 계획이 어그러진 순간에만 찾아오는 특별한 기쁨. 다 잃은 것 같다고 생각하고 있으면 어느새 한여름의 유성처럼 떨어져내리던 행복의 찰나들. 그리고 할머니는 일어나서 브뤼니에 씨와 함께 탑 위에 각설탕 하나를 더 쌓았다. 하나를 더. 또 하나를 더. 그러다 탑이 무너져내릴 때까지. 각설탕들이 사방으로 흩어지고, 할머니와 브뤼니에 씨가 손뼉을 치며 웃음을 터뜨릴 때까지.

브뤼니에 씨와의 이런 관계는 일 년 가까이 지속되었다. 아버지 회사의 갑작스러운 경영난으로 인해 우리 가족이 뜻밖의 조기 귀국을 하기 전까지.

"연애였네." 내가 이 이야기를 모두 들은 후 할머니에게 그렇게 말했다면 할머니는 손사래를 치며 "연애는 무슨"이라고 말했을 것이다. 하지만 할머니는 단 한 번도 나에게 브뤼니에 씨와의 이

야기를 한 적이 없었다. 일방적인 귀국 통보에, 겨우 적응했는데
또다시 친구들과 헤어지는 것이 얼마나 괴로운 일인지 아느냐며
아빠를 원망하던 내가 엇나가지 않도록 다독이거나, 한국 중학생
문화에 적응하지 못할 때마다 부모 잘 만나 외국물 먹었다고 티내
냐며 괴롭히던 아이들 때문에 우울증에 걸린 남동생을 보살피던
우리의 청소년 시절뿐 아니라, 나와 내 동생이 성인이 되어 각자
연애를 하고, 실연을 하던 그 모든 시간 내내. 그러므로 지금까지
의 이야기는 내가 할머니의 일기를 통해 상상한 것일 뿐이다.

　나의 상상 속에서 할머니와 브뤼니에 씨의 이별 장면은 이런 식
이다. 색색의 글라디올러스가 활짝 핀 봄날의 공원이고, 둘은 처
음으로 손을 잡고 있다. 아무 말 없이. 사방에선 싱그러운 풀냄새
가 가득하고, 이별의 순간에야 처음으로 잡은 남자의 주름투성이
인 손은 따뜻해서, 할머니는 생각한다. 그것은 얼마나 오만한 생
각이었던가 하고. 노인의 삶이 사지가 마비된 뇌졸중 환자의 것
과 다르지 않다니. 이렇게 살아서, 할머니의 몸은 이렇게 살아서
이 모든 것을 생생히 느끼고 있는데. 내가 읽은 할머니의 일기에
따르면 그날 브뤼니에 씨는 사전을 찾아서, 할머니에게 마지막으
로 작별의 말을 건넸다. 브뤼니에 씨가 건넸다는 그 말에 대해서
할머니는 대명사 두 개와 동사 한 개라고만 적어놨으므로 그 안
에 감춰진 말이 무엇인지 나는 모른다. 그것은 어쩌면 "당신을 기

다릴게요Je vous attendrai"일 수도 있고, "그리울 거예요Vous me manquerez"일 수도 있고, 내가 상상하는 것처럼 "사랑해요Je vous aime"일 수도 있지만 그 말이 진짜로 무엇이었는지 나로서는 영영 알 길이 없다.

　내가 알고 있는 사실은 이런 것뿐이다. 그러니까, 할머니가 나에게 찾아왔던 지난밤 꿈에 대한 일. 꿈속에서, 할머니는 돌아가시기 전의 고통스러워하는 모습이 아니라 칠십대의 건강한 모습으로 아름다운 옷을 입은 채 희붐한 빛에 둘러싸여 서 있다. 그 세계에서 아마도 소녀인 나는 오랜만에 보는 할머니가 반가워 한달음에 달려가 품에 안긴다. 그런데 이건 무슨 향일까? 나는 할머니의 품에 안기는 순간 어디선가 풍겨오는 달콤한 향을 맡는다. 하지만 할머니의 모자 속이나 치마 속 어디서도 향의 진원지를 발견하지 못하고 나는 점점 초조해진다. "할머니, 할머니, 나를 좀 봐." 다급하게 부르는 소리에 할머니가 나를 돌아보고, 나는 할머니가 주먹을 꼭 쥐고 있다는 걸 불현듯 알아챈다. "할머니, 손을 펴봐." 나는 할머니에게 떼를 쓴다. 몇 번이나, 몇 번이나. 내가 울기 시작하면 할머니는 무엇이든 내가 원하는 대로 해줄 것을 알고 있기 때문에, 확신에 차서. 하지만 꿈속에서 할머니는 부드럽지만 단호한 목소리로 말한다. "안 돼." 그리고 할머니는 또 이렇게 덧붙이는 것이다. 조금은 고통스러운 것 같지만, 사실은 조금도 고

통스러워 보이지 않는 얼굴로. 주먹을 더 꼭 쥔 채. "이건 내 것이
란다."

아주 잠깐
동안에

해가 짧아졌고, 밤공기는 제법 서늘했다. 금요일 밤이었다. 서울 곳곳의 번화가에서는 불빛과 소음이 흥성거렸고, 미래라는 단어에 무수한 계획과 목표를 아직 연결시킬 수 있는 젊은이들은 폭염이 끝나고 가을이 성큼 다가온 거리에 흥분과 열정이 가득 차오르기를 조바심 내며 기다렸다. 하지만 그 시각, 서울의 북동쪽 변두리의 한 아파트 단지 근처에는 이미 적요가 조금씩 자리잡고 있었다. 그 일대는 오래전 산자락의 노후주택들을 개발해 조성한 아파트 단지와 아직 개발이 이루어지지 않은 무허가주택 밀집 구역이 어우러진 주거지역으로, 퇴근시간이 지나고 나면 통행량마저 줄어들어 더욱 한산해졌다. 지하철역이 위치한 산 아래에서부터 아파트 단지를 거쳐 산자락 위쪽에 조성된 전망대 공원까지 왕복

하는 마을버스도 다른 지역에 비해 일찍 끊겼다. 마을버스의 운행이 뜸해지면 그 도로를 주로 이용하는 것은 전망대 공원을 산책하는 주민들이나 야식 배달원, 아파트 단지와 무허가주택들 사이를 오가는 환경미화원이나 폐지를 수거하는 노인들이었다. 그날 밤에는 야식거리를 오토바이에 실은 채 곡예하듯 달리는 앳된 얼굴의 배달원들과 체구에 비해 지나치게 큰 회색 모직 스웨터를 사시사철 입고 리어카를 끄는 노인이 적막한 비탈을 오르내렸다.

그리고 몇 개월 전 그 동네의 아파트로 이사한 젊은 남자는 고향 친구들을 배웅해주기 위해 주차장에 서 있었다. 대부분 중학교를 같이 다니거나 고등학교를 같이 다닌 친구들이었고, 개중에는 초등학교부터 고등학교까지 모두 같이 나온 녀석도 있었다. 그가 고향 친구들을 집으로 초대한 것은 결혼한 지 삼 년 만에 처음이었다. 아파트로 이사한 이후 가장 먼저 하고 싶었던 것은 사람들을 초대하는 일이었다. 서울에 살고 있는 고향 친구들과 회사 동료들, 전 회사의 동료들, 고향에 계신 부모님과 물론 장인, 장모님도.

시끄럽고 요란한 인사들을 주고받고, 그중에서 술을 먹지 않은 친구들이 먼저 차를 출발시켰다. 한 친구는 그의 앞에 차를 잠시 멈추고 창문을 열더니, "오늘 덕분에 즐거웠다!"라고 인사를 했다. 대리운전 기사를 부른 친구 하나가 "출발!" 하고 외치며 먼저 떠나는 친구의 경차 윗부분을 탕탕, 손바닥으로 내리쳤다. 다른 친구들은 취기가 갑자기 오르기라도 하는지 경비실 가까운 쪽 인

208

도에 나란히 주저앉아 머리를 흔들고 있었다. 먼저 출발한 친구들을 보내고 나머지 친구들과 보도블록에 쭈그리고 앉아 있으니 학창시절 생각이 났다.

"담배 있냐?"

"요즘도 담배 피우는 놈이 있냐."

"너도 좀 끊어라, 이참에."

친구들이 시시덕거리는 동안 그는 주차장 건너편 아파트 앞 화단에 심긴 감나무들을 바라다보았다. 단지 내에 가로등이 몇 없는데도 나무들의 우듬지 부분이 환해 그는 그날 밤 하늘에 둥글고 커다란 달이 걸려 있다는 것을 알았다. 뒷면이 있는 구球라는 것이 상상되지 않을 정도로 평평해 보이는 달은 깨지기 쉬운 유리처럼 맑고 투명해 보였다. 바람이 불지도 않는데, 나무가 움직였다. 새인가 하고 봤는데, 아무것도 없었다.

*

애초에 아파트로 이사를 오고 싶어했던 것은 그였다. 경제적인 여유가 없어서 엄두를 내지 못했지만, 그는 아내인 여주에게 아파트에서의 안락함을 주고 싶었다. 그들의 신혼집은 상가건물 사층에 위치해 있었다. 삼층까지 약국이며 미용실, 독서실과 동물병원이 있는 그 건물의 사층에는 그들 부부를 포함한 세입자들의 주거

공간이 있었고 오층에는 주인 가족의 집이 있었다. 그곳에서의 생활도 나쁘지는 않았지만 집주인과 같은 건물에 사는 것이 불편하기도 했고, 벽이 얇아 집주인 가족의 화장실 물 내리는 소리며 이웃집 아기가 밤마다 우는 소리, 삼층에 위치한 동물병원의 개 짖는 소리가 끊임없이 그의 평온을 깨뜨렸는데, 신혼집의 그러한 점은 그가 서울에 올라와 오랫동안 살았던 반지하 자취방을 연상시켰다.

그러니까, 가끔씩은 그가 여주의 무릎을, 아니면 여주가 그의 무릎을 베고 누워서 노트북으로 예능 프로그램이나 야구 중계를 보았던 자취방. 연애할 당시 그나 여주 모두 여윳돈이 많지 않았기 때문에 사귄 지 한 달이 지났을 때부터 둘은 그의 자취방에서 주로 데이트를 했다. 여주의 무릎을 베고 얼굴을 올려다보거나 여주를 무릎에 누이고 내려다보노라면 그는 누군가를 사랑하고 누군가의 사랑을 받는다는 것만으로 한 존재의 마음이 이토록 환하고 충만해질 수 있다는 사실을 처음 배운 사람처럼 행복해졌다. 여주와 함께한 이후 그는 회사에서 어떤 부당한 일을 겪어도, 모욕적인 일을 겪어도 견딜 수 있었다. 가난했지만 그렇게 여주를 향한 사랑만큼은 풍요롭고, 여주와 함께하지 못했던 지나간 모든 시간들과 결국은 사라져 없어질 앞으로의 모든 시간들마저 안타까운 밤이면, 그는 자취방 창문에 달린 커튼을 쳐놓고 여주와 오래도록 키스를 했다. 그런 밤, 여주의 혀를 그의 혀로 어루만지고,

서로를 두 사람으로 분리하는 테두리를 지우려는 듯이 여주의 피부를 하염없이 쓰다듬던 그런 밤은 자취방의 아주 얇은 벽을 타고 들려오던 이웃집 여자의 목소리, 엄마, 지금 내가 돈이 없어서 그렇지, 좀 이해해줘, 하다 터뜨리던 울음소리나 지난달 작업한 것만이라도 먼저 입금 좀 해주면 안 돼요? 하고 묻던 말소리에 어김없이 방해를 받았다. 사이렌 소리, 누군가가 가래를 뱉는 소리, 여기가 아니야, 라고 외치는 취객들의 소리도 얇디얇은 창문을 타고 흘러들어왔다. 그럴 때면 그는 모두가 지켜보는 앞에서 여주와 사랑을 나누는 것만 같은 기분이 들었고, 여주에게 미안했다. 그는 여주를 만난 이후 여주와 함께 살 그들만의 공간을 마련하기 위해 돈을 더 열심히 모았다.

그런 이유에서, 결혼 후에도 직장생활을 계속해오던 여주가 결혼 이 주년 기념일에 아파트 전세금에 보탤 만한 돈이 차곡차곡 모인 통장을 보여줬을 때 그는 정말 기뻤다. 그들이 가진 돈으로 아파트를 구하기 위해서 그들은 매 주말마다 더 멀리, 점점 더 시의 경계 가까이로 이동해야 했다. 단 세 동으로 이루어진 소규모 단지의 아파트는 산자락에 있어 겨울에는 도심보다 이 도 정도 더 낮았고, 여름에는 햇살이 뜨겁게 들이쳤다. 지은 지 이십 년쯤 되어가는 아파트는 낡고 지하주차장도 없어서, 이사를 하고 일주일 만에 매일같이 주차난으로 고생할 미래가 머릿속에 빤히 그려졌지만 그들은 그들의 아파트가 참 좋았다. 돈을 아낀다고 블로그를 찾아보면서 둘이 도배를 하고, 옥색이었던 싱크대에 시트지를 붙이고, 인터넷 사이트에서 직접 구매한 예쁜 문고리와 스위치로 교체를 해서 그런지 더 애틋한 마음이 들었다. 십자수로 쿠션을 꾸미고, "내가 너희를 사랑한 것같이 너희도 서로 사랑하라"*나 "네 이웃 사랑하기를 네 자신과 같이 사랑하라"** 같은 성경 구절들을 알록달록한 종이에 적어 냉장고 문에 붙이던 여주에게 "전세일 뿐인데 이렇게까지 공을 들이면 아깝지 않아?" 하고 그가 물었을 때, 여주는 불룩 솟아오른 배를 만지며 웃었다. "하나도. 여기는 진짜 집이니까. 아기랑 우리가 셋이 같이 살 우리집."

*

친구들이 모두 떠나고 나자 주차장이 고요해졌다. 이웃들에게 너무 민폐를 끼친 것이 아닌가 그는 조금 미안한 마음이 들긴 했지만 적당한 취기 탓인지 기분이 좋았다. 그는 여주 역시 그날 밤의 집들이를 만족스러워했다는 것을 알았다. 여주는 기분이 좋아도, 좋지 않아도 잘 웃는 편이었지만 정말 기분이 좋을 때는 목소리 톤이 다른 사람들보다 배로 높아졌다. 사실 여주가 임신한 상

---

* 요한복음 13장 34절.
** 레위기 19장 18절.

태였으므로 그는 집들이 같은 것을 할 생각은 꿈에도 하지 않았다. 하지만 이사를 하고 얼마 지나지 않아 침대에 나란히 누워 있다가 "우리, 사람들을 초대해볼까?"라고 먼저 물어온 것은 여주였다. 이런저런 사정으로 신혼집에 아무도 부르지 못했던 것이 늘 아쉬웠지만, 그는 여주가 그 사실을 알고 있을 거라고 생각해본 적이 없었다. 처음엔 아내의 친구들이 왔고, 이번에는 고향 친구들이었다. 대학 동기나 직장 동료보다 고향 친구들을 먼저 부른 것은 그중에 여주가 어린 시절 교회나 학원을 같이 다닌 친구들이 있었기 때문이었다.

다행히 음식을 여주가 준비할 필요는 없었다. 친구들이 오면 배달음식을 시켜줄 생각이었는데, 친구들이 임신한 여주를 배려해 알아서 동네 맛집의 음식들을 한 가지씩 싸오겠다고 말한 것이다. 족발과 주꾸미볶음부터 화덕 피자와 궈바오러우까지 다양한 음식들이 식탁 위에 올랐다. 아내를 데려온 친구도 두 명 있어서 여주는 그 아내들과 같이 임신과 육아에 대한 정보를 공유하다가 이따금씩 웃었다.

술이 깨면 들어가려고 이런저런 생각을 하며 주차장에 서 있는데, 고양이 한 마리가 그의 옆으로 다가왔다. 여주가 먹이를 주는 고양이인가? 경계심이 많아 보이는 고양이 앞에 쭈그리고 앉아 손을 내밀자 고양이가 조금 가까이 다가와 손의 냄새를 맡더니, 금세 도망가버렸다. 선선한 바람이 불어왔다. 달빛은 여전히 부드럽게 흘렀고, 정말 기분좋은 밤이었다. 그는 여주에게 전화를 걸었다.

"여보, 우리 같이 전망대까지 산책할까?"

그가 여주를 '여보'라고 부를 때는 한껏 들떠 있는 상태였기 때문에, 여주는 수화기 너머에서 즐거운 듯 웃었다.

"나 피곤한데?"

"그럼 나 혼자 가?"

"대신 산책하고 오는 길에 전망대 편의점에서 맥주 사가지고 와. 내가 끝내주는 안주를 만들어줄 테니까. 여보가 미드 보는 동안 먹을 수 있도록."

"그래도 돼?"

늦은 밤, 한물간 미국 수사 드라마를 재탕해 보면서 여주와 맥주를 마시는 것은 그가 아주 좋아하는 일이었지만 여주가 임신을 한 이후 그런 호사를 누린 적은 없었다. 교회에 다니는데도 포기하지 못할 만큼 맥주를 좋아하는 여주 앞에서 혼자 마시는 것은 미안했기 때문이다.

"오늘만은 특별히 허락하지."

여주가 장난스럽게 근엄한 말투를 흉내내며 말했다. 얼굴은 보이지 않았지만 어떤 표정을 짓고 있을지 그는 상상할 수 있었고, 그러자 미소가 저절로 지어졌다. 그는 여주의 목소리를 들으며 고양이 한 마리가 주차되어 있는 차 밑에 들어가 자리잡는 모습을 보았다. 아까 그에게 다가온 고양이일 수도 있지만, 아닐 수도 있었다.

"설거지는 절대 하지 말고 기다려야 해. 내가 할 거니까."

그의 말에 여주가 또 웃었다.

*

여주를 알게 된 것은 오래전 일이었지만, 그는 여주를 처음 본 순간을 여전히 생생히 기억하고 있었다. 열일곱 살 때의 일로, 어머니의 성화에 못 이겨 따라간 교회에서 그는 여주를 처음 만났다. 할머니와 할아버지, 어머니 또래의 아주머니와 아저씨들로 가득찬 예배 시간에 알지도 못하는 찬송가를 남을 따라 부르거나 기도를 하는 것, 교장의 훈화를 빼닮은 목사의 설교를 듣는 것이 모두 낯설고 불편했던 그는 처음 예배를 드리면서 어머니가 아무리 소원이라고 해도 다시는 교회에 오지 말아야지 하고 생각했다. 하지만 예배가 끝나고 어머니가 집사님, 권사님들과 인사를 하는 사이 몰래 도망가려던 그는 고등학교 2학년 여름까지 착실히 예배에 참석했는데, 그것은 예배가 끝날 무렵 그에게 다가와 앞으로는 고등부에 나오면 된다며 그의 인적사항을 물었던 사람이 하필이면 여주였기 때문이다. 여주를 처음 본 순간, 그는 초등학생 시절 난생처음 실수로 술을 마셨을 때 같은 기분을 느꼈다. 심장이 빨리 뛰고 목울대와 볼이 뜨거워지고 머리가 어지러웠는데, 코끝을

맴도는 향기로운 냄새만큼은 기분이 좋았다.

"우리 동네 근처에 사는구나?"

동갑이라는 것을 안 여주는 반말로 그에게 말을 걸었다. 삼 형제 중 둘째로 자랐고, 남중을 졸업한 후 바로 남고에 진학한 그에게 여주의 말투는 어딘가 귓속을 간지럽히는 구석이 있었다.

"바쁘지 않으면 기다렸다가 고등부 사람들이랑 같이 점심 먹고가."

그는 눈을 마주치지 못하고 고개를 끄덕였다. 여주는 그런 그를 보며 소리 내어 웃었고, 그는 그 웃음소리가 싫지 않았다.

그후, 그는 자연스럽게 여주와 조금씩 친해졌다. 독실한 여주는 가끔 그가 예배를 빼먹으면 그다음 주에 그를 데리러 동네 버스 정류장으로 왔다. 그렇게 둘은 버스를 타고 교회에 같이 다니기 시작하다가 나중에는 그의 자전거를 같이 타고 다니게 됐다. 여주와 함께 자전거를 타면 여주의 가슴이 어쩔 수 없이 등에 닿았는데, 그럴 때마다 그는 등에 그토록 신경세포가 많다는 걸 새삼 깨닫게 되었고, 너무 행복해 이대로 죽어도 좋을 것만 같았다. 둘은 예배가 없는 평일에도 간혹 만났다. 읍내의 서점에 가서 문제집을 같이 고르고, 집에 돌아오는 길에는 카스텔라와 단팥빵을 사 먹었다. 읍내에서 돌아오는 길, 버스를 타면 그들은 맨 뒷좌석에 앉았는데, 도로가 고르지 않아 몸이 들썩일 때마다 여주는 숨이 넘어갈 것같이 웃었고, 그는 그런 여주를 바라보는 것이 좋았다. 어쩌다 버스에 승객이 거의 없을 때면 그는 그 틈을 타서 여주의 손을 잡고 싶은 충동을 느끼기도 했다. 하지만 그는 학생이 연애를 하는 것은 옳지 않다고 생각했으므로 어떤 시도도 하지 않았다. 대학에만 가면. 여주와의 관계를 눈치챈 학교 친구들은 그가 더이상의 시도를 않는다는 사실을 알 때마다 그를 바보 취급했고, 훗날 여주가 서울로 이사를 가버린 이후에는 그 역시도 자신의 바보 같음을 후회했지만 그에게는 그런 것, 올바름이랄지, 성실함이랄지, 그런 것이 항상 중요했다.

*

그는 전화를 끊고도 한동안 아파트 건물 입구에 서 있었다. 바람이 부드럽게 불어와 그는 아이가 생기면서 끊었던 담배를 다시금 피우고 싶은 기분을 느꼈다. 건물의 입구를 지키는 경비원은 웅크린 채 얇은 모포를 덮고 이미 잠들어 있었다. 어두웠지만, 모포 바깥으로 나온 경비원의 발이 그의 눈길을 끌었다. 오래전 공공기관의 원예과에서 일했던 경비원은 다정한 사람이었다. 그는 경비원이 깨지 않도록 조용히 느린 걸음으로 아파트 단지의 후문 쪽으로 걸어갔다. 커다란 달의 빛이 비쳐서 사방이 환했다. 달빛에, 보도 옆 아스팔트에 그려진 차선과 지난겨울 제설작업 때문에 뿌린 염화나트륨으로 팬 자국마저 환히 보였다. 하수관 교체

공사를 하느라 며칠 전 파헤친 차도는 임시방편으로 덮여 있어 흙터투성이처럼 보였다.

그는 비탈 위의 보도를 따라 걸었다. 아파트 단지의 후문으로 빠져나와 조금 걷다보면 길이 양 갈래로 나뉘었는데, 아직 재개발이 되지 않은 산동네까지 이어지는 오른편 길과 달리 전망대까지 이어지는 왼편의 비탈은 산책로처럼 조성되어 가파르지 않았고 걷기에 쾌적했다. 그와 여주가 산의 중턱에 위치한 아파트로 이사온 이래 가장 좋아한 것은 저녁을 먹고 산책하는 일이었다. 전망대 공원은 야트막한 산의 정상부를 공원으로 만든 터라 사실 숲에 가까웠다. 전망대에서 내려다보면 하루 중 해의 높이에 따라 나무꼭대기의 푸른 부분과 나무들 사이의 그늘진 검은 부분이 바람에 날리는 초록색 주름 스커트 자락처럼 찰랑거렸는데, 그와 여주는 하루 일과가 끝난 후 다정히 팔짱을 낀 채 그런 풍경을 바라보는 일을 좋아했다. 해질녘에 내려다보면 그들이 사는 아파트 단지에서나 그 옆의 산동네에서나 창마다 불이 공평하게 밝아왔고, 그는 사그라지는 저녁 빛 속에서 건물들이 모두 형태를 잃은 채 부드러운 윤곽으로 남는 풍경들을 볼 때마다 가슴이 벅차올라서 여주의 손을 가만히 쥐었다. 비록 전세였지만, 발아래 내려다보이는 수없이 많은 아파트들 중에 그의 집이 있었다. 그런 생각을 하면 그는 견딜 수 없이 기뻤다.

전망대에 다다르는 데까지는 오랜 시간이 걸리지 않았다. 평소

산책하던 시간보다 훨씬 늦은 탓인지 산책로에는 사람이 적었다. 전망대에 갔다가 되돌아 내려오는 어린 커플들과 라디오를 들으며 비탈을 따라 걷는 운동복 차림의 중년 남자를 지나쳤을 뿐이었다. 전망대 위에 오르자 아래편에 있을 때보다는 바람이 조금 더 많이 불었고, 달은 더 가까워진 기분이었다. 그는 전망대에 오르면 늘 그래왔던 것처럼 난간에 기대어 아래를 내려다보았다. 그는 가장 먼저 그의 아파트를 찾아냈고, 앞 건물에 가려 보이지는 않지만 그의 집이 있을 법한 위치를 눈으로 가늠해보았다. 그의 집에서 여주가 그에게 줄 무언가를 만들기 위해 재료를 손질하고 있을 장면이 머릿속에 그려졌다. 그러자 그는 서둘러 집으로 돌아가고 싶어졌다.

그는 전망대 아래의 편의점으로 향했다. 편의점 안으로 막 들어섰을 때, 주인은 매장을 닫으려고 재고를 정리하고 있었다.

"편의점은 이십사 시간이 아닌가요?"

그가 놀라서 물었다.

"요즘에는 불경기라 이십사 시간을 열어놓으면 더 손해라서요."

주인이 울적한 표정으로 말했다.

"오늘은 아내분이랑 같이 안 오셨나봐요?"

그가 평소 좋아하는 독일 맥주와 국산 맥주 몇 개, 그리고 여주를 위한 망고주스를 골라 카운터에 올려놓았을 때 주인이 물었다.

"아내가 임신중인데 집들이를 했더니 피곤해해서요."

그들은 잠시 서서 이야기를 나눴다. 몇 달 전 이사를 온 이래 그들은 전망대에 오를 때면 종종 편의점에 들러 아이스크림을 사 먹거나 우유나 요거트, 생리대 따위의 장볼 때 빠트린 품목을 샀고, 주인은 언젠가부터 그들 부부에게 친근히 대했다.

"아, 임신중이셨죠."

그리고 주인은 아이들에 대해서 이야기했다. 열네 살짜리와 열한 살짜리 여자아이들. 사십대 중반이라고 들었지만 후반처럼 보이는 주인은 그 아이들이 어렸을 때는 얼마나 사랑스러웠는지에 대해서 말했다.

"막내 녀석은 내 겨드랑이에 코를 박고서만 잤으니까요."

잠깐 밝아졌던 주인의 얼굴은 다 커버린 아이들에 대해서 이야기하다 다시 평소처럼 울적해졌다. 그리고 주인은 맥주 캔을 검은 봉지에 담으며 그의 불행한 일상에 대해서 털어놓았다. 요약하자면 아내와는 언젠가부터 얼굴을 볼 때마다 싸우고, 아이들은 모두 엄마 편만 들면서 그를 싫어한다는 이야기였다.

"나는 돈이나 벌어 갖다주는 사람으로 안다니까요."

그는 맥주를 계산한 뒤 편의점을 나왔다. 편의점 주인은 한결 더 울적한 얼굴로 매장을 청소하고 있을 거였다. 전망대 주위에는 이제 아무도 없었다. 대신 텅 빈 전망대에는 고요함만이 가득차 있었다. 높다란 나무들 위에 걸린 달은 바닥에 빛을 드리웠고, 그는 압도하는 고요에 갑작스럽게 외로워졌다.

집으로 가기 위해 서둘러 산책로를 따라 걷는 동안 간혹 고양이들이 싸우는 소리가 어디선가 들렸지만 사람은 하나도 보이지 않았다. 보도 위를 디딜 때마다 적막을 깨는 발소리, 단 한 사람, 자신만의 발소리를 들으며 걷고 있자니 그는 느닷없이 광활한 세계에 혼자 버려진 것만 같은 기분이 들었다. 그리고 그런 기분이 들고 나자, 지금은 아이만 태어나면 뭐든 다 해줄 것 같지만 좋은 아빠가 되지 못하는 것은 아닐까 하는 두려움이 갑자기 그를 엄습했다. 하지만 그 순간, 주머니 속에 넣어둔 휴대전화가 진동했다. 여주의 메시지였다. '안주 90% 완성, 두둥!' 메시지를 보자 그는 웃음이 나왔고, 놀랍게도 다시 아무렇지도 않아졌다. 그가 무거운 바퀴 소리를 들은 것은 아파트의 후문이 보이기 시작하는 지점에 멈춰 서서 여주에게 답장을 보내고 있을 때였다. 문자메시지를 전송하고 고개를 돌리다가 그는 비탈의 저쪽에서 리어카를 끌고 힘들게 올라오는 노인을 발견했다. 왜소하고 곧이라도 몸 어딘가가 부서질 것 같아 보이는 노인이 리어카 손잡이를 쥐고 두 발 앞으로 걸으면 한 발 뒤로 미끄러지기를 반복하고 있었다. 그런 식으로 어디서부터 리어카를 끌고 온 것인지 짐작조차 할 수 없었다. 모른 척하고 지나칠 수도 있었지만 밝은 달빛에, 커다란 회색 옷을 걸쳐놓은 막대기 같은 노인이 리어카와 씨름하는 모습은 멀리서도 지나치게 또렷이 보였다. 리어카 뒤에 실린 것은 노인의 몸집에 비해 거대해 보이는 구형 세탁기였다. 그는 잠시 망설이다가 노인과 눈이 마주치자 노인에게 다가가 도움이 필요하냐고 물었다. 노인은 세탁기를 비탈 위쪽의 그의 집까지 가져간다고 말했다. 주름이 깊게 팬 노인의 얼굴은 땀으로 번들거렸다.

"집까지 같이 밀어드릴게요."

노인이 고개를 끄덕이고, 그는 노인의 뒤편으로 가서 리어카를 밀었다. 한 사람이 끌고 다른 한 사람이 밀자 묵직한 리어카의 바퀴가 한결 쉽게 움직이기 시작했다.

*

그가 아파트로 이사한 이후 단 한 번도 발을 디뎌본 적 없는 산동네로 접어들자 도로는 형편없어졌다. 골목은 차가 다니기 힘들 정도로 비좁아서 리어카 한 대가 통과하기에도 빠듯했다. 도로 포장이 나쁘다보니 아무리 그가 힘을 주어도 리어카가 움직이는 속도는 떨어졌다. 도대체 이걸 어떻게 혼자 끌고 가려고 한 걸까? 노인이 혼자 세탁기를 옮기는 것은 불가능한 일처럼 보였다.

"이 세탁기는 왜 가져가시는 거예요?"

그가 리어카 뒤에서 큰 소리로 물었다.

"왜긴, 쓰려고 하는 거지."

노인은 느리고 조그만 목소리로 답했다. 작동이 되긴 하는 걸까? 그는 의심스러웠지만 쓸데없는 질문을 한 것 같아서 조금 머쓱해져 더이상 묻지 않았다. 여주가 기다릴 텐데. 그는 잠시 걱정이 되었다. 얼른 갔다 와야지. 집에 돌아가, 힘든 노인을 도와주었다고 말하면 여주는 틀림없이 이해해줄 거였다. 그는 여주를 잘 알았고, 여주는 그런 여자였다. 사료를 주머니에 넣어 다니며 길고양이들을 먹이는 여자. 그렇게 생각하면서 리어카를 미는 팔에 더 힘을 주는데, 그의 머릿속에 "나는 돈이나 벌어 갖다주는 사람으로 안다니까요" 하던 편의점 주인의 울상이 떠올랐다. 여주를 다시 만난 것은 얼마나 행운인지! 달빛에 허름한 지붕들과 테이프로 간신히 붙여놓은 창문들이 환히 드러났다. 그 집들은 여주와 함께 살았던 신혼집은 물론, 그가 대학을 졸업한 후 수도권 진출을 야심차게 꿈꾸며 경기도로 올라와 작은 영상 프로덕션에 취직해 일하던 시절에 살았던 반지하 자취방보다도 더 남루했다.

고등학교 2학년 여름방학 즈음 여주네 가족은 서울로 떠나버렸고, 한참을 소식이 끊어졌던 여주와 다시 연락이 닿은 것은 그가 영상 프로덕션에 취직한 지 이 년이 되었을 때의 일이었다. 대학에 간 이후 몇 번의 연애를 했지만 그는 여주를 잊은 적이 없었다. 서울에 있는 대학에 진학하고 싶었지만 등록금과 생활비를 고려하자는 아버지의 말을 존중해 선택했던 지방의 국립대학에서 그가 사귄 첫번째 여자친구는 같은 동아리의 동기였다. 생명공학과를 다니던 여자아이였는데, 처음부터 그에게 관심이 있다는 티를 내서 동아리의 모든 사람들이 언제 사귈 생각이냐고 그에게 물어볼 지경이었다. 여자아이가 마침내 그에게 고백을 한 것은 기숙사로 오르는 언덕 위에서였다. 언덕의 왼편으로 운동장을 밝히는 인공조명 때문에 눈이 부셨다. 불빛이 가득한 운동장에는 몇 명의 남자들이 조깅을 하고 있었다. 고백을 받았을 때, 그의 머릿속에 가장 먼저 떠오른 것은 여주였다. 여자아이는 여주와 정반대의 스타일이었다. 하지만 여자아이의 얼굴이 빨갛게 달아올라 있었고, 그는 여자친구를 한 번쯤 사귀어보고 싶었다. 둘의 연애는 육 개월 정도 유지되다가 흐지부지 끝났다. 그가 제대 후 사귄 두번째 여자친구는 같은 과 후배였다. 등록금과 생활비를 벌기 위해 주중에는 캠퍼스 내의 우편취급국에서, 주말에는 패밀리 레스토랑에서 아르바이트를 하며 학교를 다녀야 했던 그녀는 그에게 계층의 차이에 대해서 처음으로 깨닫게 해준 사람이었다. 그는 그녀를 꽤 좋아했지만, 비교적 경제적으로 여유롭던 첫번째 여자친구의 철없는 해맑음이라든지 격의 없음, 불행에 대해 골몰하는 것처럼 보이지만 결정적인 순간에 유효해지는 낙관적인 모습이 떠오르면, 하루하루 전력을 다해 살면서도 쫓기는 사람처럼 주위를 두리번거리고, 마음을 털어놓는 것 같지만 최후의 최후에 이르는 순간 아무런 말도 해주지 않는 두번째 여자친구와 함께 있는 것이 쓸쓸해졌고, 자기 자신은 사람들 눈에 어떻게 비칠지가 궁금해졌다.

어쩌면 그런 연애들이 영향을 미친 것일까? 경제적으로 안정적인 삶을 살고 싶다는 생각만으로 고향을 떠나 낯선 도시에 홀로 정착해 살던 시절에는 수도권 주변에 자리잡고 사는 고향 친구들끼리 모여서 순대볶음이나 꼬치구이에 맥주를 마시는 것이 낙이라면 낙이었다. 고향 친구들을 만날 때마다 그는 어김없이 여주를 생각했다. 여주도 서울에 살고 있을 텐데. 그런 생각을 하면 여주가 이사가기 전에 마지막으로 만났던 밤, 그러니까 대기에 물기가 배어 있던 초여름 밤의 풍경이 향기가 되어 그의 코끝을 스쳤다. 그럴 때면 그는 편의점에서 맥주를 몇 캔 더 사서 자취방으로 돌아갔다. 풍경은 언제 감각의 형태로 사람의 기억 속에 남는 걸까. 이끼 냄새가 나는 반지하의 방에 홀로 요를 깔고 누워 있다가도 그는 취기가 오르면 그런 것이 궁금했다.

그리고 수소문 끝에 여주의 연락처를 알아내어 서울 남서쪽 옛 공단 지역에 위치한 한 카페에서 여주와 재회했을 때, 그때는 겨울이었고, 눈이 내리다 말다 하던 어느 토요일이었다. 많은 세월이 흘렀는데도 여주가 카페 안으로 들어서자 그는 바로 알아볼 수 있었다. 그리고 그들은 오랫동안 이야기를 나눴다. 예전에는 주로 여주가 질문을 하는 쪽이었는데, 그날은 그가 물었고 여주는 대답을 하거나 자주 웃었다.

"어떻게 지냈니?"

"그냥 조용히 늙었지."

"늙었다니? 아직 젊다, 우리."

카페를 나와 둘은 근처의 식당에서 일본식 덮밥을 사 먹고, 맥주도 한 잔씩 마셨다. 그러고는 식당에서 나와 자연스럽게 목적지도 정하지 않고 눈이 조금씩 다시 내리기 시작하는 거리를 걸었다. 그날 밤, 그의 마음속에는 여주에게 묻고 싶은 것들이 넘쳐나 고통스러웠다. 너는 왜 나와 이렇게 걷고 있는 걸까? 목적지도 없이, 이렇게 거리를. 그는 묻고 싶었다. 오래전, 여주와 함께 자전거를 탈 때면 그의 심장이 터질 듯 뛰었던 것을 느낄 수 있었는지를. 여주의 얼굴을 볼 때마다 그녀의 길고 가느다란 목덜미, 갈색의 머리카락, 쌍꺼풀이 없는 조그마한 눈을 아름답다고 생각했다는 사실을, 나란히 걷다가 어쩌다 손이라도 스치면 부드러울 것 같은 그 손을 잡고 싶은 충동을 억누르기 위해 주먹을 꼭 쥐어야 했다는 사실을, 그녀가 떠나버린 이후 아주 많은 날들 동안 얕은잠을 자다가 한밤중에 깨서는 미처 전하지 못한 마음 때문에 괴로워 동틀 때까지 잠을 이루지 못했다는 사실을 그녀가 알고 있는지를.

"여주야."

말없이 걷던 그가 걸음을 멈추었다. 여주의 뒤로 오토바이가 요란한 소리를 내며 지나갔다.

"여주야."

그는 후회하지 않을 어떤 말을 해야 한다고 생각했지만 감정이 부풀어오를수록 무슨 말을 어떻게 해야 할지 알 수 없었다.

"너 사귀는 사람 있니?"

한참 만에 가까스로 입을 뗀 그의 말을 듣고 여주가 웃었다. 여주가 웃자, 맥주 한 잔에 취했을 리가 없는데도 그의 눈앞은 어지러워졌고, 깊고 푸른 바닷속으로 가라앉는 것처럼 도시의 소음이 아득히 멀어졌다.

"아니."

여주가 손을 뻗어 그의 머리 위에 쌓인 눈을 털었다.

노인의 집은 그가 예상한 것보다 훨씬 높은 곳에 있었다. 노인의 발걸음이 느려져 다 왔나보다 하고 마음을 풀려고 하면 노인은 죽을 것 같은 신음을 내고는 다시 리어카를 끌어당겼다. 이미 그의 몸도 땀으로 범벅이 되어 있었다. 노인의 모직 스웨터 안이 얼마나 젖어 있을지는 보지 않아도 상상할 수 있었다. 갓 이발을 한 것처럼 어색하게 짧고 가지런한 노인의 뒷머리 아래로 땀이 흘러내렸다. 비탈은 점점 더 가팔라지고 있었다. 그의 마음이 초조해지기 시작한 것은 바지 주머니 안쪽에서 휴대전화의 진동이 울리기 시작했기 때문이었다. 늦은 시간이었기 때문에 전화를 걸 사람은 여주밖에 없었고, 그는 여주가 늦어지는 귀가를 걱정하고 있다는 것을 알았다. 무슨 일이 있는 걸까? 그럴 리가 없겠지만 배가 아픈 것은 아닐까? 그는 노인에게 양해를 구하고 잠시 멈춰 서서 전화를 받았다. 별일은 없었지만, 여주가 걱정한 것은 사실이었다. 그는 리어카에서 몇 발 떨어져 창문이 없는 빈집 앞에 선 채로 자초지종을 설명했다. 사람이 살지 않는 집에서는 바람이 불 때마다 어린 시절 가족끼리 여행 갔을 때 본 석주 동굴의 냄새가 났다. 냄새를 맡자, 어디선가 아주 먼 곳, 아무도 살지 않는 섬의 동굴에서 거꾸로 매달려 홀로 죽어갈 박쥐의 늙고 고독한 얼굴이 그의 머릿속에 그려졌다.

"미리 얘길 해주지. 걱정했잖아."

"미안해. 금방 갈게."

"안주도 다 됐단 말이야."

땀이 흐른 자리에 밤공기가 닿자 몸이 서늘해졌다. 그는 마음이 조급해졌고, 눈앞의 비탈은 더욱 가팔라 보였다. 노인이 끄는 것보다는 힘이 더 센 그가 끄는 편이 훨씬 일을 빨리 끝내는 데 도움이 될 것 같았다.

"여기서부턴 제가 앞에서 끌게요."

그는 노인 대신 리어카의 앞쪽으로 갔고, 노인은 이제 뒤편으로 자리를 옮겼다. 누군가 함부로 버린 음식 쓰레기와 페트병들, 누군가를 축하해주기 위한 것이었을 아이스크림 케이크의 스티로폼 박스 같은 것들이 비탈의 한쪽에 널브러져 있었다. 그는 서둘러 아내와 아이가 기다리는 집으로 가고 싶었다. 모처럼 여주와 둘이 맥주를 마시면서 드라마를 보기로 약속했는데. 그는 조금이라도 빨리 세탁기를 옮기기 위해 온 힘을 다해서 리어카를 들어올리면서 끌었다. 바로 그때, 뒤가 서서히 가벼워지면서, 동시에 노인의 힘없는 비명소리가 들렸다. 그가 갑작스럽게 힘을 주는 바람에 반동으로 세탁기가 뒤로 밀렸고, 그대로 노인을 덮쳐버린 것이었다.

"괜찮으세요?"

그가 놀라서 리어카를 놓고 노인 쪽으로 뛰어갔다. 노인은 세탁기 아래 깔려 버둥대고 있었다. 그가 있는 힘을 다해 세탁기를 들어올리는 동안 노인도 안간힘을 쓰며 세탁기를 팔로 밀었다. 세탁기가 가까스로 들리자 종잇장처럼 얇아 보이는 노인이 자리를 털고 일어섰다.

"병원에 가셔야 하는 거 아닐까요? 안 다치셨어요?"

그의 목소리가 떨렸다. 노인은 아무 일도 아니라는 듯이 괜찮다고 손사래를 치면서 일어섰다. 그들은 둘이 힘을 합쳐 다시 세탁기를 리어카에 올렸다.

"정말 괜찮으세요?"

노인은 어서 가자는 듯 손짓을 했다. 노인이 리어카의 뒤편에 서고 이번에도 그가 리어카의 손잡이를 잡았다. 손바닥이 땀으로 흥건해 미끄러질까봐 그는 손에 힘을 꽉 주었다. 정말 다친 게 아닐까? 세탁기가 이렇게 무거운데. 그는 이번에는 아주 천천히 걸었다. 노인은 뒤에서 리어카를 밀 수 있고, 걷는 데도 전혀 지장이 없는 것 같았다.

노인의 집은 그 비탈의 끄트머리에 있었다. 시멘트 바닥에 놓인 갈색 고무 대야와 분홍색 플라스틱 손잡이가 달린 바가지, 떨어져 가는 노란 장판 위에 아무렇게나 놓여 있는 이부자리가 눈에 띄었다. 방안에서는 알 수 없는 시큼한 냄새가 났다. 그는 노인과 함께 세탁기를 밀어서 원하는 자리까지 옮겨놨다. 비좁은 집에 구형 세탁기는 정말 거대해 보였다. 그는 낡은 알루미늄 현관문을 열고 집밖으로 나왔다. 그리고 집으로 돌아가기 위해 뒤도 돌아보지 않고 비탈을 내려갔다.

"뛰어왔어? 왜 이렇게 땀에 젖었어?"

현관의 비밀번호를 누르고 문을 열자 그를 본 여주가 웃으면서 그렇게 물었다. 여주가 물어서 그는 자신이 숨을 헐떡이고 있다는 사실을 알았다. 집안은 환했고, 따뜻했고, 고소한 기름 냄새로 가득차 있었다.

"할아버지 도와드리는 일이 너무 힘들었구나. 녹초가 됐네."

아무 말도 않는 그를 보더니 여주가 그의 이마에 맺힌 땀을 부드러운 옷소매로 닦으며 말했다.

"아니야. 그렇지 않아."

부엌 식탁에는 그가 좋아하는 닭꼬치와 치즈 감자튀김이 접시에 담겨 있었다.

"진짜 맛있었는데, 다 식었다구."

여주가 투정을 부리듯이 말했다.

"미안해."

그는 안주를 얼른 챙겨서 거실의 탁자 쪽으로 향했다. 그런 그를 보며 여주가 배에 손을 얹고 말했다.

"그래도 이해해주자 아가야, 아빠는 오늘 착한 일을 하고 온 거니까."

*

그들은 그 아파트에서 육 년 동안 살았다. 육 년 후 그들은 산자락 아래로 이사했고 이 년 후에는 조금 더 도심 가까이 위치한 아파트로 이사했다. 그사이에 첫아이―딸이었다―가 태어났고, 이 년 후에 남자아이가 하나 더 태어났다. 두 번 다 꽃망울이 움트기 시작하는 봄이었고, 새 생명이 태어나는 일은 경이로운 일이라 그는 아이가 태어날 때마다 벅찬 감동을 받았다. 아이들은 모두 건강했고 사이가 좋았다. 여자아이가 운동신경이 좋고 왈가닥인 반면, 남자아이는 태어날 때부터 우량아였고 자라면서도 덩치가 큰 편이었지만 성정이 여렸다. 언젠가 한번은 남자아이가 유치원의 뜰에서 기르는 토끼들이 새끼를 낳았다며 기뻐하더니 그로부터 얼마 후, 새끼 토끼 한 마리가 죽었다며 시무룩해 있었다. "죽는 것은 영원히 다시 못 보는 거래요. 진짜예요?" 남자아이는 그렇게 묻더니 두 손으로 얼굴을 가리며 울었다. 여주는 첫아이가 초등학교에 입학할 즈음 직장을 완전히 그만두었다. 그사이 그는 두 번의 이직을 한 끝에 대기업의 미디어 계열사에 경력직으로 채용되었고, 그후 상사 혹은 부하 직원과 가끔씩 갈등을 겪을 때마다 회사를 그만두고 싶은 유혹을 느끼기도 했지만 동기들과 비슷한 속도로 승진을 했다. 오랜만에 그를 만나는 대학 선후배나 중고등학생 시절 동창들은 그의 말수가 적어진 것에 놀랐지만 크게 문제삼지 않았다. 여주만 가끔 "당신 변했어" 하고 투정 부리듯 말할 때가 있었지만 어느새 그런 말도 더이상 하지 않았다. 여주는 여전히 열심히 교회에 다녔고, 그는 어느 순간부터 예배를 빠지다가 여주가 잔소리할 때만 마지못해 갔다. 그렇지만 그걸로 심각하게 부부싸움을 하지는 않았고 그들의 삶에는 아무런 문제도 없었다.

정말로 아무런 문제도 없었다. 아무런 문제도 없었지만 때때로, 이를테면 어떤 밤, 퇴근해서 집에 돌아온 그에게 여주가 "있지 여보, 오늘 누가 현관문 벨을 누르더니 장애인 복지관에서 나왔다며 기부를 하라는 거 있지?" 하고 말을 거는 그런 유의 밤에, 그는 아무에게도 하지 못했던 이야기를 하고 싶은 충동을 느꼈다. 그러니까, 그해 가을, 처음으로 아파트에 이사해 집들이했던 그날 밤으로부터 몇 달이 지난 후, 그가 오래 망설인 끝에 좁은 비탈을 올라 노인이 살던 집에 혼자 다시 가보았다는 이야기를. 다시 가본 노인의 집은 텅 비어 있었고, 여전히 분홍색 플라스틱 바가지와 구형 세탁기가 시멘트 바닥에 놓여 있는 허름한 집에서는 겨울의 초입이었는데도 빈집 특유의 습한 냄새가 끼쳤다. 그에게 노인이 몇 주 전에 죽었다는 이야기를 전해준 것은 노인의 이웃이었다. 어딜 다친 것 때문은 아닌가요? 하고 그는 물어보고 싶었지만 용기가 나지 않았다. 이웃집 사람은 갈비뼈나 허리의 부상에 대해 말하는 대신 노인의 지병과 그를 방치해두었던 자식들에 대해서 오랫동안 말했다. 그러므로 그는 여주가 그의 이야기를 듣더라도 노인의 죽음은 그의 탓이 아니며, 그가 죄책감을 가져야 할 이유는 조금도 없다고 말해줄 거라는 것을 알았다. 하지만 그는 동시에, 그 누구에게도, 심지어 여주에게도, 사실은 그날 밤, 달빛이 아름답고 모든 것이 그저 좋았던 그 밤, 아주 잠깐 동안, 그러니까 세탁기를 들어올리고 쓰러져 있던 노인을 일으켜세우던 그 짧은 순간에, 그가 그 모든 상황을 귀찮다고 생각했다는 것을 말할 수 없었다. 말할 수 없었으므로 이제는 허리에 어느 정도 나잇살이 생기고, 눈가에도 부드러운 곡선의 주름이 생긴 여주가 여전히 귀엽고 사랑스러운 말투로 "집에까지 찾아오는 것이 이상해서 죄송하다고 하니까 오천원이라도 좋다더니, 또 죄송하다니까 천원이라도 좋다는 거야. 그래서 싫다고 했는데, 그렇게 보내고 나니까 마음이 너무 안 좋은 거 있지? 천원이 뭐라고 난 그랬을까?"라는 유의 말을 그가 옷을 갈아입는 방안까지 따라오며 전하는 그런 밤이면, 그는 그녀를 끌어안아주면서, 우리는 안고 있어도 왜 이렇게 고독한 것일까, 속으로 되뇔 뿐이었다. 그럴 때면 그는 언젠가 그도 여주도 죽어버릴 것이고, 그가 그토록 사랑스러워하는 아이들이 이 세상에 혼자 남겠지 하는 생각이 들었다. 그런 생각이 들면 어김없이 두려웠지만, 이제는 대체 무엇이 그 두려움을 멈추게 해줄지 알수 없어 그는 여주를 안은 채 눈을 감았다. 그리고 눈을 감으면 그는 몇 번이고, 몇 번이고 여주가 아직 태어나지도 않은 딸을 향해 "아빠는 오늘 착한 일을 하고 온 거니까"라고 말하던 그날 밤의 비좁은 골목에 다시 서 있었다. 이번에는 늦지 않게 노인에게 되돌아가기 위해서.

아카시아 숲,
첫 입맞춤

중학교에 입학했고 어른이 됐다. 같은 초등학교를 졸업한 대다수의 아이들과 달리 버스를 타고 한참 가야 하는 중학교에 배정이 되었다는 것을 알고 울음을 터뜨렸을 때, 엄마는 "너는 이제 더이상 어린아이가 아니니까"라고 말했다. 엄마는 내가 입학식에 참석하기 위해 교복을 갖춰 입었던 아침에도 똑같은 말을 당부하듯 한 번 더 했다. 나의 교복 블라우스를 장식하는 리본을 반듯하게 고쳐 매면서. 그리고 엄마는 덧붙였다. "엄마는 걱정 안 해." 나는 그 말이 주는 무거움을 알고 있었다. 배치고사에서 전교 1등을 했다는 이야기를 엄마에게 전했던 날, 엄마는 나에게 물었다. "실수로 틀린 것은 없겠지?" 가난한 집의 맏딸로 여러 동생들을 돌보며 성장한 엄마는 실수를 용납하는 법이 없었고, 자신을 포함해 모두

에게 엄격했다. 대상포진에 걸려도 새벽 기도에 빠지는 법이 없
고, 십수 년 동안 한결같이 매주 금요일, 주일에 헌금할 돈을 은행
에서 신권으로 바꿔 오던 엄마. 엄마는 친구들이 집에 놀러오면
목깃을 뒤집어 때가 있는지를 확인했고, 나의 학창시절 내내, 다
른 학부모들이 학기초에 사다놓은 후 방치해둔 철쭉이나 벤자민
화분 같은 것들을 분갈이하기 위해 학교에 찾아왔다. "누군가는
해야 하는 일이니까." 나는 엄마를 사랑했지만, 그런 엄마 앞에서
는 쉽게 주눅이 들었다.

봄의 시작이라는 말이 무색하게 그해 3월은 몹시 추웠다. 교복
차림으로 버스를 타고 달리다보면 같은 교복을 입은 아이들이 하
나둘씩 올라탔다. 버스 안에선 언제나 도시락 냄새가 났다.

차창 밖으로는 아카시아나무들이 늘어선 하천.

하천의 양옆으로는 논밭이 펼쳐져 있었다. 내가 살던 아파트 밀
집 지역에서 조금 벗어났을 뿐인데, 도시 변두리 풍경은 국경을 통
과한 것처럼 달라져 있었다. 버스를 타고 가다보면 가끔 누군가 수
군대는 소리가 들렸다. "쟤가 입학식 날 선서를 한 애야." 모두 다
똑같은 머리에, 똑같은 교복을 입었는데 어떻게 알아보는 걸까? 나
는 뒷머리가 뻗치진 않았을까 신경쓰며 허리를 곧추세웠다.

중학교는 하천을 사이에 두고 논밭과 단층집들이 모여 있는 주
거지로 나뉜 지역에 위치해 있었다. 중학교 건물은 삼층으로 이루

어졌는데, 일층엔 3학년, 이층엔 2학년, 삼층엔 1학년 교실이 열한 개씩 늘어서 있었다. 담장 너머에는 동명의 남자중학교가 있었다. 한 아파트에 거주하는 아이들만 다니던 초등학교와 달리 중학교에는 인접한 네 군데 동네의 아이들—우리 동네 출신은 전교에단 여섯 명뿐이었지만—이 혼재해 있었다. 그러다보니 똑같은 교복에 똑같은 머리 스타일로 아무리 감추려 해봤자 아이들 사이에는 생활의 격차가 존재했다. 위생이나 취향, 언어 사용으로 구분되던 아이들은 학기초부터 본능처럼 자기와 비슷한 친구들을 찾아 무리를 짓기 시작했다. 내가 속한 무리의 아이들—답안지를 걷자마자 서로 정답을 확인하고, 화장실에 다녀올 때면 비누칠을해서 손을 씻고, 선도부에게 걸리지 않기 위해 양말을 언제나 두번 접어서 신는 아이들—과 오줌 눌 때 화변기가 놓인 한 칸에 둘씩 들어가 수다를 떨고, 볼일을 보고 나와 씻지도 않은 손으로 빵을 뜯어먹는 아이들 사이에는 일정한 거리가 있었다. 그 아이들은 체육시간 전 옷을 갈아입을 때도 체육복 바지를 교복 치마 아래입은 후 치마를 벗지 않고, 속옷이 보이든 말든 치마를 훌렁 내리고 바지를 입었다.

"별일 없었니?" 수업을 마치고 집에 돌아오면 엄마는 내게 학교에서 있었던 일을 물었다. 엄마의 부엌에선 언제나 인공 레몬향의 세제 냄새가 났다. 배치고사 성적이 좋았던 탓에 나는 교사들의 특별한 애정을 받았고, 공부를 잘하는 아이들 사이에서도 관심의 대상이 되었다. 학교생활에는 아무런 문제가 없었지만 나는 엄마에게 학교에서의 모든 일에 대해 말하지는 않았다. 중학교는 그때까지 내가 속해 있던 안락하고 평온한 세계와 완전히 다른 야생의 세계였다. 학교는 학생들을 여러 가지 규율로 통제하려 했지만 이제 막 사춘기에 접어든 아이들의 에너지를 완벽히 통제할 수는 없었다. 뛰어다니고, 소리를 지를 뿐 아니라 언제나 굶주려하던 아이들. 쉬는 시간을 알리는 종이 치는 순간 아이들이 전속력으로 달려가던 학교 내 매점에선 누구도 줄을 서지 않았고 아이들은 아비규환 속에서 초코파이나 크림빵 같은 것들을 악써가며 주문했다. 자그마한 정글. 하지만 정글에도 질서는 있는 법이었다. 3학년 언니들이 매점 안으로 들어서면, 틈이 없을 것처럼 빽빽했던 아이들 사이로 길이 생겼다. 학교 내에서 교사들보다 무서운 것은 선배 언니들이었고, 선배들에게 찍히면 화장실로 끌려가 맞는다든가, 대걸레로 입을 씻긴다든가 하는 무시무시한 괴담도 후배들 사이에 파다했다. 선배들에게 구십 도로 인사를 하고, 존댓말을 쓰는 것. 그것은 초등학교와는 다른 중학교만의 질서였다. 교칙을 잘 지키는 것은 어린애 티를 벗지 못했단 뜻으로 웃음거리가 될 수 있었지만 야생의 질서를 습득하는 것은 생존을 위해 중요한 일이었다. 위계가 있는 어른들의 세계. 1학년생들은 2학년생들을, 2학년생들은 3학년생들을 선망과 두려움이 뒤섞인 눈빛으로 바라보았고, 얼른 선배가 되고 싶어했다.

갑작스럽게 변해버린 신체가 낯설고, 넘치는 에너지를 주체하지 못하며, 이제 어른에 한층 더 가까워졌다는 희열감에 과하게 들떠 있던 아이들. 1학년 여자아이들 중 일부는 초등학교 때의 습성을 버리지 못하고 화장실에 우르르 몰려갔다.

"야, 너 거기 털 났어?"

"안 났어!"

화장실 벽에는 누구의 짓인지 'SEX'라는 글자가 날카로운 것으로 새겨져 있었다. 하지만 그 뜻이 무엇인지 아는 아이들은 거의 없었다.

입학한 후 이 주쯤 지나자 낯선 분위기에 조금씩 적응이 됐다. 어떤 교사가 무섭고 어떤 교사가 만만한지 아이들은 이미 파악을 끝냈다. 수학시간이나 도덕시간에는 모두 죽은듯 조용했지만 영어시간이나 사회시간엔 순정만화 책을 돌려봤다. 중학교에 입학한 이래로 공부를 열심히 하라는 말 다음으로 가장 많이 들은 말은 옆 학교의 남학생들과 눈도 마주치지 말란 말이었다. 교사들은 여자아이들을 남자아이들과 교류하지 못하게 하려고 안간힘을 썼지만 그렇다고 사춘기 아이들이 지닐 법한 이성에 대한 자연스러운 호기심을 막는 것은 불가능한 일이었다. 순정만화를 빌려오는 것이 누구인지는 확실하지 않았다. 하지만 몇몇이 가방 가득 교과서 대신 만화책을 채워오면 아이들은 누구라 할 것 없이 교과서 아래 만화책을 숨겨놓고 시간 가는 줄 모르고 읽었다. 남녀가 키스하는 입술을 감추려 거대한 꽃 그림을 그려놓거나 여자의 가슴 위에 얹어진 남자의 손을 가리기 위해 뿌연 얼룩을 덧칠해놓던 해적판 순정만화들. 아이들은 남자와 손을 잡는다거나 입을 맞추는 것은 어떤 기분일까 궁금해했지만 대부분 그뿐, 그 이상엔 관심도 없고, 알지도 못했다. 물론 반에는 그렇지 않은 아이들도 있었다.

"선생님, 섹스가 무슨 뜻이에요?"

그런 아이들 중 누군가, 지각과 결석이 잦고, 벌써부터 교복을 유행하는 스타일에 맞게 수선해 입을 줄 알며 귀를 뚫거나 머리카락을 염색해서 학생주임에게 출석부로 뒤통수를 얻어맞는 아이들 중 누군가가 영어시간에 손을 들더니 물었다.

"뭐라고? 그런 말 어디서 들었어?"

이제 막 임용고시에 합격한 듯 보이는 젊은 여자 교사는 당황해 얼굴을 붉혔다.

"화장실 벽에 써 있어요. S, E, X."

"그건, 성별이란 뜻이야. 남자, 여자 할 때 성별."

교사의 목소리가 떨렸고, 손을 들고 질문한 아이의 친구들은 키득거리며 웃었다.

수업이 끝나면 오후 시간은 자유였다. 친구들은 거의 다 학원에 갔지만 엄마는 사교육에 반대했고, 그런 것을 하지 않아도 좋은 성적을 거둘 수 있도록 내가 자율적으로 계획을 세워 공부할 줄 알아야 한다고 생각했다. 엄마가 기다리고 있었으므로 대부분의 날들에 수업을 마치면 나는 집으로 곧장 돌아갔다. 이따금씩은 일부러 친구들과 버스 정류장에서 헤어질 때도 있었다. "엄마 심부름이 있어." 하지만 심부름 같은 것은 없었고, 사실은 그저 혼자의 시간이 필요했을 뿐이었다. 친구들과 헤어지면 나는 혼자 둑방길을 따라 걸었고, 그러다 마음에 드는 장소가 나오면 자리잡고 앉아, 등교 전 거실 책장에서 한 권씩 꺼내온 책을 읽었다. 그것은 내가 초등학교를 졸업할 때 엄마가 할부로 사서 거실에 꽂아놓은 세계문학전집이었다. 엄마는 소설을 읽는 사람이 결코 아니었지만—엄마가 규칙적으로 읽는 것은 엄마가 쓴 가계부와 성경책밖엔 없었다—엄마에겐 중학교에 올라갈 딸을 위해 전집을 마련해주는 일, 평생 읽지도 않던 신문을 구독 신청하고 매일 아침 논설란을 오려 딸의 책상 위에 올려놓아주는 것과 같은 맥락이었다. 단 한철뿐이지만, 아카시아가 만개하면 어지러울 정도로 달콤하게 향기로워지던 그곳을 나는 『빨간 머리 앤』에 나오는 '자작나무 숲'을 본떠 아카시아 숲이라 부르며 좋아했다. 『빨간 머리 앤』의 세계에 여전히 머물면서도 『마농 레스코』나 『마담 보바리』 같은 책들을 뜻도 모르며 읽던 시절. 아카시아나무 아래서 그런 책들을 읽으면 정신이 아득해졌고, 가슴이 뛰었다. 낯선 풍경이 머릿속에 그려졌고, 나는 치명적인 매력을 지닌 마농이나 격정을 가누지 못하는 엠마가 되어 열정적인 사랑에 빠지는 상상을 했다. 학교 근방에 바바리 맨이 출몰한다는 소문이 있었으므로 인적이 드문 곳에 혼자 있는 것이 신경이 쓰이긴 했지만, 그래도 나는 그곳에서의 시간을 포기할 수 없었다. 학교생활엔 무난히 적응했고 친구들과도 사이가 나쁘지 않았지만, 같은 초등학교를 졸업한 아이들을 중심으로 이미 형성된 무리 속에 섞여들기 위해서 나는 어떤 면에서든 유달라 보이지 않으려고 애썼고, 그러는 일은 피곤했다.

간혹, 엄마의 허락을 사전에 받은 후 학교에서 멀지 않은 선주네 집에 놀러갈 때도 있었다. 선주네 집은 시장 근처에 위치한 연립주택이었는데, 선주 어머니가 보험회사에 다니고 있었기 때문에 하교할 즈음엔 그곳에 아무도 없었다. 선주네 집에 가면 우리는 책가방을 아무렇게나 부려놓고 냉장고 가득 들어 있던 요구르트에 빨대를 꽂아 마시며 십자수를 하거나 선주가 스크랩해놓은 잡지 기사들을 같이 읽었다. 선주의 방은 당시 인기를 끌던 아이돌의 포스터로 도배되어 있었다. 한번은 선주가 초등학교 앨범을 바꿔서 보자고 해서 선주의 집에 가져간 적이 있었다. 졸업 앨범을 구경하다가 우리는 무슨 이유에선가 서로의 초등학교 앨범 속에서 마음에 드는 남자아이를 하나씩 고르기로 결정했다. 선주는 내 초등학교 동창 남자애에게, 나는 선주의 초등학교 동창 남자애에게 전화를 걸어볼 생각이었다. 특별한 목적 같은 것은 없었고, 남자아이에게 전화를 한다는 것이 그때의 우리에겐 중요했다. 신호가 가기 전에 두근거리던 심장. 안녕하세요. ○○초등학교 친구인데요. ○○랑 통화할 수 있을까요? 잠시 후, ○○가 전화를 받으면 우리는 아무 말 없이 숨을 죽인 채 남자아이의 목소리를 들었다. 변성기가 지나버린 목소리. 우리와는 완전히 다른 목소리.

선주는 중학교 1학년 때의 가장 친한 친구로, 스튜어디스가 되고 싶어했고, 그러기 위해선 영어를 잘해야 한다는 이유로 언제나 영어 교과서의 본문을 통째로 암기했던 아이였다. 순정만화 속 주인공을 똑같이 베껴 그릴 줄 알았던 선주. 선주는 나를 좋아해주었고 나 역시 선주를 정말 좋아했다. 하지만 선주에게 나의 모든 속마음을 털어놓을 수는 없었다. 우리는 같은 만화책을 읽었고, 언제나 주인공의 마음을 뒤흔들어놓는 흑발과 금발의 남자 인물 중 누구를 응원해야 할지 열 올리며 대화를 나눴지만, 언젠가 나는 선주와 내가 아주 깊은 곳에선 완전히 다른 사람이란 걸 어렴풋이 깨달았다.

어느 오후, 선주와 하교를 하는 길에 우리는 우리 반의 '노는 아이들'이 남학교 교복을 입은 아이들과 어울려 있는 것을 보았다. 버스 정류장에서였는데, 여자아이들이 남자아이들의 무릎 위에 앉아 있었다. "저런 건 좀 더러워, 그치?" 더럽다는 말은 욕을 할 줄 모르던 선주가 할 수 있는 가장 나쁜 말이었다. 누군가가 학교 앞에서 바바리 맨을 보았다고 말했을 때도, 선주는 더럽다고 말했다.

그때 우리는 이미 브래지어를 착용해야 할 만큼 가슴이 부풀어 있었고 생리를 하고 있었다. 우리는 생리를 왜 하는지 대략 알았지만 구체적으로 그것이 임신과 어떻게 관련되어 있는지는 알지 못했다. 그 무렵 나에게 가장 커다란 미스터리는 남자의 몸에서 나온 정자가 여자의 몸에 정확히 어떤 방식으로 들어가는가 하는 것이었다. 나는 대부분의 친구들이 생각하는 것처럼 남자와 여자가 나란히 누워 자거나 키스를 하는 것만으론 임신이 되지 않는다는 것을 알았다.

"그러면 티브이에 나오는 배우들은 다 임신을 하게?"

"엄지손가락으로 입술을 가리겠지."

실제로 드라마에서 배우들이 진하게 키스하는 장면은 보여주지 않던 시절이었고, 카메라 각도상 배우들은 얼마든지 속일 수 있었다. 하지만 나는 이미 엄마가 사다놓은 세계문학전집 중 한 권인 『채털리 부인의 사랑』을 읽었고, 어른들에겐 키스 이상이 있다는 것을 알았다. 어떤 밤, 엄마와 아빠가 잠든 것을 확인하면 나는 침대 옆 협탁의 램프를 켜놓고 『채털리 부인의 사랑』 속의 구절을 찾아 읽었다. 눈을 감으면 개암나무가 우거지고 앵초꽃이 핀 들판이 펼쳐졌다. 그곳에는 여자의 젖가슴을 애무하며 젖꼭지를 빠는 남자가 있었다. "당신 같은 여자를 만지면 참을 수가 없어. 죽을 것 같아."* 여자의 허리와 엉덩이의 살결을 만지고, 배와 허벅지에 뺨을 문지르는 남자. "아아, 좋아, 당신은 너무 좋아!"** 남자가 여자의 몸을 만지며 말했다. 나는 애무라든가 섹스라든가 절정이라는 단어의 뜻을 몰랐고, 남자의 몸이 여자 안에 들어갔다는 말이 무슨 뜻인지 조금도 짐작하지 못했다. 하지만 나는 남자와 여자가 느낀다는 황홀감이 무엇인지 궁금해 견딜 수가 없었고, "종소리가 허공으로 울려퍼지며 그 절정에 도달하는 것"***이 어떤 느낌인지 알고 싶었다. 엄마 아빠도 그런 짓을 할까? 당시 주말부부였던 아빠가 집에 오는 날이면 나는 그런 생각을 떨칠 수 없었다. 벌거벗은 남자와 여자의 몸은 내 머릿속에서 계속 떠다녔고, 나는 낯선 열기에 자주 휩싸여 잠을 잘 수 없었다. "너무 더러워." 그럴 때마다 나는 나 자신이 이상한 사람일까봐 무서웠고, 마농이나 엠마처럼 비참한 최후를 맞이하게 되는 것은 아닐까 하는 두려움에 시달렸으며, 죄책감에 자주 사로잡혔다.

중간고사가 막 끝난 4월의 마지막 주 수요일이었다. 선주는 학원 때문에 먼저 집에 갔고 주번이었던 나는 학교에 남아 담임의 심부름을 한 날이었다. 출석부와 학급일지를 챙겨 교무실로 내려

---

* D. H. 로런스, 『채털리 부인의 사랑』, 강만식 옮김, 청목사, 1989, 200쪽.
** 같은 책, 272쪽.
*** 같은 책, 211쪽.

갔을 때 우리 반 아이 중 하나가 어떤 이유에서인가 담임에게 야단을 맞고 있었다. 그 아이의 이름은 다미. 우리 반에 있던 노는 아이들 중 하나였는데, 그중 가장 체구가 작고 예쁘장한 얼굴을 가지고 있었다. 새하얀 피부에 눈이 아주 컸고, 웃으면 귀엽게 보조개가 패었는데, 무표정할 땐 기묘할 정도로 농염한 분위기가 풍겼다. 다미는 엄마가 술집을 한다는 둥, 아빠가 집을 나갔다는 둥, 온갖 소문을 달고 살던 아이였다.

그날 우리가 같이 하교를 하게 된 것은 갑작스럽게 내린 비 때문이었다. 다미에게 우산이 없어 우리는 내 우산을 나눠 쓰고 버스 정류장까지 걸어갔다. 같은 반이었으니까 심부름 같은 것 때문에 말을 섞은 적이 있긴 했지만, 제대로 대화를 나눠본 것은 그날이 처음이었다. 바바리 맨에 대해서 내가 이야기를 꺼낸 것은 공통의 화젯거리가 거의 없었기 때문이었다.

"지난번에도 이 시간쯤 이 길 끝에서 본 애가 있다던데. 너도 본 적 있어?"

"아니." 다미가 고개를 저으며 덧붙였다. "사실 봐도 상관없어. 퇴치하는 법을 알거든."

다미는 새끼손가락을 내밀더니 "애개, 이러면 끝이야" 말하곤 웃었다. 나는 그 말이 무슨 뜻인지 알아들을 수 없었지만 그냥 따라 웃고는 물었다.

"넌 겁 안 나?"

"응, 시시해. 나는 이미 많이 봤거든."

다미의 표정은 태연했고, 나는 눈을 커다랗게 뜨고 다미를 쳐다봤다. 놀라움. 두려움. 섬광처럼 짧게 스치고 지나갔을, 감출 수 없는 호기심.

"너도 보러 갈래?"

버스 정류장에 도착했을 때, 다미가 장난스러운 표정으로 나를 보며 물었다.

그래서 우리는 다미의 동네로 갔다. 동네는 버스를 타고 우리집과 반대쪽으로 이십 분을 간 곳에 있었다. 다미는 내가 정말 자기를 따라 동네까지 갈 거라고는 생각지 못한 것 같았다. 아마도 다미는 내가 거절할 줄 알았을 것이다. 나에게도 나의 행동은 예상밖의 일이었으니까. "생긴 건 범생이지만, 네가 사실은 좀 웃긴 애라는 걸 난 그날 알았지." 다미는 그후 그렇게 내게 자주 말했다. 남루했던 집들. 비는 어느새 그쳐 있었다. 비에 젖은 좁은 골목 길 바닥마다 깨진 유릿조각, 연탄재 같은 것들이 널브러져 있었다. 벽에 그려져 있는 '짭새 조심' 같은 스프레이 낙서들. 그것은 그때까지 한 번도 본 적이 없는 풍경이었기 때문에 나는 조금 무서웠다. 다미는 작은 들고양이처럼 재빨랐고, 나는 다미의 뒤를 부지런히 밟았다. 다미가 그날 나에게 보여준 것은 그녀가 졸업한 초등학교 근처에 상주하다시피 한다는 미친 노인이었다. 초등학생들이 하교를 할 때면 기다리고 있다가 남자아이들에게는 대통령이 되라며 손을 내밀고 여자아이들에게는 성기를 꺼내어 보이던 노인.

"저기 봐봐."

다미는 공터 뒤의 나무에 숨어서 손으로 노인을 가리켰다. 노인이 꼬마 여자애들 앞에서 꺼내놓은 처진 성기가 덜렁거렸다. 그것은 내가 처음으로 본 성인 남자의 성기였다. 볼품없고, 우스꽝스러운 살덩이.

우리는 키득거리며 왔던 길을 다시 되돌아갔고, 나는 골목이 더이상 두렵지 않았다. 다미와 나는 버스 정류장에서 헤어졌고, 나는 이날 본 것을 아무에게도 말하지 않았다.

그후로 나는 다미와 제법 가까워졌다. 학교 안에서 우리의 관계는 별반 달라진 것이 없었다. 인사를 주고받긴 했지만 다미는 다미의 친구들과, 나는 나의 친구들과 도시락을 나눠 먹고 운동장을 같이 걷고 화장실에 갔다. 일부러 그런다기보다는 그러는 게 학교의 질서에 맞는다는 것을 우리는 둘 다 본능적으로 알았던 것이다. 하지만 우연히 학교 밖에서 마주치면 우리는 짧게라도 이야기를 나눴고 가끔씩은 내가 좋아하던 아카시아 길을 따라 걷기도 했다. 이제 막 꽃망울이 맺히기 시작하던 아카시아나무 아래서 한번은 다미가 말했다. "체육 말이야." 다미가 학교 안에 있는 사람 중 가장 관심을 갖는 것은 총각인 체육교사였다. "저번에 수업 때 보니까 섰더라." 나는 '섰다'라는 것이 무슨 의미인지 알지 못했고, 다미는 그런 말을 이해하지 못하는 나를 귀엽다는 듯이 바라봤다. 또 한 번은 다미가 나에게 혀를 내민 후 동그라미를 최대한 빨리 그려보라고 시킨 적도 있었다. "와, 너 오빠들이 진짜 좋아하겠다." 다미는 깔깔거리며 고개를 젖히고 웃었다. 혀로 체리 꼭지를 묶을 수 있으면—우리는 그때까지 체리라는 열매를 실제로 본 적도 없었지만—키스를 잘한다는 말 같은 것을 알려준 것도 다미였다.

학교 밖에선 생기가 넘치던 다미는 학교 안에선 그저 말썽을 일으키는 아이들 중 하나에 불과했다. 운동회 때만 빼고. 개교기념일을 맞이해 매해 열리던 봄 운동회 때, 다미는 반 대표 계주 선수로 출전했다. 그것도 청군의 마지막 주자. 새파란 하늘 위로 만국기가 펄럭이고, 다미는 앞서 달려온 선수가 건네는 바통을 받자마자 총알처럼 빨리 달렸다. 짧은 반바지. 새처럼 가벼운 몸. 열중하기 위해 인상을 쓴 얼굴.

백군 선수보다 뒤늦게 바통을 연결받은 다미가 마침내 역전을 하자 반 아이들은 열광하기 시작했다. 언제나 다미를 혼내던 담임도 목소리를 높여 다미의 이름을 불렀다. 우리 모두는 다미가 점점 더 격차를 벌리며 나아갈수록 흥분했다. 공기의 저항을 받지 않는 듯 달리던 다미. 반 아이들이 모두 다미를 둘러쌌고, 와자지껄 떠들었다. 나는 멀찍이 서서 다미가 상기된 얼굴로 숨을 헐떡이며 웃는 모습을 바라보았다.

"너, 걔랑 친하지?"

운동회를 마치고 뒷정리를 할 때, 수돗가에서 내게 그렇게 말한 사람은 선주였다. 선주는 나를 쳐다보지 않았다.

"걔랑 놀지 마. 걔 이상한 애잖아."

"그런 것 같진 않은데."

"너 걔 잘 모르잖아."

선주가 걸레를 짜면서 입을 삐죽였다. 선주는 그런 말을 하는 애가 아니었다. 나는 선주가 나를 좋아하기 때문에 질투를 한다는 것을 알았고, 그렇게 생각하니까 기분이 좋았다.

"걱정 마. 난 네가 제일 좋아."

나는 선주의 팔짱을 꼈다.

다미는 나에게 무엇이었을까? 다미를 나의 단짝이라고 말할 수는 없었다. 나와 다미는 서로의 집 전화번호도 몰랐고, 생일이나 혈액형, 별자리를 공유하는 사이도 아니었다. 나는 다미보다는 선주와 훨씬 가까웠고, 진로라든가 엄마와의 갈등을 둘러싼 고민거리들이 생길 때마다 다미가 아니라 선주를 찾곤 했다. 나에게 무슨 일이 닥쳤을 때 날 위해 울어줄 수 있는 사람은 내게 선주밖에 없다고 나는 믿었다. 비극적인 이야기 속 주인공처럼 선주에게 큰 병이 생기면 나는 나의 신장이나 피를 선주에게 기꺼이 나눠줄 거라고 비장하게 다짐하기도 했다. 우리가 주고받는 교환일기장은 영원한 우정에 대한 맹세로 가득차 있었다. 하지만 나는 오로지 다미에게만 아무에게도, 선주나 엄마에게도 물어볼 수 없는 것들을 물었고, 할 수 없는 말들을 했다. 이를테면, 샤워를 하다가 물줄기가 아랫도리에 닿았을 때, 기분이 야릇했다는 그런 말. 그러면 다미는 "오줌이 마려운 것 같기도 하고 간지러운 것도 같고 막 찌릿찌릿하지?" 마치 모든 것을 이미 다 알고 있는 사람처럼 태연한 얼굴로 말하곤 했다. "섹스를 할 때는 개구리 자세를 해야 해." 시범을 보이겠다고 풀밭 위에서 우스꽝스러운 자세를 잡던 다미.

다미는 우리의 비밀스러운 대화를 누군가에게 폭로할 수도 있었다. 실제로 나는 전교생이 내 본성에 대한 추문을 주고받는 악몽을 꾸기도 했다. 하지만 다미는 내가 그렇듯 우리의 대화에 대해서 아무에게도 말하지 않았다. 다미는 나에게 뭔가를 가르칠 수 있다는 것에 희열을 느꼈던 걸까? 그러니까, 학교 안에선 자신보다 성적이 월등히 뛰어나 교사들의 칭찬을 받는 나에게. 우리는 누구든 이 세계에 자신의 효용을 확인할 때 비로소 존재하는 법이니까. 하지만 나는 그것만은 아니라는 것을 알았다. 그것뿐이었다면 다미가 나에게 자신의 연애담을 들려줄 필요는 없었다.

다미는 그녀가 사귀었거나 사귀고 있는 오빠들에 대해서 내게 끊임없이 들려줬다. 어린 연인들에 대해 말하던 다미의 상기된 얼굴. 나는 다미가 이야기를 시작하면 그녀의 옆에 앉아 끝날 때까지 묵묵히 들었다. 선선한 바람이 불면 가지런히 빗어 넘겼던 우리의 머리카락이 기분좋게 뒤엉켰고, 잔물결이 일렁이는 수면 위로 새하얀 아카시아 꽃잎들이 떨어지곤 했다. 새털처럼 가볍게 부유하던 꽃잎들. 연두색 나뭇잎 사이로 너울대던 초여름의 빛. 바람이 불면 나뭇잎들이 밀어를 주고받듯 서로 속삭였고, 순백의 아카시아 꽃송이들이 흔들릴 때마다 사방은 향기로 가득 차올랐다. 그렇게 달콤한 향에 혼곤히 취해 있다보면 오후는 더없이 느리게 흘렀고 나는 쉽게 무한 같은 것들을 떠올렸다. 우리의 맨종아리를 간지럽히던 싱그러운 연초록빛의 풀들. 햇살에 투명하게 반짝이던 나비들. 유속이 느린 수면 가까이에서 천천히 날다가 순식간에 저만치 솟구치던 작은 새들. 다미의 말에 얼마만큼의 진실과 거짓이 섞여 있는지는 나에게 중요하지 않았다. 다미가 들려주는 것은 내가 상상할 수 없는 일들로 이루어진 매혹적인 서사였으니까.

"내가 오빠의 손을 끌어다 내 엉덩이에 올리면 오빠는 천천히, 부드럽게 내 허리 쪽으로 손을 옮겨가. 그러곤 한 손으로는 나를 꼭 껴안고 다른 한 손은 옷 속에 집어넣지."

학교에 떠도는 소문들이 얼마나 믿을 만한 것인지는 알 수 없었다. 다미가 나를 모르는 만큼 나 역시 다미에 대해 알지 못했고, 그런 이유에서 나는 다미의 이야기에 그토록 빠져드는 것에 얼마간 죄악감을 느껴야 했던 것은 아닌가 가끔 자문할 때가 있었다. 만약 한순간이라도 다미가 주저했다면 나는 틀림없이 다미의 이야기를 탐닉하는 것에 수치감을 느꼈을 것이다. 하지만 다미는 단 한 번도 망설임이 없었고, 내가 자신의 이야기를 들어주길 원했다. 그리고 다미가 이야기를 하고, 내가 그것을 듣는 동안만큼은 다미는 부모의 돌봄을 받지 못하는 비행청소년이 아니라 황홀한 서사의 주인공이었다. 음탕하고, 야만스럽고, 위엄 있는 여왕.

"내 입안의 오빠 혀에서는 커피우유 냄새가 나. 그럴 때 오빠의 바지 속으로 손을 집어넣어보면 말랑했던 오빠의 거기는 이미 단단해져 있어. 그러면 나는 한 손으로 그걸 움켜쥔 채 오빠의 귓바퀴를 핥기 시작하고, 천천히 핥다가, 갑자기 거칠게 빨아. 그리고 오빠의 귓구멍에 내 혀를 쑥 집어넣는 거야."

단 한 번, 나는 다미의 친구들과 함께 외출을 한 적이 있다.

그때 우리는 이미 2학년이 되어 있었고, 선주도 다미도 나와 반이 갈려 나는 둘 중 누구와도 예전만큼은 볼 수가 없었다. 2학년이 된 후 선주에게 새로운 친구들이 생겼고, 선주가 그 친구들과 보내는 시간이 많아져 우리는 자꾸 다퉜다. 선주는 "너도 소중하지만 새 친구들도 똑같이 소중해"라고 나에게 말하곤 했는데, 나는 '똑같이' 소중한 것은 세상에 없다는 것을 알았고, 그래서 우리가 조금씩 멀어지고 있음을 받아들이느라 봄을 온통 허비했다.

그해는 이상고온 탓에 일찍부터 뜨거웠다. 2학년이 되고 나서는 나 역시 학원을 다녔기 때문에 다미와 하굣길에 마주치는 일조차 거의 없었다. 내가 다미를 버스 정류장 근처에서 우연히 만난 것은 여름방학 직전의 어느 오후였다.

"노래방에 같이 안 갈래?"

강렬한 햇살 탓에 눈이 부신 다미가 실눈을 뜨며 나를 향해 물었다.

"학원에 가야 해."

"어차피 내일 또 가잖아."

딸기맛 막대사탕을 빨아먹는 다미의 입술이 새빨갰다.

그날따라 다미가 나를 그녀의 무리에 초대했던 진짜 이유가 무엇이었는지는 지금도 모른다. 우리가 자주 만나던 1학년 때에도 우리가 다른 친구들과 함께 본 적은 없었으니까. 노래방에 도착하고 나서야, 남녀 숫자를 맞춰서 놀기로 했는데 여자아이 한 명이 못 오게 되어 대타가 필요했을지도 모른다는 사실을 나 혼자 어렴풋이 짐작했을 뿐이다. 다미는 나에게 그날이 남자친구랑 이백 일이라고 말했다. 아니면 생일. 무엇이 되었든, 그날은 다미를 축하해줘야 하는 날이었고, 나는 망설인 끝에 다미를 따라 노래방에 갔다.

물론 다미를 축하해주려는 마음에서만은 아니었을 것이다. 그로부터 며칠 전, 선주가 다른 친구와 교환일기를 쓰고 있다는 것을 알게 되어 나는 조금 외로웠다. 게다가 그날 아침에 나는 엄마가 내 일기장을 훔쳐본다는 사실을 눈치챘고 엄마와 말다툼을 했다. 2학년이 되었는데도 엄마가 말로만 나를 어른 취급할 뿐이라는 사실에 나는 화가 나 있었고, 그래서 아마도 한 번쯤은 학원을 빠지는 정도의 반항을 해도 괜찮을 것 같다고 생각했을 것이다.

노래방에 가기 전, 다미는 나의 얼굴에 베이비파우더를 발라주었고, 살구색 립글로스를 칠해줬다. 나는 다미를 따라서 교복 치마를 두 번쯤 접어 입었다. 시키지도 않았는데 내가 치마를 알아서 접자, 다미는 "역시 너는 하나를 가르쳐주면 열을 아는구나" 하며 키득키득 웃었다. 다미의 친구들은 이미 노래방에 도착해 있었다. 낯선 교복을 입고 있던 남자애들도. 노래방 주인은 우리에게 관심이 없는 듯 모터 소리가 요란한 선풍기 앞에서 하품을 했고, 우리는 널따란 노래방 안으로 들어가 자리를 잡고 앉았다. 자연스럽게 섞여 앉던 남녀의 아이들.

대부분 이미 커플이던 아이들을 제외하고, 나처럼 짝이 없던 여자아이들 옆에도 남자아이들이 앉아서 말을 걸었다. 내 옆에는 작고 조금은 숫기 없어 보이는 남자애가 앉았다. 얼굴이 하얗고 이마 선을 따라 분홍색의 여드름이 돋아 있던 아이. 우리는 다른 아이들이 노래하는 틈을 타 통성명을 했고, 유행하는 노래를 함께 불렀다. 남자아이의 목소리는 조그만 체구와 어울리지 않게 낮았고, 남자와 노래를 같이 부르는 게 처음이라 나는 조금 수줍어졌다.

내가 이러고 있다는 걸 알면 엄마가 얼마나 기겁할까? 노래방을 빠져나왔을 때는 이미 저녁 시간이 다 되어 있었다. 나는 슬슬 집에 가야 한다고 생각했지만 한껏 흥이 오른 아이들 앞에서 먼저 가겠다는 말을 하기가 싫었고 마음 한구석으로는 내가 드디어 엄마의 통제 밖에서 일탈을 하고 있다는 사실에 흥분해 있었다. 그리고 무엇보다, 증명하고 싶은 욕구. 나 역시도 그들처럼 규범이나 제약 같은 것쯤은 가뿐히 뛰어넘을 수 있는 존재임을 증명하고 싶은. 결국 나는 라면을 끓여먹자는 아이들을 따라서 누군가의 빈집까지 같이 가기로 했다. 부모님이 늦게 들어온다던 누군가의 그 집은 반지하라 어두웠고, 창밖으로는 사람들의 더러운 신발이 보였다.

그 비좁은 집에 그 많은 아이들이 도대체 어떻게 다 들어갈 수 있었을까? 하지만 우리는 들어갔고 밀도가 높아진 탓에 집안은 바깥보다 더욱 후텁지근했다. 아이들은 다닥다닥 살을 맞대고 앉아 뜨거운 라면을 먹은 후 가방에서 봉지과자들을 꺼냈고, 그것들을 안주 삼아 소주를 마시기 시작했다. 누군가 나에게도 소주를 따라 건넸는데, 내가 마실지 말지 망설이자 줄곧 내 옆에 앉아 있던 남자아이가 "싫으면 억지로 마시지 마"라고 말했다.

먼지에 뒤덮인 푸른 날개의 선풍기가 계속 돌아갔지만, 더위를 식히기엔 역부족이라 집은 더워도 너무 더웠고, 나는 러닝셔츠가 젖어 등에 들러붙는 걸 느꼈다. 술에 조금씩 취한 아이들은 서로를 끌어안았고, 잠깐 딴생각을 하는 사이 박수 소리가 들려 고개를 들어보니 다미와 남자친구가 혀를 써서 키스를 하기 시작했다. 나에게 억지로 술을 마실 필요가 없다고 말했던 남자아이는 내 옆에 조금 더 가까이 다가와 앉아 있었다. 나는 그애가 나에게 관심이 있다는 것을 이제 분명히 자각했고, 누군가가 나에게 매력을 느낄 수 있다는 사실이 신기했다.

내가 집에 가기 위해 먼저 일어섰을 때 남자애에게 나를 버스 정류장까지 바래다주라고 한 것은 다미였다.

"얘는 우리랑 달리 반장이니까 함부로 대하지 말고 조심히 바래다줘야 해."

술에 조금 취해 있던 다미가 내 옆의 남자아이를 향해 웃으면서 말했다. 반장인 것과 함부로 대하지 않는 것이 무슨 상관인지 모르겠고, 다미가 그런 식으로 말할 때마다 나를 세상 물정 모르는 어린애 취급하는 것만 같아서 서운하긴 했지만, 나는 다미의 말이 나를 위해 하는 말이라는 것쯤은 알았다.

그리고 우리는 나란히 걷는다. 시큼한 맥주 냄새 같은 것이 풍기는 지저분한 골목길. 이미 해는 기울었고, 남자아이와 나 사이엔 사람 한 명이 더 들어갈 만큼의 거리가 있다.

"조심해."

오토바이가 우리 옆을 지나갈 때, 남자아이는 내 어깨를 살짝 잡아서 안쪽으로 끌어당기고, 나는 내 몸에 닿는 남자아이의 손의 감촉, 내 어깨뼈를 강하게 짓누르다가 서둘러 떨어지는 감촉을 생생히 느낀다.

남자아이의 몸에서 나던 땀냄새. 남자아이에게서는 나의 것과는 다른 냄새가 났고, 그가 침을 삼킬 때마다 굵은 울대뼈가 움직였다. 남자아이가 느닷없이 내 손을 잡고, 그러자 불을 집어삼킨 것처럼 몸이 뜨거워진다.

남자아이는 긴장한 듯 앞만 보고 걷는다. 나는 술을 한 방울도 마시지 않았는데도 눈앞이 아득했고, 술을 마신 탓인지 남자아이의 입술은 탐스럽게 빨갛고 윤기가 흘렀다. 그 남자아이를 좋아했냐면 그것은 아니었다. 시간이 흐른 후, 나의 연인이 되었던 남자들은 조금도 그 남자아이와 닮은 구석이 없었다. 그때는 미처 깨닫지 못했지만, 지금 생각해보면 나에겐 그와 사귈 마음이 조금도 없는데 그가 나를 온몸으로 의식하고 있다는 사실이, 서로 속한 세계가 다르므로 우리가 두 번 다시 만날 일이 없으리라는 사실이 나를 자극했던 것 같다. 틀림없이 부드럽겠지? 나는 내 손끝으로 남자아이의 입술을 만져보는 상상을 한다. 청포도 과즙이 든 젤리같이 말랑말랑할, 그 아이의 귓불을 지그시 문질러보거나, 비칠 듯 얇은 셔츠 아래 젖어 있을 뜨거운 등을 손바닥으로 천천히 쓸어내리는 상상을. 나는 남자아이의 붉고 살짝 벌어진 입술 사이에 내 검지를 밀어넣으면 어떤 느낌일까 궁금하고, 순정만화 책에서 본 것처럼 그가 나를 벽에 밀어붙이고 키스를 퍼부어도 받아줄 수 있을 것 같다는 생각을 하지만 그는 손을 꼭 잡고만 있을 뿐 아무런 행동도 취하지 않는다.

저멀리 내가 타야 하는 버스가 다가온다. 내 손을 잡고 있는 남자아이의 손이 뜨겁고, 저녁의 공기가 숨막힐 듯 무덥고, 브래지어의 와이어 부분이 이미 땀으로 흥건하다. 버스의 앞문이 열리고, 남자아이가 내 손을 놓는다.

"또 만날 수 있어?"

남자아이가 묻지만 나는 그런 것엔 조금도 관심이 없고, 내 정신은 오로지 한 가지에만 꽂혀 있다.

"학생, 안 타?" 버스 기사가 묻고, "타요".

올라타려던 나는 다시 이런 기회가 없을 거라는 생각에 몸을 돌린다. 당황하는 남자아이의 미지근한 입술에 재빨리 내 입술을 포갠다.

지금은 그 남자아이의 이름이 무엇이었는지 조금도 기억나지 않는다. 나이도 알고 있었겠지만 그것 역시 떠오르지 않는다. 나보다 몇 살 더 많지 않았을까 싶지만, 동갑이거나 한 살 더 어렸을지도 모르겠다. 우리—나와 그를 '우리'라고 부를 수 있다면—의 관계는 더이상 아무런 발전도 없었다. 표면적으로는, 그날 학원까지 빼먹고 너무 늦게 왔다는 이유로 엄마가 내게 한동안 외출 금지령을 내렸기 때문이지만 진실은 그것과는 아무런 상관이 없었다.

여름방학은 빠르게 지나갔다.

그해 여름 내내 폭염의 날들이 이어졌고, 모든 것은 습기에 납작하게 짓눌려 있었다. 선풍기를 틀어놓은 채 러닝셔츠와 팬티 차림으로 가까스로 잠들어도 온몸이 금세 끈적해져 자꾸 잠을 설쳤다. 다미가 임신을 해서 퇴학을 당했다는 소식을 들은 것은 여름방학이 끝나고 한 달쯤이 지난 뒤의 일이었다.

그후로 나는 다미를 한 번도 본 적이 없다. 다미의 엄마가 다미를 외할머니가 있는 시골로 보내버렸다는 소문을 듣긴 했지만, 다미를 둘러싼 대부분의 소문이 그랬듯 확인할 길은 없었다. 내가 노력을 했다면 다미와 연락할 방법을 찾을 수 있었겠지만 나는 다미의 연락처를 수소문하지는 않았다. 다미에게 무슨 말을 해야 할지 몰랐고, 무엇보다 내 안의 무언가가 꺼져버렸기 때문이었다. 나는 그런 일을 겪은 것이 내가 아니라는 데 안도했고, 그렇게 안도하고 있다는 사실에 미안함과 부끄러움을 느꼈다.

다미를 제외한 우리는 일 년 반 후 중학교를 졸업했고, 나와 선주는 같은 여자고등학교에 입학했다. 세일러복을 입는 공립학교로, 2학년이 되면 전교생이 모두 순결 서약을 하는 전통이 있는 곳이었다. 고등학교 시절은 정신없이 지나갔기 때문에 나는 다미를 거의 잊고 살았다. 다미를 다시 떠올린 것은 언젠가 첫 섹스를 할 때였다.

세상에, 정말 개구리 자세였어!

그리고 오늘. 한참의 세월이 흐른 이제 나는 명동에 있는 한 은

행에서 직장생활을 하고 있다. 한낮 기온이 삼십육 도까지 치솟는 여름이고, 나는 직장 선후배들과 점심을 사 먹은 후 인근 카페에서 막 아이스 아메리카노를 테이크아웃해 나오는 중이었다. 햇볕이 너무 뜨거워 고개를 푹 숙인 채 걷고 있는데 갑자기 누군가가 "어머나, 개가 왜 저기 있지?" 하고 말하는 소리가 들렸다. 고개를 들어 직장 동료가 눈으로 가리키는 곳을 보니 바로 앞에 정말, 커다란 개가 한 마리 있었다. 래브라도레트리버를 닮은 잡종견. 믿을 수 없게도, 어디에서 나타난 것인지 알 수 없는 커다란 개는 목줄도 없이 명동 시내 한복판을 혼자 어슬렁거리고 있었다.

"불쌍해라. 주인을 잃은 건 아닐까요?"

"저러다 차에 치이면 어떻게 하죠?"

직장 후배들이 내 곁으로 다가와 걱정스러운 말투로 대화를 나누기 시작했다. 선량하고 성실한 사람들.

아, 저 불쌍한 개를 어떻게 하면 좋지? 유기견인가?

그 순간, 개가 자세를 바꿨고 그와 동시에 개의 커다란 성기가 나의 눈에 들어왔다. 축 늘어진 개의 성기. 그러자 느닷없이 웃음이 터져나왔다. 오랫동안 봉인해두었던 무언가가 실바람에 들썩이는 느낌.

"왜 웃어요?"

옆에 서 있던 직장 동료가 영문을 모르겠다는 표정으로 나에게 물었다.

"아니에요, 아무것도요."

나는 왜 웃는지 영영 설명할 수 없으리라.

다미가 중학교를 그만둔 이후 딱 한 번 다미와 통화를 한 적이 있었다. 대학교 2학년이거나 3학년 때였고, 친구들의 성화에 처음이자 마지막으로 동창회에 갔을 때의 일이다. 중학교 시절 친하게 지냈던 친구들과 어울려 맥주를 마시고 있는데, 다미와 연락을 주고받던 누군가가 "다미가 너랑 통화하고 싶대"라며 갑자기 나에게 휴대전화를 건넸다.

"유나니?"

수화기 너머의 다미 목소리.

"어떻게 지냈니?"

다미의 목소리는 밝았고, "야, 난 벌써 애가 둘이야. 심지어 애들 아빠가 서로 달라. 놀랍지?"라고 말하며 다미가 가볍고 경쾌한 목소리로 웃어서, 나의 코끝으로 어디선가 아카시아 꽃향기가 불어왔다. 높이, 높이 날아오를 것처럼 끝없이 부풀어오르던 달콤한 향기. 공모. 공감. 햇볕 아래 발가벗고 투명한 몸을 말릴 수 있는 아이들만의 천진한 교감. "너무너무 반갑다! 유나야, 네 소식 궁금했어." 행복에 가깝게까지 들리던 목소리.

"차장님, 빨리 오세요!"

어느새 일터로 돌아가기 위해 저만큼 가버린 직장 후배들이 나를 불렀다.

문득 나는 내가 교복을 입고 그 교실 창가 자리에 앉아 있던 날들로부터 그리 많이 멀어지지 않은 것 같은 기분에 사로잡혔다. 논밭을 가로질러 바람이 불어오면, 창가의 커튼이 우리를 어디로든 데려다줄 수 있는 범선의 돛처럼 부풀던 교실. 하지만 학교 앞에 펼쳐져 있던 푸른 논밭은 이미 사라지고 그 자리엔 아파트 단지가 들어선 지 오래다. 지금의 나는 아직 늙진 않았지만 더이상 젊지만도 않다. 스튜어디스로 일했던 선주는 지금 미국에 살며 세 아이의 육아에 전념하고 있고, 엄마는 지난해 한쪽 유방을 잃었다. 나는 무엇이든 선택을 할 때면 그 대가로 미래를 지불해야 하는 줄 몰랐던 날들이 이미 가마득히 멀어졌음을 안다.

"금방 가요."

그렇게 외치고 나는 잠시 그대로 서서, 명동 한복판을 겁없이 어슬렁거리던 개, 커다란 성기를 늘어뜨린 채 걷던 그 개가 천천히 몸을 돌리는 것을 바라보았다. 저 개는 대체 여기에서 무얼 하는 걸까? 이윽고 느리게 걷던 개가 차도 위를 달리기 시작했다. 차들의 요란한 경적 소리.

개는 눈 깜짝할 새 달려갔다. 멀리, 저 멀리로.

그리고 나는 무사히 차도를 건너길 바라는 마음에서 눈으로 개를 좇다가, 그 개가 마침내 반대편 도로에 무사히 닿는 걸 확인한 후 고개를 돌렸다.

나의 작은 세계에서
벗어나서

원한다면 누군가와 직접 연결되지 않고도 충분히 살아갈 수 있을 것처럼 보이는 세상이다. 우리는 스스로를 만족시키고, 나에게 자신을 선보이는 것만으로도 분주하다. 나로 꽉 들어찬 이 세계에서 우리는 자기 완결적인 삶을 완성해낼 수 있다. 만약 지난 인간관계들을 돌아보며 실패라는 단어를 빈번하게 떠올리는 경우라면 자신만의 안전지대에서 벗어날 이유를 찾기란 더욱 어려운 일일 것이다. 어색한 탐색 과정, 필연적으로 발생하는 갈등, 그리고 예감을 벗어나지 않는 조용한 결렬…… 물론 중간중간 설렘이나 희열 같은 반짝이는 감정들이 자리하겠지만 굳이 예정된 수순을 밟아가면서 실패를 반복하는 데 힘을 쓰고 싶겠는가. 하지만 그럼에도 불구하고 타인과 연결되기를 바란다면? 백수린이라면 아마 나의 세계란 너무 작기 때문에 그러하다고 말할지도 모르겠다.

　『여름의 빌라』의 문을 여는 작품 「시간의 궤적」은 '나'의 잘못으로 멀어진 한 사람과의 지난 시간을 아프게 돌아보고 있는 이야기다. 직장을 그만두고 파리로 미술사를 공부하러 온 '나'는 주재원으로 파견 나와 있던 한 언니를 알게 된다. 두 사람이 가까워지고 함께 시간을 보내는 과정은 마치 연애 서사처럼 무척 황홀하게 묘사된다.

　언니와의 첫 만남은 나에게 "어떤 이와 주고받는 말들은 아름다운 음악처럼 사람의 감정을 건드리고, 대화를 나누는 존재들을 한 번도 가보지 못한 낯선 세계로 인도한다는 사실"(12쪽)을 깨닫게 해준다. 그런가 하면 언니와 헤어져 돌아올 때마다 나는 "한 번도 가보지 못한 근사한 세계로 데려갈 무언가를 곧 만나게 될 것만 같은 예감"(19쪽)에 가슴이 벅차오른다.[1] '나'를 설레게 하는 것은 타인으로부터 온기를 얻고 사랑을 받는 일이라기보다는 자신의 세계에서 벗어나 그를 통해 새로운 세계를 만나는 일이다.

---

1) 나의 작은 세계가 확장되리라는 기대에서 오는 희열감. 이는 백수린의 인물들이 공통적으로 보이는 특징이다. "작은 반도 출신인 내게 당신들과 함께 보냈던 며칠의 시간은 내가 세계시민으로 거듭난 듯한 기분을 느끼게 해줬던 거죠"(「여름의 빌라」, 44쪽), "그녀가 갈망하던 것은 무엇이었나. 뭔가 특별한 것, 고양시켜주는 것, 그녀를 다른 세계로 데려다줄 그 무언가"(「흑설탕 캔디」, 194쪽)와 같은 대목이 보여주는 것처럼, 이 인물들의 움직임을 추동하는 것은 '나'의 세계를 벗어나는 일이라 할 수 있다.

두 사람은 실패한 연애에 대한 고백을 통해 한층 더 친밀해진다. 언니는 파리로 가겠다는 결정을 하면서 오래 사귄 애인과 헤어지게 되었는데, 여전히 그를 잊지 못하고 이미 유부남이 되어버린 그에게 연락하면서 외로움을 달랜다. 이 이야기에 '나'는 깜짝 놀라지만, 언니의 그런 면이 오히려 인간적이라 생각하며 마음을 열게 된다. 그러고는 십 년 가까이 사귄 남자친구가 후배와 바람을 피워 헤어지게 된 이야기를 들려준다. 돌아보니 모든 결정을 그와 상의해왔다면서, 하지만 유학만큼은 순수하게 자신이 결정한 것이었다고 말이다.

　오랜 연애를 끝내고 오로지 스스로의 결심으로 파리에 왔다는 공통점이 두 사람을 더욱 가깝게 만들지만, '나'가 브리스와 결혼하면서 이 관계에는 변화가 생긴다. 한국에서 쌓아온 삶의 조건들과 단절된 채 타지에 뿌리내려야 한다는 '나'의 불안과 공포는 곧 귀국할 날만 남은 언니에 대한 시선을 서서히 바꾸어놓는다. 세 사람이 함께 떠난 여행에서 '나'는 두 사람을 "잘 어울리는 한 쌍의 연인처럼"(30쪽) 바라보고, 새 삶을 응원하는 언니의 말에 "완벽한 유배의 삶이 시작되었다는 자각이 들었고, 그러자 알 수 없는 패배감이 가슴속에서 피어"(34쪽)나는 것을 느낀다. 마침내 마음의 거리를 좁혀주었던 사실은 이제 그를 비난할 근거가 되어 '나'는 그 연약한 지점을 찌르고야 만다.

지금도 나는 이해할 수 없다. 그 순간 대체 왜 언니에게 그런 말이 하고 싶어졌는지. (……) 행복에는 정해진 양이 있어 내가 행복해지기 위해서는 타인을 불행하게 만들어야 한다고 믿는 사람처럼, 다급히 내가 "그건 나쁜 거 아닐까. 언니는 남의 가정을 망가뜨리고 싶어?"라고 언니에게 말했을 때의 그 눈빛. 억지로 웃으려고 하지만 끝내 물에 녹아내리는 물감처럼 한없이 희미해지던.(36쪽)

이후 두 사람은 허무하게 멀어진다. 시간이 흐른 지금, '나'는 언니의 SNS 주소를 알지만 후회로 지난 시간을 돌아볼 뿐, 차마 사과를 하러 연락하지 못한다. 하지만 이 인물의 특별함은 어쩔 수 없는 상황이나 타인의 잘못으로 이별의 책임을 돌리지 않는다는 데 있다. 회상 속에서 '나'는 마치 정성껏 주석을 달듯이, 그 당시의 감정 상태를 설명한 다음에 현재 시점에서의 자기 성찰을 붙여놓는다.

끝나버린 인간관계를 두고 회피하기란 얼마나 쉬운 일인가. 상대가 주제넘게 조언하는 바람에 의가 상했다거나, 알고 보니 처음 생각했던 것처럼 좋은 사람이 아니었다거나. 혹은 떠날 사람과 남을 사람은 처지가 다르다거나 어차피 외국에서 만난 인간관계란 오래 지속되는 게 아니라고…… 우리는 아직 숨이 남아 있는 관계를 어쩔 수 없다는 듯 방치한 채, 자신을 빼놓고 결별의 이유를 설명하는 수많은 버전의 이야기들을 만들어온 경험이 있다. 그러므로 조금도 두루뭉술해지지 않은 채 시작에서 결별의 장면까지 세세하게 돌아보는 '나'의 태도는 보이는 것보다 훨씬 더 결연한 측면이 있다.

그런데 왜 타인과 연결되면서 작은 세계에서 벗어날 수 있었던 '나'는 결정적인 순간에 다시 그 비좁은 자리로 되돌아가버린 걸까? 안전지대에 머무르고 싶다는 유혹을 포기하고 타인을 대할 수 있는 방법은 없는 걸까? 이별의 슬픔은 비단 한 사람을 잃어버리게 되는 데에만 있지 않을 것이다. 드넓었던 나의 세계가 신기루처럼 사라지고 순식간에 줄어들어버리는 데에서 오는 고통. 어쩌면 이다음에 놓인 이야기가 이 고통에 약간의 해답이 될지도 모르겠다.

*

「여름의 빌라」는 주아가 베레나에게 보내는 편지의 형식을 하고 있다. 주아는 십여 년 전, 스물한 살 때 떠났던 배낭여행에서 베레나와 한스 부부를 알게 된다. 주아는 이 배낭여행을 포함하여 남편 지호의 유학으로 인한 베를린 체류까지 베레나 부부와 함께 나눈 시간이 "고작 오 년 사흘"(47쪽)밖에 되지 않는다고 설명한다. 하지만 상대를 이해하는 데 있어, 때로는 함께한 시간의 밀도가 아니라 지속되어온 시간의 길이가 중요하게 작용하기도 한다.

드넓은 시간과 느슨한 거리감이 배경을 이루어 그가 그려온 삶의 궤적을 더 선명하게 보이도록 만들기 때문이다. 그러므로 '고작'이라는 표현에는 오히려 놀라움이 담겨 있다고 보아야 할 것이다. 긴밀하다고 말하기 어려운 사이임에도 어떻게 우리가 서로를 잊지 않을 수 있었으며, 또 이토록 마음을 아프게 할 수 있는지 말이다.

지난여름 주아와 지호는 베레나 부부의 초대를 받아 시엠레아프로 향한다. 평화로운 풍광은 그간 생활에 부대끼느라 지쳐버린 주아와 지호를 위로해주는 듯하지만, 한 지역이 단지 휴양지일 수만은 없음을 일깨우는 다양한 흔적들을 마주하면서 점차 불편한 감정이 쌓여간다. 결국 여행의 마지막날, 지호는 시엠레아프의 풍경과 사람들을 향한 시선의 차이를 두고 한스와 부딪친다. 한스는 불안해하는 주아를 달래며 흥미로운 주제로 생각을 교환하는 것뿐이라고 말하지만, 이 상황은 지호의 욕설과 베레나의 울음으로 귀결되고 만다.

지난여름의 일을 떠올리면서 주아가 베레나에게 보내는 이 편지의 목적을 '사과'라 할 수 있을까? 「시간의 궤적」에서 '나'가 언니에게 전하지 못했던 그것 말이다. '미안하다'와 '용서를 구하다'라는 말이 관용어가 되도록 내버려두지 않고 관계에 숨을 불어넣으려는 의지가 이 편지를 쓰게 하는 것이라면 마땅히 그렇게 불러야만 할 것이다. 하지만 의지만으로는 충분하지 않다. 대체 어떻게 해야 비좁은 세계로 되돌아가는 걸 멈출 수 있을까?

좀처럼 확신하는 일 없이 조심스러운 태도[2]를 보이던 주아가 돌연 단호한 목소리를 내는 대목이 있다. "무엇이 옳고 그른지 당신이나 지호처럼 확신하지 못합니다. 그러므로 그런 이야기를 하고자 이 편지를 쓴 것은 아니에요."(71쪽) 그러니까 주아는 마지막으로 함께 둘러앉았던 그 테이블로 돌아가기를 거부한다.

그날 밤 지호와 한스의 논쟁은 정치적인 입장 차이로 인해 벌어진 것처럼 읽힌다. 그리고 우리는 "아까 수상가옥의 사람들을 봐. 가난하지만, 아이들 모두 얼마나 즐거워 보였어?"(62쪽)라고 말하는 백인 유럽 남성이 아니라, "그것은 즐거워하는 게 아니에요. 그 아이들은 어쩔 수 없으니까 그렇게 살아갈 뿐인 거죠. 동물원의 원숭이처럼, 자기보다 돈이 훨씬 많은 사람들의 구경거리가 되는 걸 즐길 사람이 세상에 어디 있겠어요?"(63쪽)라고 말하는 황색인 아시아 남성의 위치에 서게 된다.

하지만 너무 분명해서 오히려 의심스러운 이 대립 구도는 편지

---

2) 조심스러운 태도는 백수린의 인물들이 가진 특징이다. 이는 나의 자리, 그러니까 나와 타인을 가르는 수많은 경계를 분명하게 인식하고 있기에 가능한 태도다. 지금 나에게 어떤 감정과 생각이 가능한 까닭은 바로 내가 서 있는 위치로부터 기인한다는 것. 때문에 인물들은 자신의 감정을 절대화하지도, 상대에게 강요하지도 않는다. 느끼는 감정은 선명하지만 그걸 밝히는 목소리는 한없이 조용한 인물들. 만약 백수린의 소설을 읽으면서 강렬한 무언가가 없다고 느낀다면 그것은 바로 이러한 이유 때문일 것이다.

가 전개됨에 따라 부서진다. 오리엔탈리즘에 기반한 시선을 드러내는 것처럼 보였던 한스의 이야기는 그들 부부가 테러 사건의 피해자라는 사실이 드러나면서 다른 맥락을 부여받는다. 지호가 "개소리"라고 몰아붙였던, "사람들에게는 각자의 자리가 있고, 각자의 역할이 있어. 거기에 만족하고 살면 그곳이 천국이야. 불만족하는 순간 증오가 생기고 폭력이 생기지. 증오와 폭력은 또다른 증오와 폭력을 낳고 말이야. 그게 우리가 지난 반년을 보내고 얻은 교훈이야"(64~65쪽)라는 한스의 말은 테러로 딸을 잃은 후 "인간이란 존재가 얼마나 쉽게 폭력 앞에서 소멸되는지에 대해 끊임없이 생각했다"(68쪽)는 베레나의 고백과 연결되면서 한 사람을 구성하는 다양한 층위를 짚어보게 만든다.

국적, 민족, 인종, 언어, 나이, 계급, 성별 그리고 각자의 사적인 체험들로 뒤엉킨 존재가 바로 나다. 때문에 우리는 어떤 층위를 거쳐 생각이 발생하는지 명확하게 알지 못한 채 대화를 나눈다. 아마 지호는 한스와 정치적 입장이 부딪치고 있다고 생각했을 것이다. 하지만 그 순간 한스는 어떻게 해도 납득할 수 없는 폭력 때문에 한순간 사랑하는 딸을 영원히 잃어버린 자신의 체험을 바탕으로 이야기하고 있었던 게 아닌가? 평범한 일상이 지속되어오던 장소에서 충격적인 상실을 겪은 이에게 그후 세계란 어떻게 보이겠는가?

주아는 편지를 쓰는 동안 베레나가 터뜨린 울음의 의미를 깊이 이해하게 되었을 것이다. 베레나가 직접 설명한 앙코르톰의 바욘 사원에서 보인 눈물과 달리, 이 울음은 그전까지 주아에게 그저 하나의 장면으로만 남아 있었다. 주아는 이제 그 뜻을 헤아려볼 수 있다. 베레나는 비좁은 세계를 유지하려는 안간힘 때문에 발생한 폭력이 친밀했던 관계를 망가뜨리는 모습을 지켜보며 아마 테러를 떠올렸을지도 모른다. 자신의 연약함을 알듯이, 상대 또한 연약한 존재라는 걸 상상하지 못하기 때문에 발생하는 폭력 말이다.

그리하여 '나'는 알츠하이머 진단을 받은 베레나에게 자신과 레오니 사이에 있었던 일을 들려준다. 비좁은 세계를 지키기 위해 사나워지지 않아도 되는 방법 말이다. 그걸 미처 몰랐던 지난여름 우리는 서로를 아프게 한 채 헤어졌지만, 이 장면만큼은 기억하여 고통스러운 상실로 인한 상처가 치유될 수 있도록.

캄보디아 소년 앞에 섰던 레오니는 잠시 고민을 하더니 자신의 발로 레오니와 소년 사이에 그어진 선을 지우는 게 아니겠어요? 레오니는 돌멩이 끝으로 소년의 뒤쪽에 새로운 선을 다시 그었습니다. 그러고는 "집에 새 친구가 왔으니 원숭이님이 더 좋아하겠지?" 하고 나에게 말을 했어요.(71쪽)

어린아이이기에 가능한 태도라고 간단히 넘겨버릴 수 있을까? 성인들의 사회는 한층 복잡해 쉽게 적용할 수 있는 게 아니라고 믿고 싶은 우리에게 레오니의 입을 빌려 주아가 전한다. 작은 세계가 만드는 경계선 앞에서 수줍음과 두려움을 느끼는 마음을 짐작할 수만 있다면, 정당함을 주장하고 시비를 가리려는 모든 행위를 내려놓을 수 있다고. 그저 자신이 그러하듯 타인 역시 도움을 필요로 하는 존재라는 점만 기억한다면 세계는 더이상 좁아지지 않으리라고 말이다.

*

물론 이러한 메시지가 어떤 한계를 외면한 채 그저 진심만으로 이상적인 경지에 다다를 수 있음을 의미하지는 않는다. 우리는 앞서 언급한 다양한 층위들, 자신과 타인을 가르는 그 경계선들이 진실한 마음 하나로 관계를 이끌어가도록 내버려두지 않는다는 걸 알고 있다. 또한 대부분의 폭력이 경계란 존재하지 않는다고 믿을 때 발생한다는 것 역시. 그러므로 "부끄럽게도 나는 그 모든 것이 아름답다고 느꼈음을 고백합니다. 어쩔 수 없이 나는 그런 사람이니까요"(59쪽)라는 주아의 말에 담긴 뚜렷한 자기 인식은 우리에게 안도감을 준다.[3] 작은 세계에 머무르지 않기 위해서

---

3) 주아는 자신이 휴양지에 한시적으로 머무는 관광객임을 알기에 풍경 앞에서 느끼는 감정을 절대화하지 않는다. 그는 폭력으로 얼룩진 그 지역의 역사와 사람들의 가난도 함께 응시한다. 하지만 이것이 감정의 억압으로 이어지는 것은 아니다.

는 차이에 대한 다정한 호기심 또한 필요한 법이니 말이다. 한 십대 소녀가 계층을 인식해가며 성장하는 과정을 그린 이야기 「고요한 사건」을 살펴보자.

열여섯 살의 '나'는 부모를 따라 소금고개로 이사를 온다. 낡고 지저분한 골목과 허름하고 좁은 집안 풍경에 '나'는 당장이라도 눈물이 날 것 같은데 아버지는 담담하게 "재개발 때문"(79쪽)이라고 설명한다. 서울에 집을 마련하기 위해 시세차익을 기대하며 재개발을 앞둔 달동네로 오게 된 것이다. 그러니 '나'의 가족들은 이곳의 토박이들과 달라 보일 수밖에 없는데, 이곳에서 사귄 친구 해지는 이를 간단하게 "너희 가족이 좀 있어 보여"(77쪽)라고 표현한다. 물론 '나' 역시 '나'의 가족이 이 동네와 어울리지 않는다는 사실을 안다.

동네에서 유일하게 정장을 입고 출근하는 아버지, 기미를 걱정하며 몇 개의 양산을 골라 쓰고 다니는 어머니. 그들의 계층은 고스란히 '나'에게 유전되고 있다고 볼 수 있다. 하지만 한 개체의 성장은 다양한 환경과 연결되며 이를 자양분 삼아 이루어지는 것, 하물며 앞서 살펴보았듯이 관계를 통해 더 넓은 세계로 향하는 일을 중요하게 여기는 백수린의 인물임에랴. '나'는 자신과 성적이

아름답다고 느끼는 감정과 불편한 감정을 어느 한쪽으로 해소하려 하는 대신 공존하도록 내버려두면서 자신이 어떤 사람인지 분명하게 바라본다. "그런"에는 이런 자기 인식이 담겨 있다.

비슷한 아이들이 아니라, 이곳에서 자란 해지와 가까워지고, 그와 함께 대부분의 시간을 보낸다.

'나'가 냄새나고 좁은 집에 마음을 붙이기로 결심한 것도 해지가 '나'의 눈썹을 다듬어준 날이다. 해지와 헤어져 집으로 돌아온 날 밤, '나'는 풀지 않았던 이삿짐 상자에서 그제야 아끼는 물건들을 꺼내 방을 꾸민다. 거울 속에서 "해지의 눈썹과 똑같은 눈썹을 지닌 내가"(89쪽) 있는 걸 보면서 '나'는 어떤 기분이 들었을까? 그건 해지와 '나' 사이를 가르던 부정할 수 없는 차이, 그러니까 계층이라는 경계선이 일순 사라져버린 듯한 꿈을 꾸는 기분이 아니었을까? 물론 언젠가는 깨어날 꿈이지만 말이다.

'나'가 "언제나 옳았으니까"(80쪽)라고 생각해오던 아버지에 대한 관점이 완전히 바뀌는 사건이 일어난다. 집으로 돌아오는 길, 폭행당해 쓰러진 고양이 아저씨와 죽은 고양이를 보며 '나'는 이 상황을 해결해줄 존재로 아버지를 떠올리지만, 그는 결코 개입하지 않는다. 그는 그 일에 대해서는 아무런 언급도 하지 않고, 그저 놀란 딸아이를 진정시키기 위한 조치만 취할 뿐이다. 그 순간 '나'는 아버지가 이곳에 어울리지 않는 차원이 아니라, 완전히 다른 존재임을 깨닫는다. 그리고 부모의 계층에 대한 자각이 자신에게로 향하는 것은 자연스러운 수순이다.

돌이켜보면 그것이 내 인생의 결정적인 한 장면은 아니었을까 하는 생각이 든다. 앞으로 나는 평생 이렇게, 나가지 못하고 그저 문고리를 붙잡은 채 창밖을 기웃거리는 보잘것없는 삶을 살게 되리라는 사실을 암시하고 있었으니까. 그러나 내가 그 장면의 의미를 이해하게 된 것은 아주 먼 훗날의 일이고, 그때 나는 창밖으로 떨어져내리는 아름다운 눈송이를 그저 바라보고만 있을 뿐이었다.(104쪽)

바깥의 사태가 걱정되어 부모를 깨우지 않고 몰래—부모가 알게 된다면 당연히 저지당할 것임을 알기에—나가보려던 '나'는 어쩔 수 없는 무력함을 느껴간다. 고양이 사체를 묻어주려던 마음은 갑작스레 느껴지는 추위에 의해 지체되고, 나가보았자 소용없을지도 모른다는 생각을 뒷받침해주는 이유가 점차 늘어간다. 일단 사체가 그대로 있는지 살펴보기 위해 창문에 서린 김을 지우자, 하얗게 눈이 내리는 풍경이 펼쳐진다. '나'는 이전까지의 상황을 모두 잊고 황홀하게 내리는 눈을 바라볼 뿐이다.

성인이 된 후 돌이켜보았을 때 그날의 장면은 자신의 계층적 위치와 이로 인한 한계를 의미하는 것이었을 테지만, 그때 '나'가 흰 눈에 그토록 매혹된 까닭은 무엇이었을까? 다시 앞으로 돌아가 "그 모든 것이 아름답다고 느꼈음을 고백합니다. 어쩔 수 없이 나는 그런 사람이니까요"를 참조해야 할까? 물론 이를 '나'의 미적 체험으로 볼 수도 있겠지만, 열여섯에서 열아홉에 가까워질 때까지 '나'가 소금고개에서 얻고, 잃고, 깨달은 것들을 고려해본다면 다음이 더 적절할 것이다. 결코 지워질 수 없는 경계선을 저 눈이 하얗게 덮어주기 때문이라고.

계층을 끊임없이 인식하는 인물이 등장하는 「아주 잠깐 동안에」의 결말은 조금 다르다. 무엇보다 경제적으로 안정된 삶을 꿈꾸는 '그'는 곧 태어날 아이를 기다리며 아내와 함께 전세로나마 얻은 아파트에 살고 있다. 아내가 기다리는 집으로 돌아가던 밤, 그의 눈에 무거운 세탁기가 담긴 리어카를 힘겹게 끌고 가는 노인이 들어온다. 그는 노인을 도와 리어카를 함께 끌어준 뒤 녹초가 되어 집으로 돌아온다. 아내는 그런 그를 두고 "착한 일"(231쪽)을 했다고 표현한다.

하지만 그에게 이것은 '착한 일'이 전혀 될 수 없다. 그는 "망설이다가 노인과 눈이 마주치자"(222쪽) 도움이 필요하냐고 묻는다. 또한 떨어진 세탁기가 뒤에서 리어카를 밀던 노인을 덮치는데, 이는 그가 서두르느라 앞에서 무리해서 끈 탓이다. 마침내 비탈길 끝에 위치한 노인의 집에 도착했을 때, 그는 가난하고 초라한 광경을 보고 도망치듯 빠져나온다. 때문에 그는 뒤늦게 알게 된 노인의 사망에 죄책감을 느낀다. 물론 그 소식을 들려준 이는 자식들에게 버려진 채 홀로 지병을 앓았기 때문이라고 설명하지만 그에게는 충분한 이유가 되지 못한다.

해지와 해지를 포함하는 많은 것들에 다가가려다 경계를 깨달게 된 '나'와 달리, 그는 일찌감치 경계를 인지하고 그 너머의 존재를 대해왔다. 자신이 애써 이룬 안정적인 지반이 그 밖에 선 타인을 마주하는 것만으로도 위협받는 듯한 두려움을 느끼던 그는 결국 이런 삶의 방식이 충만한 기쁨을 가져다주지 않음을 알게 된다. "우리는 안고 있어도 왜 이렇게 고독한 것일까"(233쪽) 스스로에게 물으며, 몇 번이고 그날의 노인에게 되돌아가는 장면을 상상하는 그는 이후 어떻게 변화할까? 단지 상상에 머무를지 혹은 삶으로 이어질지, 이후 백수린의 인물들이 보여줄 변화가 궁금해진다.

*

사랑을 더 넓은 세계로 나아가는 관문이라 여기는 인물, 나와 타인을 가르는 경계를 알고 있기에 분명히 느끼지만 조용히 말하는 인물을 지나, 마지막으로 이룰 수 없는 일에 매달려보기로 결심한 인물을 만나볼 차례다.

이번 소설집에서 인상적으로 다가오는 변화는 욕망을 충족시키는 일의 중요성을 깨달은 여성의 출현이다. 백수린의 인물들, 특히 '나'로 등장하는 인물들은 앞서 살펴본 것처럼 대개 "신중하고, 조심하고, 몸을 사리는"(「폭설」, 131쪽) 편에 가깝고, 이 때문에 그 반대편에 있는 인물들에게 끌리곤 한다. "너네 할머니는 하고 싶은 대로 다 하고 산 여자잖냐"(「흑설탕 캔디」, 175쪽), "중력에도 자유로워 보이는 새처럼 엄마는 언제나 주저함이 없었다"(「폭설」, 131쪽) "다미가 들려주는 것은 내가 상상할 수 없는 일들로 이루어진 매혹적인 서사였으니까"(「아카시아 숲, 첫 입맞춤」, 254쪽) 등과 같이 원하는 대로 거침없이 행동하는 인물들은 '나'의 눈에 유독 빛나거나 도드라져 보이는 것이다.

그런데 「아직 집에는 가지 않을래요」에 등장하는 '그녀'는 "일찍 철이 든 척했지만 그녀의 삶은 그저 거대한 체념에 불과했음을"(165쪽) 알게 되는 인물이다. 친구의 레스토랑 개업식에서 만난 무용수의 말이 오랫동안 잠들어 있던 욕망을 일깨운다. 젊고 유망한 이 무용수의 눈에 그녀의 육체가 무용에 더할 나위 없이 적합한 골격을 가진 것처럼 보였던 것이다. 이로 인해 어쩔 수 없이 스스로를 두 아이의 엄마이자 아직 수유중인 모체에 가두어둔 채 지내던 그녀는 어린 시절 부모가 허락하지 않아 발레를 배우지 못했던 기억을 떠올리게 된다.

이처럼 줄곧 그녀는 이룰 수 없는 일에 매달리기보다 "단계에 걸맞은 역할을 수용하는 것이 성숙한 태도"(152쪽)라고 생각하며 살아왔다. 아무래도 '성숙함'을 자신의 인생을 가늠하는 기준으로 삼는다면, 그는 욕망의 추구가 아니라 조정의 방식을 선택하게 되지 않겠는가? 욕망이란 결코 충족될 수 없다는 사실을 아는 이를 두고 현명하다 할 수는 있을 것이다. 하지만 이 사실에 기댄 채 아예 시작조차 하지 않는 이와, 충족의 실패 후 비로소 이 사실을 인정하는 이 중 어느 쪽이 정말 성숙하다고 말할 수 있겠는가? 견디는 일과 받아들이는 일, 즉 체념과 수용의 차이를 깨닫게 된 그녀는 이제야 그 시작의 발걸음을 내딛게 된 참이다.[4]

이와 함께 할머니가 남긴 일기에 상상력을 덧대어 새로운 이야기를 만들어내는 손녀(「흑설탕 캔디」) 또한 작가의 변화를 보여주는 존재라 할 수 있다. 손녀의 이야기 속에서 할머니는 일찍 돌아가신 어머니를 대신하는 양육자에 갇히지 않는다. 그가 아들과 손주들과 함께 프랑스에 가기로 한 까닭은 그들을 뒷바라지하기 위해서만이 아니라, 그곳이 "오랫동안 동경해왔던 예술가들의 나라"(179쪽)이기 때문이다. 그곳에서 그의 하루하루는 워크맨으로 베토벤의 피아노 소나타를 듣는 순간, 말이 통하지 않는 외국인 남성과 함께 벤치에 앉아 고요함을 누리는 순간, 오랜만에 피아노를 치면서 학생 시절 음악을 배우던 때와 접속되는 순간, 무너져버린 달콤한 각설탕 탑에 또하나의 각설탕을 올려놓으며 "예상치 못했던 일이 주는 즐거움. 계획이 어그러진 순간에만 찾아오는 특

---

4) 수용적 태도를 정확히 보여주는 인물이 있다. 임신을 해서 퇴학당했다는 소문과 함께 사라졌던 다미는 십수 년 만의 통화에서 "야, 난 벌써 애가 둘이야. 심지어 애들 아빠가 서로 달라. 놀랍지?"(「아카시아 숲, 첫 입맞춤」, 264쪽)라며 경쾌한 목소리로 그간의 소식을 전해온다. 선택과 결과에 대한 가치평가와는 무관한, 원하는 대로 살고 그에 따르는 일들을 흔쾌히 받아들이는 태도가 시원스럽다.

별한 기쁨"(201쪽)에 도달하는 순간들로 채워진다.

손녀는 노년에 결코 가능할 법하지 않은 연애를 주요한 사건으로 구성하여 희생과 헌신으로 이루어진 통념적인 할머니의 이미지를 완전히 바꾸어낸다. 그리고 손녀의 꿈속에서 그 이미지는 이렇게 완성된다. 손바닥을 펼쳐 안에 든 것을 보여달라고 보채는 손녀에게 그는 "이건 내 것이란다"(204쪽) 하고 단호히 거절하며, 퇴화하는 육체 속에서도 생생한 욕망을 가진, 여전히 자신의 "인생을 하나의 특별한 서사"(128쪽)로 만들고자 하는 여성의 모습으로. 결국 이 이야기는 사랑하는 할머니를 이해하고 기억하기 위한 것이기도 할 테지만, 무엇보다 평범함 뒤에 숨어 살기를 종용받는 손녀 자신, 바로 그런 젊은 여성들을 위한 것이기도 한 셈이다.

백수린이 "인간에 대해 잘 이야기하는 작가가 되고 싶다"라고 이야기했던 건 2011년 등단 소감에서였다. 2014년 그의 첫 소설집 『폴링 인 폴』을 편집하면서 신간 안내문에 이 문장을 옮겨 적을 때, 나는 이를 그저 인간들의 다양한 모습을 잘 파악하고 싶다는 정도로 단순하게 이해했던 것 같다. 십 년이 지난 지금, 세번째 소설집을 읽으면서 이에 대해 다시 생각한다. 쓰는 일이 누군가의 삶을 자칫 상투적인 틀에 가두어버리진 않을까 인물의 입을 빌려 고민하던 작가는 이후 인간을 들여다보기 위해서는 빛뿐만 아니라 그림자 또한 필요하다는 사실을 이야기를 통해 보여주었다. 그리고 이제 그는 선량한 호기심으로 나와 타인을 가르는 경계선들을 세심하게 살핀다. 복잡한 갈등을 외면하지 않은 채로 공존의 공간을 모색하면서 말이다. 그러니까 그때 그 말은 인간을 이해하려는 노력을 포기하지 않겠다는 뜻이 아니었을까. 낙관이나 비관으로 섣불리 기울어지지 않고, 손쉬운 납득을 위해 인물을 납작하게 그리고 싶은 유혹을 떨치면서 계속 이야기를 써나가겠다는. 백수린의 이야기가 지금의 우리에게 필요한 까닭이 바로 여기에 있을 것이다.

작가의 말

　서로의 안부를 묻는 일에 전에 없이 진심을 담게 되고, 사람과 사람 사이의 거리에 대해 다시 한번 생각해보게 되는 이 여름의 초입에, 지난 사 년 동안 써온 단편들을 묶는다. 가장 최근에 발표한 작품을 쓴 때로부터는 불과 몇 개월밖에 지나지 않았는데, 프랑스와 미국, 캄보디아 같은 곳을 배경으로 하는 이야기들을 다시 매만지고 있자니 어쩐지 아주 오래전에 쓴 소설들을 묶는 것 같은 기분이 든다. 그것은 아마도 우리가 이상한 시절을 통과하고 있기 때문일 것이다. 국경이 닫히고, 도시가 봉쇄되고, 특정 국가나 지역 출신의 사람들을 경계하고 증오하는 일에 대한 부끄러움을 잊어가는 시절을.

　전 세계적으로 목도하고 있듯이 이해는 오해로, 사랑은 혐오로 너무 쉽게 상해버리고, 그런 생각을 하면 어둡고 차가운 방에 홀로 남겨진 듯 슬프고 또 무서워진다. 하지만 그럼에도 불구하고 이 세상을 살기 위해 우리가 기댈 수 있는 것은 이해와 사랑 말고는 달리 아무것도 없다고 나는 여전히 믿고 있고, 이 소설들 역시 그런 믿음 속에서 썼을 것이다. 나에게는 성급한 판단을 유보한 채 마음 안에서 벌어지는 사건들을 직시하고 찬찬히 기록하는 것이 사랑의 방식이므로.

언젠가부터 그래왔듯이 이번 소설집에 실린 소설들에도 내가 영향을 받았거나, 독자들이 내 작품과 겹쳐 읽길 바라는 영화나 미술, 음악, 혹은 다른 문학작품들에 대한 힌트를 곳곳에 남겨두었다. 대부분의 것들에 대해선 읽는 이의 몫으로 첨언 없이 남겨둘 생각이지만 두 소설에 대해서는 짤막하게 언급하고 싶다. 먼저, 이번에 묶은 여덟 편의 소설 중 내가 가장 아끼는 작품인 「흑설탕 캔디」는 시몬 드 보부아르가 열여덟 살 때 쓰다 만 습작 장편의 서두 부분에서 영감을 얻어 쓴 소설이다. 「아직 집에는 가지 않을래요」는 미국 여성작가가 19세기 후반에 발표한 어떤 단편소설과 브라질 여성작가가 20세기 중반에 발표한 어떤 단편소설을 읽은 후 그에 대한 21세기 한국 여성작가의 응답을 보내고 싶어 쓴 작품이다. 이번 소설집에서 나의 여성 인물들이 조금이라도 변화한 점이 있다면 그것은 아마도 소설을 쓰는 일과 삶을 사는 일이 무관할 수 없음을 지난 사 년 동안 여러 기회를 통해 보여준 선후배 동료 소설가들에게 내가 진 빚 때문일 것이다.

　그러므로 때때로 회의하면서도 어디에서든 결국 책상 앞으로 돌아와 쓰고 있을 동료 작가들에게 고마움을 전한다. 부족한 소설들을 읽고 기꺼이 글을 써준 황예인 평론가, 박연준 시인, 김금희 소설가와, 마음을 다해 한 권의 책을 묶어준 김봉곤 편집자를 비롯한 문학동네 편집부에게도 감사 인사를 전한다. 항상 내 편이 되어주는 친구들과 가족, 특히 어쩔 수 없는 시절 탓에 너무 멀리 떨어져 있는 Y에게는 사랑을 보낸다. 그리고 지금 이 순간, 이 책을 읽고 있는 당신. 나는 당신이 안온한 혐오의 세계에 안주하고픈 유혹에도 불구하고 언제나 사랑 쪽으로 나아가고자 분투하는 사람이라는 걸 안다. 그리고 나는 이 여름, 그런 당신의 분투에 나의 소설들이 조금이나마 힘이 되어줄 수 있기를 간절한 마음으로 바라고 있다.

2020년 여름의 문턱에서,
백수린

| 수록 작품 발표 지면 |

시간의 궤적 …… 『자음과모음』 2018년 겨울호

여름의 빌라 …… 『21세기문학』 2017년 겨울호

고요한 사건 …… 『악스트』 2016년 7/8월호

폭설 …… 문장 웹진 2017년 1월호

아직 집에는 가지 않을래요 …… 『창작과비평』 2019년 봄호

흑설탕 캔디 …… 『나의 할머니에게』(다산책방, 2020)

아주 잠깐 동안에 …… 『악스트』 2018년 11/12월호

아카시아 숲, 첫 입맞춤 …… 『문학동네』 2019년 가을호

문학동네 소설집
여름의 빌라
ⓒ백수린 2020

1판 1쇄 2020년 7월 7일
1판 24쇄 2024년 8월 14일

지은이 백수린
책임편집 김봉곤 | 편집 홍유진 정은진 김내리 이상술
디자인 엄자영 유현아 | 저작권 박지영 형소진 최은진 오서영
마케팅 정민호 서지화 한민아 이민경 안남영 왕지경 정경주 김수인 김혜원 김하연 김예진
브랜딩 함유지 함근아 박민재 김희숙 이송이 박다솔 조다현 정승민 배진성
제작 강신은 김동욱 이순호 | 제작처 한영문화사

펴낸곳 (주)문학동네 | 펴낸이 김소영
출판등록 1993년 10월 22일 제2003-000045호
주소 10881 경기도 파주시 회동길 210
전자우편 editor@munhak.com | 대표전화 031) 955-8888 | 팩스 031) 955-8855
문의전화 031) 955-2696(마케팅) 031) 955-1922(편집)
문학동네카페 http://cafe.naver.com/mhdn
인스타그램 @munhakdongne | 트위터 @munhakdongne
북클럽문학동네 http://bookclubmunhak.com

ISBN 978-89-546-7310-5 03810

www.munhak.com